LE MARIN DE CASABLANCA

Charline Malaval est née en 1984 à Limoges et a grandi en Corrèze. Après avoir enseigné au Brésil, à l'île Maurice, en Bulgarie et au Vanuatu, elle est aujourd'hui professeure de lettres au lycée français de Riga (Lettonie).

CHARLINE MALAVAL

Le Marin de Casablanca

ROMAN

PRÉLUDES

Préludes est un département de la Librairie Générale Française.

ISBN : 978-2-253-26230-5

À Eugénie

« Le passé n'est jamais mort,
il n'est même jamais passé. »

William FAULKNER

I

« JE M'APPELLE REVIENS »

Félix, 1940

J'dis pas qu'je vais me débiner dans les sous-sols mais j'ai le cœur dans les chaussettes et autant de courage que si on m'disait de m'jeter du haut d'une falaise… Annoncer la mort de quelqu'un, c'est jamais la joie. Mais faut dire que mourir comme ça, si jeune et dans ces circonstances… C'est vraiment la déveine !

Je n'arrête pas d'me dire que Guillaume, lui, il trouverait les mots justes. Ça aurait de la gueule au moins… Il sortirait une réplique de film qui sonne bien comme il faisait souvent, droit dans ses bottes. Les gens autour se pâmeraient. Il les ferait chialer un peu mais pas trop…

Mais, l'pauvre vieux, on peut quand même pas lui demander d'assurer son dernier spectacle et en plus de composer sa propre oraison funèbre !

C'est l'truc le plus foutrement dur que j'ai eu à faire de ma vie… À côté, m'engager dans la marine et laisser mon père seul avec ses vaches, dire adieu à ma mère en train de pleurnicher au p'tit matin sur les routes de Meaux, c'était rien comme tristesse…

J'ai eu tout le voyage de retour du Maroc, à faire le poireau dans les gares de Toulon à Paris et après dans l'autocar jusqu'à Amiens pour m'y préparer, mais j'arrive encore à bafouiller dans ma tête, alors je m'demande bien ce que ça va donner quand ça passera par ma bouche de grand nigaud !

J'sais pas comment leur dire ça, aux parents de Guillaume. Pourtant j'sais qu'il vaut mieux faire simple.

Il est mort. Je suis désolé.

C'est ce que je dois dire, parce que c'est ça, la vérité... Point final. Y en a pas d'autre. Mais merde, j'arrive pas...

Pour me r'monter les bretelles, je m'répète : « Félix, tu rentres, tu leur balances, tu bois gentiment ton café s'ils t'en offrent un. S'ils te posent des questions, tu t'étales pas... Tu bottes en touche comme on dit, et fin de l'histoire ! Tu rentres profiter de ta perm' et tu vas t'siffler un coup à la santé de ton vieux copain. »

Quand j'passe la barrière du jardin, je vois sa mère, Hélène, du coin de l'œil. Elle m'avise depuis le perron de sa maison, avec mon uniforme et mon chapeau à pompon rouge sous le bras, parce que j'ai déjà eu la politesse de m'découvrir. Mon vieux ! Pas besoin de lui faire un dessin... C'est pas moi qu'elle attend et si j'suis là c'est pas franchement pour lui annoncer une bonne nouvelle... Ça, elle l'a bien compris...

C'est mon collègue Eugène qui m'a conseillé d'y aller comme ça. « Tu te pointes avec ton uniforme. Évite d'avoir à le dire... *Votre fils est mort*. Ça fout le cafard pour des jours parce que ça reste imprimé dans la caboche. » Sur c'point, il avait pas tort. La mort d'un fils pour des darons, c'est suffisamment douloureux pour ne pas y rajouter des mots qui laissent pas d'place au lendemain.

J'ai pas le temps de grimper les quelques marches que ses genoux lâchent sous elle et qu'elle s'effondre de tout son poids. Heureusement qu'au dernier moment elle s'est agrippée à la porte, sinon elle se s'rait fracassé le crâne sur le béton. Elle me fixe, les yeux et la bouche ouverts, avec un cri qui a pas l'air d'vouloir sortir. Je peux pas imaginer toutes les horreurs qui lui passent par la tête, mais ça doit valoir mes pires cauchemars…

Une fois par terre, Hélène se met à hurler comme une bête blessée. De toute ma modeste vie, jamais j'aurais pensé faire autant de mal à quelqu'un…

Déjà qu'l'humeur était pas franchement à la guinche, là j'ai qu'une envie, c'est de partir en courant… Mais j'ai quand même le courage de rester enraciné sur place, à bien profiter de l'effet que j'fais sur toute la famille.

Son père Lucien, sûrement alerté par les cris, débarque et tente de la relever. Mon vieux ! Elle te lui tire le coude et lui jette un de ces regards de fureur… Elle veut pas qu'il la touche. C'est que c'est contagieux le malheur… Et ce que j'comprends, c'est qu'elle veut être seule avec son perron et ses larmes.

Lui, il reste couillon… Les bras tendus, à plus trop savoir quoi faire… Il la regarde parce qu'il préfère ça plutôt que de comprendre que c'est joué, j'crois bien.

Après un moment, le temps de s'remettre de la surprise, Hélène retrouve toute sa contenance. Le choc et l'inquiétude font place à un grand calme. Comme un soulagement de douleur… J'saurais pas mieux l'expliquer. Ils ont l'air de pouvoir mettre fin à des questions et des doutes. Même si c'est pour l'pire, ça vaut toujours mieux que d'pas savoir…

J'décide que c'est l'moment ou jamais pour avancer et m'présenter. J'préfère attendre encore un peu pour l'ouvrir, alors j'leur tends la lettre que j'ai à leur remettre. Tapée d'la main du commandant Hourcade, en personne.

J'l'ai pas lue évidemment, mais je pense que ça dit ce que ça a à dire. À savoir pas tout à fait la vérité. Dans les grandes lignes, si, bien sûr. Mais y a des choses qu'on dit pas aux civils. Là-dessus d'ailleurs, on m'a bien conditionné. « Félix, tu t'en tiens à la version officielle. Et la version officielle, c'est qu'on sait pas ! La seule chose qu'on sait, c'est que c'est la guerre et que leur fiston, il est mort pour la France. Et c'est marre ! »

Pendant qu'il la lit, Lucien reste droit, digne. C'est quelqu'chose d'avoir devant soi un grand homme comme ça, qui a fait le Chemin des Dames en 1917 et qui en est revenu pas calanché. Ça serait merveilleux si c'était dans d'autres circonstances. Je m'rappelle qu'il m'en a causé, Guillaume, des exploits de son père pendant la Grande Guerre. Il en a embroché des Boches, parce que c'étaient eux ou lui. Mais apparemment, de la boucherie, il n'en parle jamais. Il dit juste qu'il faut essayer de toutes ses forces d'en revenir entier… Qu'y a rien d'autre à faire que d'rester bien concentré sur cette idée. Guillaume nous disait toujours que son père avait la baraka. Qu'il était revenu sans une égratignure des tranchées, et que lui il avait ça dans le sang ! « Y a pas de raison que j'y passe, je suis comme mon père, je m'appelle reviens. » C'jour-là, il a perdu une occasion de se taire l'pauvre vieux…

Mais s'il croyait dur comme fer qu'il allait passer au travers, c'est que ça devait pas s'écrire comme ça. Faut dire que c'est à se fracasser la tête contre les murs tellement ça s'est joué à rien…

Je les regarde et malgré tout, c'est fou ce qu'ils restent dignes ses parents… Ça me fait quelque chose tout d'un coup d'avoir côtoyé leur fils. J'réalise que je suis passé à côté de quelqu'un… Qu'ça aurait changé la donne si j'les avais rencontrés avant.

Surtout ça m'fait de la peine de penser au vide que ce gars laisse derrière lui… Certains, ça serait moins grave… Moi, par exemple. On pourrait peut-être penser un peu à moi, j'dis pas l'contraire… Mais lui, c'est pas pareil. On sentait qu'il allait faire de grandes choses… Il était pas juste arrivé pour s'poser à un endroit et attendre gentiment d'passer l'arme à gauche. Lui, il était en chemin pour ailleurs, quelqu'chose de mieux, quelqu'chose de grand ! Ça se sentait. Et même malgré ça, il était pas du genre à t'regarder de haut…

Mais merde… C'jour-là, c'était lui ou moi… Et puis pour moi, c'était pas fameux en fin de compte. Ça allait recommencer. La fin de la perm' dans vingt jours et je devrais y retourner… Sans mon copain Guillaume… Parce que ça y est, on y est jusqu'au cou dans la guerre ! On peut plus dire qu'on va y échapper et qu'on va la leur coller, aux Schleus…

Quand je l'ai rencontré, Guillaume, on f'sait nos classes à Toulon, à l'École de la marine, en 1936. On a tout de suite sympathisé parce qu'on était tous les deux du Nord. Il était drôlement jeune. Plus jeune que nous autres, mais il avait eu une dérogation… Ça sonnait sérieux, alors que nous on aurait plutôt voulu une dérogation pour s'tirer ! Mais on en a pas rigolé longtemps, d'Guillaume, parce qu'il était pas là par hasard… Il était du genre déterminé.

Il parlait que d'partir, de découvrir le monde… Il tournait en rond à Toulon, le temps qu'a duré la formation. Il disait qu'il en savait assez pour qu'on le lâche dans le grand bain ! C'est comme ça qu'on l'appelle, nous, la Méditerranée.

Au début, y avait pas moyen qu'il parle d'autre chose que d'la taille du monde… Et il causait comme un livre à force d'être plongé dedans. Et ça l'a pas empêché d'être boulinard major et d'manier les boums[1] comme personne en plus de ça ! Et même quand ça tanguait fort, c'était pas le genre à compter les chemises !

J'le revois encore avec ses bouquins, allongé sur son plumard, un bras replié derrière la tête. Là, on pouvait bien lui parler, il en avait rien à fiche… C'étaient toujours des romans d'aventures ou d'voyage. « Le monde est vaste, Félix, trop vaste pour se contenter

---

1. L'artillerie (argot de la marine). *(Toutes les notes sont de l'auteure.)*

de fixer l'horizon. Il faut l'embrasser, plonger à l'intérieur et le boire jusqu'à la lie... » C'était comme ça qu'il jactait.

C'était un chic type, qui avait été élevé comme il faut, bien gentiment... À croire qu'c'était moi qui m'étais trompé de piaule...

Pour lui, la lecture, c'était important. Mais les films surtout...

Si on comprenait pas l'amour que Guillaume avait pour le cinéma, on pouvait pas comprendre l'personnage. Il pensait qu'à ça... C'est bien simple, dès qu'on était à terre, la première chose qu'il f'sait, c'était d'aller au cinéma, à Toulon, Casablanca, Bizerte, Alger. Tout y passait. Les films français, américains, italiens... Il allait tout voir. Mais son préféré, c'était Jean Gabin.

Ah, mon vieux ! Il aurait raté le dernier Gabin pour rien au monde. J'le revois nous réciter des passages de ses films par cœur... Fallait voir ça, c'était épatant !

Avec son accent du Nord, ça rendait bien ! Presque aussi bien que l'franc-parler du titi parisien sur les toiles. Il avait d'la gueule, y a pas à dire... J'crois qu'il s'identifiait carrément à Gabin, surtout d'puis qu'on avait lu qu'il avait été mobilisé à Cherbourg par la marine. Guillaume y voyait un signe. Il f'rait comme lui, qu'il nous disait. Il s'en sortirait et puis il tenterait sa chance dans l'cinéma.

Et c'était ça qu'il voulait faire en sortant de cette prison, comme il s'était mis à l'appeler ces derniers temps, la marine. « Je vais tenter ma chance. » Dès qu'il y avait des reporters pour les nouvelles, il s'arrangeait pour être sur la péloche, pour qu'on le voie aux actualités avant le film. « On va me voir dans des centaines de salles de cinoche, Félix. C'est comme ça qu'il faut faire. Tu crois qu'ils se font repérer comment, les autres ? »

Quand il s'trouvait pas trop mal sur une photo, il la postait à des journaux. Une fois, y a même *Le Frou-Frou* qui en a publié une. Il était pas peu fier. C'était sûr que ça aurait fini par payer… Il avait tout ! La gueule, la gouaille, la prestance… Il en aurait j'té, le petit gars de la Somme… Et puis pas cave, en plus de ça…

Moi, ce n'est pas la même… J'ai pas tous ces rêves… J'ai pas eu l'temps ! À Meaux, quand j'étais mioche, fallait que j'm'occupe des bêtes avec mes parents et mes grands-parents. J'me suis engagé pour pouvoir envoyer un peu d'argent et apprendre un métier… La marine, moi, ça m'bottait pas plus que de turbiner pour n'importe quel taulier à la ville et d'être un pue-la-sueur… Mais au moins, j'apprenais un métier, électricien. Et les raclées, j'me disais qu'c'était la mer qui allait les donner… qu'c'était toujours ça d'pris pour la grandeur d'âme…

Quand j'vais rentrer, si Dieu m'prête vie, c'est ce que j'vais faire. Et ma foi, ça me va bien…

Avec les gars, on l'admirait tous un peu pour ça. D'y croire dur comme fer. D'avoir c'courage-là. Parce que trop d'envies pour la suite, ça met des sales grandes idées dans la tête…

L'horizon, justement, qu'il zieutait tout le temps… Après tu peux plus t'empêcher d'être toujours un peu ravagé quand tu l'regardes. Ça balance des idées splendides… Et sans qu'tu t'en aperçoives, il te vient des coups de tristesse que ça en s'rait malhonnête de pas chialer…

Quand je lui disais ça, ça l'faisait sourire. Il m'répondait qu'il aimait bien être un peu ravagé et que le destin l'avait plus ravagé que l'idée de l'horizon ne l'ferait jamais… Et puis ça lui allait bien parce que dans ses films, à Guillaume, y avait toujours des types un peu embrouillés par la guigne. Sinon y a pas trop d'intérêt, j'veux bien reconnaître…

La première fois qu'on a appareillé à Casablanca, après la fin de nos classes à Toulon, il avait qu'une idée en tête : voir un film au Vox. On était beaucoup à avoir qu'une seule idée en tête, mais nous autres c'tait pas la même… Nous, on voulait voir Bousbir, le quartier réservé ! Pour dompter les « charmeuses de serpents »…

Ça f'sait longtemps qu'on n'avait pas touché des femmes et apparemment, là-bas, ça manquait pas… On en avait entendu parler jusqu'à Marseille. Là-bas aussi y avait un quartier réservé, mais c'était loin d'être aussi chic et c'est rien de l'dire… À Marseille, c'était poisseux, bourbeux… C'étaient des gueulantes de bagarre, du bruit de saoulerie et des musiques au hasard de la nuit… C'était visqueux comme impression, à force de s'embourber dans les putes et la thune pas propre… J'tais pas mon jojo pour un sou, mais ces endroits, faut en partir vite parce qu'on finit toujours par s'trouver infect…

C'jour-là, quelqu'chose me disait qu'on aurait bien l'occasion d'y aller, à Bousbir. Il m'rebattait tellement les oreilles avec ce cinéma que j'me disais que ne pas y aller, c'était comme ne pas avoir vu l'*Titanic* avant qu'il sombre et s'en mordre les doigts… Alors j'l'ai suivi.

C'était en 1938 et y avait un Gabin au programme… Alors, même si on l'avait déjà vu parce qu'il était sorti l'année d'avant en France, on est retournés l'voir. C'était *Pépé le Moko*. L'histoire d'un caïd qui fait du trafic, mais du genre gentil. Qui se trouve être un ancien de la marine toulonnaise, un moko comme nous, quoi… Un type droit, pris dans des chemins tordus… Évidemment, il a la police à ses trousses et il s'planque dans la casbah d'Alger. Il peut pas en sortir sinon il risque de s'faire choper. Alors, bien sûr, il tombe amoureux d'une fille du beau monde et il s'met à rêver que d'une chose : en sortir… Et ses rêves d'évasion l'perdent plus sûrement qu's'il s'était collé une balle dans la tronche !

J'me rappelle ce soir-là comme si c'tait hier… Mon Guillaume s'prépare en civil et il m'balance : « Quitte-moi cet uniforme, Félix ! On va dans le monde distingué ce soir. Dans ce quartier, ils veulent pas voir qu'on est pas autant en paix que tout le monde le dit. »

On est sortis du port habillés en dimanche et on a remonté le boulevard de la Gare. Déjà rien que là, j'en ai pris plein les mirettes. C'tait beau ! Qu'est-ce que c'était chic ! Il avait bien eu raison Guillaume de me dire de pas m'attifer en moussaillon. Du beau monde sur une belle avenue, c'était à pleurer ! D'un seul coup, on avait plus la nostalgie avec ces p'tits cafés et ces grandes bâtisses toutes blanches… On se s'rait crus à Paname. Les palmiers au milieu, c'était tout ce qui nous rappelait que même en mars on aurait pas un temps d'chiotte. J'me redressais parce qu'à côté de Guillaume j'avais l'air d'un péquenaud. Ça, j'avais l'habitude, mais je voulais quand même prendre soin de raccourcir l'avance qu'il avait sur moi. « Regarde ça ! que j'lui disais. Rien que là, y en a un beau cinoche ! L'Empire. Oh, puis et de deux, tiens ! Regarde à gauche ! Le Rialto. Il a fière allure c'lui-là ! » Guillaume, il était au paradis. Mais il avait qu'une idée en tête : voir la plus grande salle de cinéma d'Afrique. C'était le Vox. Il avait lu ça dans un journal à Toulon, qu'on pouvait rentrer à deux mille dedans et qu'il y avait pas moins de trois balcons.

On levait les yeux, à gauche, à droite… C'était la musique, les danses, les rires et le champagne qui coulait à flots. C'était épatant et on a continué jusqu'à débouler sur la place de France. Et là, le Vox, c'était comme le clou du spectacle ! C'est vrai qu'il était immense… Même au pays, j'en avais pas vu des si grands ! J'cours pas les toiles non plus mais quand même… C'tait un mastodonte, cet immeuble.

J'peux dire qu'j'ai pas regretté d'avoir repoussé ma visite de Bousbir, surtout une fois bien calé dans mon fauteuil, ma clope au bec, avec une petite brise qui nous rafraîchissait… C'tait une salle à moitié en plein air, avec le toit qui s'ouvre pour t'faire croire à l'extérieur. Ça non plus j'avais jamais vu. Dans des moments comme ça, j'me dis qu'on est quand même chanceux de pouvoir voir tout ça. Moi, j'pensais : on va pouvoir dire aux copains qui sont restés en France qu'on a regardé un film dans un grand siège de luxe et tout c'qu'il faut. J'me voyais déjà m'la raconter. Mais Guillaume, lui, il était pris dans l'film, à se mettre dans la peau du caïd et à répéter ses phrases.

Quand on a été boire un verre pour fêter ça sur le boulevard de la Gare, au café de l'Empire, il était silencieux. J'le connaissais mon Guillaume, il s'repassait le film dans la tête, et c'est à cette période-là qu'ça a commencé à lui traîner dans la caboche cette histoire d'être enfermé, sans issue…

D'un seul coup, j'lui ai vu l'regard ravagé et il chuchotait une des phrases du caïd dans *Pépé le Moko*, comme s'il avait pigé un truc, le coup de la grande révélation : « Tu as peur pour ta peau ? — Qu'est-ce que tu veux, c'est la seule que j'aie… »

Loubna, 2005

J'ai grandi sans père rue d'Alger à Casablanca, non loin de la place des Nations-Unies et du marché central situé sur le boulevard Hassan-II, aux abords de rues longées de bâtiments qui, un temps, ont dû être d'un blanc éclatant.

Nous, les gamins qui avons passé notre enfance près du port dans les années 1980 et 1990, nous avons usé nos savates à courir et à nous cacher entre les montagnes d'épices et de fruits aux étalages du marché. Plus grands, il nous suffisait de remonter par le boulevard des Almohades jusqu'à la mosquée Hassan-II pour regarder les garçons frondeurs, massés sur les remparts en contrebas. En équilibre au-dessus de l'océan Atlantique, ils relevaient le défi de plonger dans les vagues sans se prendre de plat. Nous avons tant de fois guetté les pêcheurs sur leurs barques malmenées. Nous avons tant de fois fait l'école buissonnière pour nous brûler la peau sur le sable chauffé à blanc des plages bordant le boulevard de la Corniche, au-delà de la pointe du phare : Lalla Meryem, Aïn Diab.

Aujourd'hui, nous sommes adultes et nous avons tous une histoire avec Casa la grouillante, Casa la mangeuse de destins, Casa la belle.

La mienne, je ne la connais pas. C'est pour ça que je n'arrive pas à la quitter, cette ville. Elle ne m'a pas tout dit. Je ne possède que les rêves que j'ai tissés dans les interstices des mensonges et des silences. Et il y en a tellement dans mon passé que mon présent est plein de courants d'air, de parfums évanouis, et ressemble à cette cité qui m'a vue grandir : blanche comme une page en attente d'être noircie.

Tout ce que je sais de mon père, de mon grand-père et de ma grand-mère, je le tiens de ma mère qui m'a légué quelques doux souvenirs empreints d'émotion. À vingt-cinq ans, elle s'est retrouvée seule pour m'élever, et son histoire d'amour n'était plus qu'une poussière évanouie dans les lumières de Casa.

Ma famille est comme marquée du sceau d'une malédiction. J'ai très peu connu mon père, et lui-même n'a jamais connu ses parents. Je viens d'une famille où les liens du sang et du passé disparaissent sans laisser de traces.

Les événements se sont répétés avec une malchance tragique. Tout cela semblait écrit. Dans notre lignée en forme de points de suspension, chaque nouvelle naissance constitue une rupture. Personne ne reste pour être le parent du suivant. Personne n'est là pour transmettre ce qui a été.

C'est cela, être une page blanche.

Je suis Loubna, fille unique d'une mère professeure et d'un père mort en 1975, l'année de ma naissance. Il ne m'a jamais entendue parler. Il ne m'a pas vue marcher. À peine a-t-il eu le temps de poser un baiser sur mon front que déjà il n'était plus de ce monde.

Je n'ai donc bien évidemment pas eu l'occasion de lui poser les questions qui me taraudent aujourd'hui. Ma mère n'a conservé que quelques photos, et parler de lui est encore pour elle une source de douleur inépuisable.

Son histoire est d'ailleurs étroitement liée à celle du Maroc. Les dernières décennies à Casablanca furent le théâtre de constants bouleversements politiques. Mon père était alors très proche du Parti communiste marocain. Cela lui a coûté la vie. À la suite de l'arrestation et de l'inculpation, le 31 juillet 1973, de quatre-vingts militants d'extrême gauche dont Abraham Serfaty, Anis Balafrej et Abdellatif Laâbi, sa lutte s'est renforcée. Il participait aux manifestations et endossait peu à peu un rôle de meneur. Lors d'une émeute, il s'est fait assassiner par un militaire. En 1977, cent soixante-dix-huit marxistes-léninistes ont été jugés lors de procès groupés à Casablanca. S'il n'avait pas trouvé la mort quelques mois plus tôt, il en aurait probablement fait partie.

Il avait trente-quatre ans lorsqu'il est mort. Presque mon âge aujourd'hui. Le père de mon père, lui, avait vingt ans quand il a disparu. J'imagine qu'il est toujours étrange d'atteindre un âge que nos parents ne connaîtront pas. Devenir plus adulte qu'eux est contre nature.

J'ai grandi en glanant quelques menus détails qui m'ont cependant suffi à me forger de mon père une image fantasmée assez complète et romanesque. Ses goûts en matière de cinéma, son obédience politique et son addiction au café m'ont permis d'acquérir la certitude qu'il m'aurait appris à penser par moi-même et à remettre en question l'ordre établi.

Mais le point de cristallisation de mes rêves de petite fille, d'adolescente et de jeune femme s'est scellé grâce au plus beau cadeau que me fera jamais ma mère : le récit d'une nuit où elle l'a surpris qui me berçait en chantonnant *As Time Goes By*. Il s'agit de la chanson emblématique de son film préféré, *Casablanca*, qu'Ingrid Bergman demande à Sam de « jouer encore une fois » dans une scène désormais culte. Mon père ne s'était apparemment jamais remis du mélange troublant de candeur et de beauté froide des sourires de l'actrice principale. Il aurait dit à ma mère que le scénario avait été en gestation en même temps que lui, et que par conséquent il ne pouvait s'agir que d'un chef-d'œuvre.

Depuis toute petite, j'ai tenté de revivre cette émotion en réécoutant le morceau avec une attention toujours intacte, comme si la mélodie dissimulait encore quelques secrets. À tous les âges de ma vie, je me suis vue blottie au creux de ses bras, dans ce petit appartement de la rue d'Alger d'où ma mère n'est jamais partie et dont mon père avait fait l'acquisition je ne sais comment ni grâce à qui. J'imagine tantôt qu'il me chatouille de sa grosse barbe en sifflotant, et j'espère que c'est cette fois-là que j'ai ri pour la première fois. Tantôt que je suis emmaillotée dans une grosse couverture et que je me mets à chouiner parce qu'il reprend le refrain en chantant faux, et j'aime croire qu'il a ri de ce premier moment de complicité partagé. Ou enfin je rêve que c'est à ce moment-là que j'ai dormi le plus profondément de toute mon existence, me sentant en sécurité, aimée, et que les notes fredonnées accompagnaient alors doucement mes songes de nourrisson.

J'ai donc vu très jeune les vieux films que mon père affectionnait. Charlie Chaplin, Hitchcock, Godard, Eisenstein, Frank Capra, Mankiewicz, Antonioni, Murnau... Il s'intéressait à tous les courants : l'âge d'or hollywoodien, les nouvelles vagues française, italienne et tchèque, le motafavet iranien, le cinéma soviétique russe. Si j'aimais ces films, j'en déduisais qu'il y avait entre nous un lien que la mort n'avait pu trancher. Cette émotion surgissait dès que j'éclatais de rire devant *Le Dictateur* de Charlie Chaplin, que je frissonnais devant *Psychose* ou *Fenêtre sur cour* d'Hitchcock ou que j'étais sidérée par la fin de *Boulevard du Crépuscule.* En revanche, quand à dix ans je butais devant l'esthétique opaque et contemplative des monuments d'Eisenstein, de Tarkovski ou de Bondartchouk, j'en déduisais que, parce que mon père avait été communiste et en était mort, je rejetais tout ce qui émanait de la froide URSS.

Plus tard, j'ai très logiquement décidé d'organiser ma vie autour du cinéma et d'en faire un métier. Si mon père avait laissé assez d'argent pour que ma mère et moi évoluions dans le confort de la petite bourgeoisie casaouie, j'étais loin d'avoir l'aisance outrancière des nouveaux riches marocains qui faisaient fortune dans les moyens de communication, le pétrole ou l'agriculture. Je n'avais pas suivi ma scolarité au lycée Lyautey avec les enfants des riches expatriés français. Je n'avais pas vécu dans une grande villa avec piscine sur les coteaux d'Anfa Hills. Je n'avais pas eu de liasses de billets à dépenser aux tables du Sky 28. Mais je n'avais manqué de rien, ni d'argent ni d'éducation, et encore moins d'amour de la part de ma mère qui avait affronté la solitude des années durant et m'avait appris à m'assumer en tant que femme indépendante.

J'ai pu faire les études qui me plaisaient et j'ai été embauchée comme conseillère culturelle de la Compagnie des cinémas casablancais d'avant-guerre. C'est-à-dire qu'officiellement, depuis des années, je dirige la programmation du Rialto, de l'Empire, du Ritz, du Rif et de l'ABC, autant dire la quasi-totalité des salles de cinéma construites avant la Seconde Guerre mondiale que compte le quartier du port sur le boulevard Hassan-II et aux abords de la place des Nations-Unies. J'aide Djamel Terrab, mon patron, dans la gestion de son patrimoine. Officieusement, je suis son bras droit et je m'occupe de tout. Le budget, l'emploi des balayeurs, ouvreurs et techniciens, l'achat du matériel, la mise en œuvre des travaux quand ceux-ci sont inévitables. Djamel se désintéresse des questions matérielles relatives au fonctionnement de ses salles, mais tient comme à la prunelle de ses yeux à cet héritage familial.

Passionnés d'architecture et de cinéma, ses parents en ont fait l'acquisition à l'indépendance du Maroc. Je dois dire qu'il est pour moi le meilleur des patrons. Certes, mon job en vaut quatre ou cinq, mais il me laisse carte blanche absolue et m'encourage dans mes projets de programmation, qui pourtant promettent une faible affluence : semaine de la nouvelle vague italienne, rétrospective Tarkovski, films noirs des années 1930 ; du moment que je contrebalance ces séances pointues avec la diffusion des blockbusters américains dont la jeunesse est friande.

Vers mes douze ans, un rituel s'est mis en place. Chaque mercredi et samedi en fin d'après-midi, j'allais commander un grand verre de jus d'orange fraîchement pressé au café d'Osman, un ami de ma mère, pour le siroter dans une des vieilles salles de cinéma que possède aujourd'hui Djamel, et je rapportais le verre une fois le film terminé. C'est à cette époque-là que j'ai rencontré Anis, mon meilleur ami et le fils d'Osman, qui m'accompagnait très souvent.

Quelques années plus tard, quand le père d'Anis a commencé à nous proposer des gobelets en plastique, une idée a germé dans mon esprit pour ne plus jamais le quitter. Ces salles de cinéma construites pendant la période coloniale, dans les années 1920 ou 1930, étaient atteintes d'une forme de délabrement lent et inéluctable. Le film et le jus d'orange, si bons soient-ils, ne parvenaient plus à me faire oublier l'odeur de poussière et de renfermé. Je voulais ma salle de cinéma à moi, dont le cachet allierait le chic Art déco casablancais et le style marocain.

J'ai eu beau monter des dossiers pour le ministère de la Culture avec Djamel, ils n'ont jamais abouti. La trésorerie de la Compagnie des cinémas casablancais d'avant-guerre ne lui permet pas de me donner le coup de pouce nécessaire, avec tous les travaux que nécessitent déjà ses salles.

La naissance de mon père défie toutes les lois de la logique puisque, s'il a connu l'identité de son père, il a toujours ignoré celle de sa vraie mère. Il est né à l'hôpital militaire de Ben M'Sik en 1940. Personne n'a su pourquoi elle avait été admise en ce lieu qui ne lui était pas réservé. La guerre venait d'éclater et les larmes de douleur se mêlaient à celles de l'arrachement. Le père restait introuvable. La grossesse avait été menée à terme par miracle, car la mère avait presque cessé de s'alimenter. Elle avait mis l'enfant au monde au petit matin après une nuit de travail difficile. Bien trop faible pour se battre, et visiblement terrassée par le chagrin, elle avait été emportée par des complications.

Avant de mourir, elle avait appelé mon père Tarek, « Lumière du matin », pour rendre hommage non pas au premier souffle du bébé, mais à sa première rencontre à elle avec son amant, sur le port de Casablanca. J'ignore si ce fait a constitué pour mon père une première vexation. C'est Zayna, l'infirmière qui avait accouché sa mère, qui l'a recueilli et élevé comme son fils avec son mari.

Ma grand-mère, sur ce lit de naissance et de mort, n'avait eu de cesse de répéter le nom de mon grand-père, l'homme qu'elle avait aimé passionnément.

Elle avait également donné à ma grand-mère adoptive une liasse de billets, une coquette somme pour l'époque. C'est là absolument tout ce que je sais. Pas un mot de plus. Et Zayna n'a jamais réussi à connaître l'identité de la jeune femme. La guerre l'a ensuite tenue très occupée. Elle a passé des années à soigner les marins de toutes les nationalités qui défilaient à l'hôpital de Ben M'Sik.

Mon père a sans doute grandi comme moi, en chérissant l'image parfaite d'une seule et unique étreinte dans les bras d'une mère qui s'apprêtait à mourir sans vouloir donner son nom, avec un père décédé ou disparu qui s'appelait Guillaume.

Mon grand-père, ma grand-mère et mon père sont morts avant même qu'ils puissent me léguer des passions, des idées, des certitudes, des fiertés, des hontes, des fantasmes de faire mieux, de faire autrement. Je ne sais pas par où ils sont passés, avec quels atavismes j'ai à batailler. J'ai simplement hérité de ces silences un amour pour le passé et plus particulièrement pour les films de ces années-là. Quand je me love devant une de ces fictions, j'ai l'impression de faire revivre ce qui m'échappe.

C'est sans doute pour cela que je me console de la vie dans le cinéma : il métamorphose les souffrances et les existences en forme de point d'interrogation en objet esthétique. Rien n'est plus émouvant à l'écran que les absences et les fins sans lendemain. L'histoire de ma famille, depuis toujours, alors que je la rêve en vingt-quatre images par seconde, me semble aussi fascinante et aussi douloureuse qu'un beau film en noir et blanc projeté sur l'écran du Rialto quand s'écartent ses imposants rideaux de velours rouge. Elle s'arrête au bord du précipice chaque fois qu'un semblant d'amour vient la peupler. Pas de *happy ends* mais des au revoir et des départs manqués.

Hélène, 1940

On n'était pas naïfs, on sentait bien que la tension montait. Je n'arrête pas de repenser à mon fils qui était devenu un homme si subitement. En 1936, il était parti avec des étoiles dans la tête et, quelques mois plus tard, il se sentait sur un pied d'égalité avec les adultes parce qu'il avait effectué sa première mission en Espagne. C'était la guerre civile et Barcelone serait plus tard, en 1938, bombardée sous ses yeux.

Ah, ces cons d'Espagnols, quand auront-ils fini de se bouffer le nez ? L'Espagne est devenue une terre de malheur et d'épouvante. C'est sans aucun doute convenu et n'en dis pas un mot à papa, mais je hais la guerre…

Si nous avions su que ce n'était que le commencement… Et nous pensions encore que nous, Français, nous resterions en dehors de tout cela.

Lors de ses premières affectations là-bas, il ne mesurait pas encore la gravité de la situation.

Tout ce que je demande, c'est qu'en Espagne ils nous laissent peinards et qu'ils ne nous prennent pas pour un cargo.

Il nous envoyait des nouvelles et des photos du pays déjà à feu et à sang, comme celle du croiseur nationaliste espagnol le *Canarias* pris dans la tempête. Il était fier de nous montrer qu'il était au cœur des événements.

À notre retour d'Espagne, nous avons embarqué un cinématographe pour filmer les manœuvres de l'escadre, et si vous voyez ça aux actualités vous pourrez dire que ça a été pris sur le torpilleur Le Mars. *Vous m'apercevrez peut-être. Je me suis arrangé pour que ma tronche apparaisse en face des tubes lance-torpilles.*

Mais, très vite, la tension politique internationale a amorcé une escalade. Sa lettre du 6 mars 1938 était la première véritablement teintée d'inquiétude.

Le jeudi 4 mars, nous avons quitté Toulon pour cette maudite Espagne. J'ai assisté au bombardement de Barcelone le 4 à 6 heures du soir, c'était triste à voir. Et qu'est-ce qu'ils souffrent, les Espagnols. Ils manquent de tout, de pain, de savon, de cigarettes. Un paquet vaut 5 kg d'oranges. Le paquet de Gauloises se vend à 25 pesetas, soit 12,50 francs au change national.

C'est cette année-là, à la fin de 1938, que ses retours en permission ont commencé à se faire plus rares. Et les lettres aussi n'arrivaient que très tardivement et parfois plus du tout. L'Espagne était alors partagée en deux et le courrier se perdait.

Quand il était revenu en permission après cela, il n'était déjà plus le même. Comme s'il avait compris que ce n'était pas un jeu. Il est reparti et j'étais impuissante. Je ne pouvais pas le remettre bien au chaud dans mon ventre en attendant que ça se calme.

Il est mort maintenant, et ça, je ne le pardonnerai jamais à Lucien. Guillaume n'aurait jamais dû s'engager, il était beaucoup trop jeune pour cela. Même l'armée n'en voulait pas en 1936, il lui fallait une signature de ses parents. Lucien n'aurait jamais dû la lui donner.

Guillaume voulait parcourir le monde. Il rêvait de voyager et la marine lui semblait alors être le moyen le plus facile pour y parvenir. Je ne voulais pas l'en empêcher, je voulais simplement qu'il prenne le temps de grandir et d'assumer des choix si importants.

Il nous a harcelés, menacés, mais nous avons tenu bon. Pendant des semaines, la discussion est revenue sur le tapis, sans arrêt. Et jamais nous ne cédions.

« Je veux voyager tant que je suis jeune, après il sera temps de fonder une famille. Je reviendrai travailler à l'usine, pour papa et pour prendre soin de vous quand vous serez vieux. Mais pour l'heure, je dois voir le monde. Savoir à quoi il ressemble, sinon je le regretterai. Ce n'est pas cela mon destin, je le sens. »

Je le vois encore devant moi. Il a toujours été très grand pour son âge. À seize ans, il en faisait vingt. Il se tenait là, si sûr de lui, si certain de sa décision. Rien à voir avec ses copains… Étienne par exemple, qui à vingt ans aujourd'hui n'a pas encore fini de grandir.

Avec Lucien, nous avons fait front pour l'empêcher de faire une bêtise. Après tout, si nous signions, il devait cinq ans de sa vie à la marine. Ses plus belles années. Celles où les rêves s'ébauchent, se modèlent et se mettent à épouser la forme de notre monde.

La Grande Guerre nous avait privés de tout choix. Elle nous avait pris ces années et nous n'avons pu que nous réveiller exsangues au lendemain d'une immense catastrophe qui laissait le monde amer, appauvri, détruit.

Son père savait ce que c'était que l'armée. Lui devoir sa jeunesse et son insouciance. Au début, comme moi, il a tout tenté pour le dissuader. Et, sans que je comprenne pourquoi ni comment, le vent a tourné.

Un soir, Guillaume se présente triomphant devant moi, sa lettre signée de la main de son père. « Je pars demain. Tu verras, maman. Tu seras fière de l'homme que je vais devenir. »

Lucien se tenait derrière lui, effondré plus qu'assis dans le fauteuil du salon.

« Merci, papa », a lancé Guillaume dans sa direction. Lucien n'a pas levé la tête et ne m'a pas adressé un seul regard. Je voyais qu'il avait mal et je n'ai pas compris son geste. Comment avait-il pu ? Lui qui avait connu cet enfer, comment pouvait-il le réserver à son propre fils, à la chair de sa chair ?

La guerre, je ne l'ai pas vécue de l'intérieur.

Je n'ai jamais tué de mes mains. Je ne me suis pas battue dans la boue. Pourtant je la connais si bien. Elle ravit tout sur son passage. Sans distinction d'âge, de patrie ni de grandeur d'âme.

La guerre m'a déjà tant pris que je sais qu'elle ne s'arrêtera pas là, qu'elle ne me laissera pas en paix tant que je ne serai pas réduite en cendres à l'intérieur, forcée d'endurer la vie malgré la souffrance.

La dernière guerre m'a pris mes parents, ma sœur et une partie de l'âme de mon Lucien, qui revit chaque nuit l'horreur des tranchées, le souffle coupé, le corps en nage, les yeux injectés de sang, persuadé de ne pas échapper cette fois au fusil pointé sur son poitrail, horrifié de ce qu'il a dû faire pour revenir.

Il s'inflige, depuis son retour il y a plus de vingt ans, de vivre avec l'indicible, sinon je ne l'aimerais plus. C'est ce qu'il m'a dit le jour où il est rentré du front.

On fantasme les retours de guerre comme des jours heureux. On s'imagine qu'ils seront la promesse que le danger n'existe plus et que la quiétude a envahi pour toujours nos vies. Mais ces jours ont surtout été des longs hivers de secrets enfouis.

Je revois encore Lucien à la place même où se tient le camarade de mon fils. Il s'avance, se laisse tomber à mes pieds et me serre le plus fort qu'il peut. Il cache son visage inondé de larmes dans mes jupes. Il n'est pas défiguré comme certaines gueules cassées que j'ai vues revenir prématurément du front. Il a conservé ses bras et ses jambes. Il marche comme l'homme dont je suis tombée amoureuse, mais quelque chose dans son regard s'est éteint.

À sa mine, j'ai su que je n'avais pas le droit de me réjouir, ni de l'embrasser comme j'avais rêvé tant de fois de le faire. Ce jour de retrouvailles, nous l'avons fêté par des larmes. Je l'ai vu pleurer pour la première et unique fois de ma vie. Il sanglotait comme un enfant et m'a simplement susurré entre deux hoquets déchirants : « Ne me demande pas de te raconter. Je ne te dirais rien car je ne veux pas te perdre. »

Il n'avait plus jamais été le même. La guerre l'avait emmuré vivant, et pas un jour à ses côtés n'avait passé sans que je doive me mordre les lèvres pour ne pas briser la promesse que je lui avais faite.

Ce silence-là, je l'ai enduré parce que je ne voulais plus en entendre parler, de cette maudite guerre. J'aimais l'idée de ne plus lui accorder un seul mot.

Mais tout a recommencé.

Félix nous tend une lettre. Il a tenu à nous la remettre en personne parce qu'il estimait beaucoup son copain Guillaume, nous dit-il. Sa main tremble. Il a l'air si jeune. Comme l'était mon fils. Mourir si tôt, à peine à vingt et un ans, c'est le non-sens, l'abjection, la pire des obscénités.

La Railleuse, *le 1er mai 1940.*
Commandant Hourcade

M. et Mme STRAUB
AMIENS

Monsieur, Madame,

Je vous adresse ci-joint le courrier parvenu à La Railleuse *qui était destiné à votre fils et qu'il n'a malheureusement pas reçu.*

Je vous renouvelle mes condoléances bien attristées.

P.-S. : Je joins un ruban de La Railleuse.

Je laisse tomber la lettre qui est jointe. C'est moi qui l'ai écrite et envoyée il y a deux semaines. Je prends le ruban et le caresse lentement entre mes doigts. Je le porte à mes lèvres, y cherche son odeur et le mouille de larmes amères.

Comment ne suis-je pas encore morte de douleur ? Comment puis-je survivre à la rage qui me foudroie ?

Le sol n'en finit plus de se dérober. Pourquoi la terre ne m'engloutit-elle pas ? Ce sont les premiers jours de mai 1940 et mon fils adoré devait rentrer en permission pour au moins vingt-cinq jours, comme il nous l'avait confirmé dans sa dernière missive. Nous l'attendions d'un moment à l'autre. Ça faisait quelque temps qu'on ne recevait plus de lettres de sa part, mais avec la guerre et ses déplacements incessants entre Toulon, Casablanca, Bizerte, Dakar, Tripoli, sans parler des endroits qui devaient rester secret-défense, le courrier prenait fréquemment du retard.

J'avais engraissé le lapin pour préparer à mon Guillaume des terrines, ramassé des prunes et des cerises pour en faire des confitures. Quand j'ai vu ce jeune homme franchir la barrière du jardin, j'étais en train de cueillir ce qu'il préférait le plus : des fruits printaniers pour préparer des tartes et des clafoutis.

C'est la période des groseilles, le fruit qu'il affectionnait le plus.

L'année passée, il les a ratées parce que, depuis la déclaration de guerre quelques mois plus tôt, en septembre 1939, les permissions se sont faites plus rares. On ne l'avait pas revu depuis plus d'un an. Depuis janvier 1939… *Vous me garderez des groseilles cette année, pas moyen que ce soit encore Liliane qui les engloutisse toutes !*

Ils se chamaillaient souvent, avec sa sœur, mais ils s'aimaient beaucoup. Si elle cherchait autant à provoquer son grand frère, c'était pour qu'il la regarde et qu'il la reconnaisse.

J'ai fait un pas en arrière et j'ai lâché mon panier de groseilles car leur vue m'était insupportable. « Il ne les mangera pas », me dis-je.

Il n'y est pour rien, ce jeune homme… Mais en le regardant, je ne peux m'empêcher de repenser à mon grand garçon, avançant sereinement dans l'existence, certain que ses jours ne prendraient jamais fin. La marine s'était déjà chargée d'ébrécher cette confiance en l'avenir, comme s'il n'était pas sûr d'en avoir un.

Que Dieu me pardonne, mais ce jeune marin devant moi, qui a sans doute tant enduré – l'angoisse, l'attente, les bombardements, la perte de ses camarades, ceux à la place desquels il aurait pu être… –, je le hais, je l'exècre de toutes mes forces et je souhaiterais tant que ce soit lui à la place de mon tout-petit… Pour qu'il me revienne et que toute cette folie que les hommes s'infligent s'arrête enfin.

Félix, 1940

J'me sens pitoyable… J'ai honte d'être moi, face à ce survivant qui a réussi c'qu'on va sans doute tous rater : revenir ! Ça s'voit tout de suite, il en dit rien, d'la Grande Guerre… C'est parce qu'il est pas du genre à chier dans son froc, et qu'la seule bonne raison de disserter, c'est la peur ! Lui, au contraire, il est plutôt du genre à s'battre pour défendre son honneur et c'lui d'la patrie. Moi, j'dois dire, plus ça va et plus j'm'en tape le coquillard, d'la patrie ! Surtout si comme j'le crois elle a la ferme intention d'me faire rentrer au pays les pieds en avant !

Et puis, c'est quelqu'chose d'être en face de cette dame si grande et droite qu'elle en a un port d'reine… Du genre à même pas marcher d'traviole quand elle a l'ivresse…

Il l'a décrite exactement comme elle est, Guillaume, intimidante avec un regard doux qui te transperce comme si t'étais fait en papier à cigarette. Le regard qui t'fait t'sentir simple, facile à comprendre, limpide comme d'l'eau de roche… Tout de suite, j'aimerais bien avoir l'air de gamberger ou de cacher des grands mystères dans les rèplis d'mon âme, mais ça s'invente pas, ça…

Lui aussi était comme ça… Y a que lorsqu'il s'mettait à vous parler et à rigoler qu'on arrivait à s'concentrer un peu sur autre chose que sur la misère qu'il éclairait en nous…

Il était grand, la mâchoire solide, le regard pénétrant et un front large plein de suite dans les idées. Il était porté sur la gymnastique matinale, « pour que les costumes tombent mieux ». Mais le plus fort, c'était le sourire. Un de ceux qui s'transforment en harpons à poules. Il suffisait de sortir avec lui pour qu'toutes les filles nous r'gardent. Il avait qu'à se pencher ! Ah, ça ! Il avait pas à s'angoisser pour qu'ça marche pour lui…

J'ai eu le temps d'gamberger à tout ça sur l'perron d'la maison. Ils me font finalement entrer…

Y a une chape de plomb qui vient de s'effondrer sur les épaules de sa mère, et même si elle reste digne, on sent qu'ça lui courbe un tantinet l'échine.

J'y tiens pas tellement, à assister à tout c'chagrin. Après tout c'est intime… Moi, j'suis un étranger, et j'en ai bien assez à faire avec le mien…

En plus de ça j'ai froid tout d'un coup, malgré l'soleil printanier, mais j'sens que c'est ce que j'dois faire. Rester un peu. Leur parler et les écouter. Leur raconter des histoires gentilles sur leur r'jeton, pour donner des regrets mais pas trop quand même…

Le père d'Guillaume me fait asseoir dans l'fauteuil le plus confortable du salon et sa mère m'propose une tasse de café et une part de tarte aux prunes. J'dis pas non. J'peux pas.

Eux, ils mangent pas. J'comprends bien que ça gâche l'appétit une nouvelle pareille. Quand l'silence devient trop pesant, j'regarde les livres sur les étagères du salon, derrière l'père qui baisse la tête et fixe ses pieds.

Ce n'est pas que je sois un connaisseur, mais Guillaume il faisait que ça, lire, lire, et là j'comprends mieux. Joseph Conrad, Christophe Colomb, La Pérouse, Bougainville, Jules Verne et compagnie… Toujours des titres qui t'font voyager, des histoires d'aventuriers, de marins. J'comprends d'où il tenait ses grandes idées sur l'monde et la vie. Il avait eu de sacrés modèles comme parents… Des comme il faut, des qui t'foutent pas des conneries dans la tête, des qui t'montent pas d'traviole avant de te j'ter dans la grande course…

J'suis assis dans leur salon à faire causette. J'ménage pas ma peine pour raconter des souvenirs agréables et bien gentils, à tel point qu'je me sens tourner enfant d'chœur. Mais dans l'existence des marins, y a quand même des choses pas racontables… J'dis des p'tites histoires chouettes, pour montrer que c'était un chic type qui aurait pas dû mourir ce soir-là et tout l'tremblement.

Y a pas grand-chose d'autre à dire, finalement. Mais c'est terrible tous les efforts que j'fais pour remplir un peu l'grand vide qu'il va leur laisser, Guillaume…

C'est tellement l'vide qu'ils arrivent même plus à se regarder, les darons. Hélène, c'est la tristesse en personne… C'est un puits sans fond qui vient d's'ouvrir. Lucien, lui, c'est la conscience s'couée. C'est pas qu'il soit jouasse, mais y a un truc qui l'turlupine… J'pensais qu'ils allaient tout de même s'réconforter un peu… Mais c'est peut-être prévu pour après, quand il y aura plus d'public.

Pendant ce temps, j'cause. J'ai pas prévu de broder sur tout c'qu'il a fait pendant les dernières heures, parce que ça l'ramènera pas de toute façon…

J'sais pas ce qui me pousse à parler sans m'arrêter… Leur regard sur moi, peut-être, comme si j'savais quelqu'chose qui pouvait changer leur foutu destin. Ou ce silence qui attend qu'on le remplisse. Et tout d'un coup j'ai la mémoire qui s'met à avoir de la rancune et qui veut m'écarter d'mon plan… Dans ma tête, ça purule, ça s'acharne… Il faut que j'parle, que j'parle… Et quand j'commence…

Tant qu'ils m'posent pas trop d'questions biscornues, ça ira…

Lucien, 1940

Je ne peux rien dire. Évidemment. Je me tais depuis si longtemps. Mais depuis qu'il est parti, mon petit garçon, mon petit Guillaume, les vieux cauchemars qui me collent au train depuis toujours m'ont lâché pour d'autres, bien pires. Jamais je n'aurais pensé que c'était Dieu possible. Comme si ça n'avait pas été suffisant… À croire qu'il faut payer toujours plus, encore et encore…

Si j'avais seulement pensé un jour que je serais tenaillé par des angoisses plus grandes, je me serais tué. C'est d'ailleurs sans doute la seule chose qui l'aurait empêché de partir et de connaître tout ce gâchis inutile, le même que j'ai connu. Des jours, des semaines, des mois à attendre la mort dans la boue, à regretter secrètement qu'elle soit tombée sur le soldat à mes côtés parce que l'espoir de s'en sortir est plus cruel que la fin elle-même.

J'aurais dû me tuer. Mais j'avais tellement prié pour ne pas mourir que la mort me refusait encore et toujours son repos éternel.

Dans les lettres de Guillaume, l'insouciance de ses jeunes années de classe à Toulon a fait peu à peu place à l'inquiétude de la réalité de la vie de marin, puis à la résignation quand la guerre a été déclarée, peu de temps avant sa mort. Il stationnait sur le torpilleur qui se trouvait alors dans la rade de Casablanca. Nous avions reçu nous-mêmes la nouvelle comme un coup de tonnerre. *Le Populaire* du 2 septembre avait mis fin à des semaines et des semaines d'espoir :

> *Hélas, il n'y avait en effet qu'une question. Hitler voulait-il la paix, ou du moins ne voulait-il pas la guerre ? Le monde a maintenant sa réponse : les bombes allemandes tombant dès hier matin sur Varsovie et sur les autres villes ouvertes de Pologne, le sang qui coule, la ruine, la mort !*

Guillaume s'est donc mis à taire de plus en plus de détails de sa vie. Car il n'avait plus le droit de tout raconter. Parfois ses missives provenaient d'un « endroit inconnu ». Je savais ce que cela signifiait. Le danger. Les missions qui ne laissent qu'une seule alternative. Le succès ou la mort.

Parfois, il s'adonnait à des commentaires sur la situation politique internationale, traitait Daladier de « marionnette de Chamberlain », et reprochait à Roosevelt le consensus d'un cessez-le-feu qui ne ferait que repousser le conflit de plusieurs années.

Je sacrifie mes plus belles années à cette absurdité, mais nous y sommes et il faut en finir. Ils doivent comprendre, Hitler et Mussolini, qu'ils peuvent toujours essayer de se frotter à nous : ils se feront botter le cul en règle ! C'est à nous, les jeunes, de nous battre ! De toute façon, tout cela se terminera bien vite. Alors je te le répète, papa, qu'on en finisse maintenant plutôt que de remettre cela dans dix ans. Car dans dix ans, je serai dans une jolie maison et un coquet jardin, heureux, marié avec une femme qui m'aura fait de magnifiques enfants. Je serai heureux, n'est-ce pas, papa ?

D'ailleurs mon fils s'inquiétait pour moi dans ses dernières lettres. Il avait peur que je doive remettre ça. L'effroi était tel, au lendemain de la déclaration de guerre, et les pertes en vies humaines avaient été si grandes lors de la Der des Ders qu'on se disait qu'on allait tous devoir y aller. Et pour nous, les anciens combattants, y retourner.

J'aurais préféré y aller, si seulement il avait pu ne pas mourir. J'aurais tant voulu mourir à sa place.

Il y a peu de temps encore, je le rassurais en lui disant les mêmes conneries dont on se gargarisait à l'époque, en 1914. « Cette guerre ne durera pas. On va en finir pour de bon avec les doryphores. S'ils n'ont pas compris en 1918, cette fois, ça sera la bonne. Ils sont mauvais perdants, ils ont juste besoin d'une piqûre de rappel. »

J'en étais malade, de savoir qu'il allait connaître la même malchance. Bon Dieu ! On était encore du mauvais côté. Du côté de ceux qui y allaient en première ligne. Pas du côté des planqués, des gradés.

C'était la même en 1916, dans la Marne. On était seuls au monde, comme des couillons, à se les geler dans les tranchées et à se chier dessus comme des gamins. Si on sortait pour faire nos besoins, on se faisait tirer dessus comme des lapins. On se préférait puants que morts parce que c'est la mort qui empeste le plus fort…

Elle était partout autour de nous, cette odeur douceâtre à en gerber, elle m'a hanté et me hante toujours aujourd'hui. Bon Dieu, comment est-ce qu'on arrivait encore à avoir faim ?

S'il s'était engagé, c'était à cause de moi. Non pas comme les autres gamins de son âge, à qui on n'avait pas cessé de parler du courage de ceux qui étaient revenus vivants de la Grande Guerre. Les gamins de cette génération avaient été bercés de nos exploits sans que nous en parlions jamais, et ils avaient grandi avec l'idée qu'il fallait en être, de cette grande vacherie de l'armée, pour devenir un homme.

Avec Guillaume et Lili, je m'étais bien appliqué à tenir le discours inverse. Pour moi, c'était inconcevable que mes enfants grandissent en se disant que la guerre incarnait des valeurs nobles. Tout ça n'était qu'un tissu de conneries, et je n'avais pas mis longtemps à le comprendre et à le vérifier. Ce que je voulais, c'est qu'ils sachent que les conflits entre les peuples étaient à éviter à tout prix car ils ne nous concernaient pas. Guillaume savait bien que tout ça, c'était de la mascarade, mais il s'était engagé quand même, en 1936, avait signé pour cinq ans. Il aurait dû en sortir en 1941.

Et puis la guerre avait éclaté, par malchance, la déveine absolue, alors qu'il ne lui restait plus qu'un an et demi à tirer.

Quelle connerie ! Quelle tragédie ! Y a qu'à voir ce gamin devant nous qui tremble de renverser son café en nous racontant toutes ces petites histoires. Il a peur de dire ce qu'il ne faudrait pas dire. C'est encore un mioche, et il a fallu qu'il soit propulsé dans la vie par la grande porte de l'horreur pour apprendre à être un homme ! Tout comme moi, vingt ans auparavant.

J'avais appris à être un homme en pleurant de fatigue dans les boyaux qu'on avait creusés dans les entrailles de la terre pour se protéger des obus qui pouvaient nous ensevelir vivants en projetant des gerbes de boue et de sang. J'avais appris à être un homme en me mettant à redouter les rats et la vermine dans mon sommeil. J'étais devenu un homme en tenant plus à ma mort qu'à ma peau. J'étais devenu un homme en comprenant que la grandeur romantique de la guerre n'existait pas et que c'étaient des foutaises pour nous donner le courage à nous, les pauvres cons du front, de nous faire bousiller la gueule en masse pendant que les généraux décidaient de notre sort en bâfrant. Nous, pendant ce temps, on bâfrait des rats et de l'eau croupie.

Au fond, ce qu'il a à nous dire, Félix, je le sais déjà. L'angoisse, l'horreur, il n'y a pas de mots pour ça… La peur, la mort, les nuits à se chier dessus et à appeler sa mère pour que ça s'arrête, ça ne ferait pas bien posé sur du papier. Il ne manquerait plus qu'on passe pour des trouillards ! Pourtant, on avait le courage de se tenir debout. Rien que ça, c'était de la bravoure, de l'héroïsme ! Ah, comme ils aiment se gargariser de ces grands mots, les troufions de l'armée !

Mais on n'était pas des braves… Comme on dit, le courage, c'est de faire ce qu'on n'a pas les couilles de faire. Dans les tranchées, on n'était pas des braves, parce qu'on n'avait pas le choix. Une fois sur le front de la Marne, on avait les obus devant et les mitraillettes des généraux pointés sur nos arrière-trains si on s'avisait de changer d'avis. On n'avait pas vraiment le loisir de reculer ou d'hésiter. La vie nous avait coincés comme de malheureux galériens et on n'avait pas d'autre solution que d'endurer jusqu'à la lie ce grand bain de terreur. Les obus qui labouraient ce grand cimetière à ciel ouvert. Les gerbes de terre qui ensevelissaient les corps puis les déterraient à la salve suivante. Cette malchance, cette maldonne, ce pari perdu et finalement ce jour maudit qui arrivait malgré les prières, où l'on se trouvait au mauvais endroit au mauvais moment…

Si seulement on avait eu le choix de ne pas être damnés !

Toutes ces histoires qu'il nous raconte, Félix, ne serviront qu'à creuser notre immense tombeau de larmes.

Il ne dit d'ailleurs que ce qu'il peut raconter, mais j'imagine qu'il n'y a pas grand-chose de nouveau, dans le fond. Il insiste un peu trop sur les bons moments qu'ils ont passés dans les pays où ils sont allés : le

Sénégal, l'Espagne, le Maroc, l'Algérie, le Liban, la Yougoslavie, l'Italie.

Les noix de coco, qu'il se faisait un plaisir de nous envoyer parce qu'elles se gardaient plus de huit mois et que nous n'en avions jamais goûté. Les boutiques des médinas de Tanger, Casablanca, Oran et Bizerte dans lesquelles il achetait des souvenirs pour nous : des cartes, des photos, des théières, des djellabas, des babouches…

« Vous avez bien reçu les djellabas qu'il vous avait achetées à Casablanca ? Mon vieux ! C'était tout Guillaume, ça ! J'aurais jamais eu l'idée d'envoyer ces nippes à mes vieux !

« Et puis, il était sacrément courageux ! Qu'est-ce qu'on l'admirait ! Il vous a raconté l'histoire du python, à Dakar ? Guillaume avait été le déloger au sommet d'un cocotier. Ah, Dakar ! Quels souvenirs ! Beau climat… Pour simple aperçu, une température de 52 °C, un pays sauvage, savane et forêts partout, des bananes, noix de coco et ananas… Comme bestiaux, nos ennemis : serpents, léopards, buffles, charognards, coyotes, jaguars… »

Je me rappelle cette histoire. Guillaume nous avait montré des photos où il tenait fièrement le gigantesque reptile dans ses bras. En faisant cela, il avait gagné un pari et le respect de tous les autres matelots sur le bateau. Nous ne pouvions que voir dans les yeux de Félix l'admiration qu'ils lui portaient. Mais tout ça ne lui paierait pas de nouveaux jours, mon fils…

D'ailleurs, je renifle que Félix parle trop vite, qu'il meuble le silence de la vérité avec des détails qui ne lui appartiennent déjà plus.

Quand j'ai lu la lettre du commandant, je n'ai pas pu m'empêcher de me dire : « T'étais où, toi, quand ton rafiot a pété ? »

Je suis sorti du silence et je me suis mis à poser des questions à Félix. « Il était où, le commandant ? » « Et toi ? T'étais où ? » « Comment tu t'en es sorti ? » « Raconte-moi la scène ! C'est ça que je veux savoir. Comment ça s'est passé ? »

À sa façon de ne pas répondre, de rougir et de se tortiller, je voyais bien qu'il y avait des choses qu'il nous cachait. J'en avais ma claque, des secrets. Les miens m'empêchaient de respirer et de dormir la nuit.

La dernière fois, c'était face à mon fils en 1936. Je n'avais jamais vu personne me regarder avec autant de haine.

Je sais tout. Tu signes ce foutu papier ou je balance tout…

Il me tenait. Mon fils me tenait. Je ne l'aurais jamais cru capable de chantage, pourtant il s'y était livré pendant des semaines. Ce secret que nous partagions tous les deux, il s'en servait finalement contre moi, pour obtenir sa liberté.

Mais j'étais le seul fautif. Il me ressemblait beaucoup, surtout sur le chapitre de la curiosité envers les femmes. Il ne nourrissait pas le même désespoir que moi. S'il me les fallait pour oublier et me divertir de mes cauchemars, lui n'en était pas encore là, à cette époque. Il s'agissait pour lui de la découverte d'un monde et j'enviais sa candeur enthousiaste.

C'était un garçon qui s'était très tôt intéressé au sexe féminin. Il collectionnait les photos de femmes nues des contrées exotiques. Et je dois avouer que cela me faisait sourire. Je savais que dans son désir de voyager résidait un appétit des sens qu'il voulait assouvir avant de se marier avec Ginette. Il avait beau l'aimer, il tenait à profiter de la vie avant de sauter le pas, et sans doute à être pour elle un homme expérimenté.

Il n'avait pas la vision romantique que partagent les femmes en fleur, se donner à un seul être et avancer main dans la main dans l'existence… Il me confiait librement ses secrets, ses attirances. Il n'avait jamais été gêné de raconter ce qui reste souvent enfoui au fond du plus courageux des hommes, parfois honteux de lui-même. Nous avions de longues discussions et, sans en parler jamais à sa mère, bien entendu, je recueillais ses confidences sur ses premières expériences et je répondais à toutes les questions qu'il se posait sur l'amour. Comment séduire une fille ? Comment hâter la guérison d'une chaude-pisse ? Comment dissimuler ses aventures à Ginette ?

Je restais le plus en surface possible face à mon garçon qui apprenait si vite. Sa maturité crevait les yeux. Il était bien plus en avance que les autres jeunes hommes de son âge, qui avaient encore des difficultés à conclure leur première fois.

Alors, le jour où il a découvert mon secret, tout a basculé… Notre belle entente, nos discussions intimes ont pris fin. Des mois durant, il ne m'a plus adressé la parole que pour me mettre au défi.

« Je te prendrai toutes tes femmes », me cracha-t-il ce jour-là au visage.

À croire que dans cette vie, on doit toujours payer plus…

Félix, 1940

C'était un chic type, Guillaume. Il aurait pas dû mourir c'jour-là.

J'sens venir la catastrophe mais j'l'esquive cette fois encore. J'embraie sur les beaux paysages qu'on a vus, l'amitié, son courage… J'm'en fais un mal au ventre carabiné, à force d'm'esquiver moi-même… Parce que pendant que j'cause, j'suis de plus en plus rattrapé par des souvenirs qu'j'ai juré d'pas dire. Ça s'bouscule… C'est inouï c'que j'fais comme efforts pour pas m'trahir… J'lutte contre moi-même. Ah, c'est affreux d'être comme ça, mais j'arrive rarement à la fermer quand il faut…

J'sais pas grand-chose sur Guillaume que c'qu'il voulait bien m'dire, dans le fond… Il parlait un peu par énigmes. Il était sacrément cachottier… Et ça lui donnait une classe folle. J'avais jamais rencontré personne qui était capable de s'taire juste avant d'en dire trop…

Moi, j'suis tout l'contraire, une grande gueule… Ça m'gênait pas avant de l'rencontrer. J'me disais : « Félix, t'es comme ça, un point c'est tout. Ta nature, tu la changeras pas ! » Sauf qu'y a quand même quelqu'chose qui m'a fait gamberger… Quand j'sortais en perm' avec l'Grand Guillaume, comme on l'appelait, parce qu'en plus d'être pas bavard alors qu'il savait bien parler, il était grand et il la ramenait pas… Tout l'inverse de moi, quoi ! Tout l'inverse de beaucoup d'entre nous, j'dirais…

Eh bien, quand on sortait, les filles lui tombaient d'ssus… Ça avait l'air facile quand on était dans sa peau de s'risquer avec une poulette. Lui, il passait pour un prince ! Et fallait les voir… Les étoiles dans les yeux, à faire des minauderies et à s'tortiller comme s'il était l'dernier homme sur la Terre… Ah… Qu'est-ce qu'on l'enviait ! On s'bidonnait tous à notre table à boire nos bières pendant qu'il emballait… Mais jaune… Ah, on faisait comme si on s'en fichait mais ça nous mordait dans les tripes ! Même si on l'aurait avoué pour rien au monde, la vérité, c'est qu'on était tous jaloux à en crever… Sortir avec lui, c'tait fermer la porte sur nos espoirs de rivancher.

C'tait tellement fort son truc qu'ça en marchait à l'envers. Moi, pour avoir une fille, faut toujours que j'me démène. Que j'fasse un peu semblant d'y tenir plus que j'y tiens vraiment. Faut que j'fasse tous les efforts. Que j'm'habitue à me faire jeter une fois, deux fois, comme si c'était pas grave, parce qu'la reine d'Angleterre, c'est personne à côté d'elle… Et vas-y que j'te sors les violons et les fleurs…

Mais lui, c'tait la facilité écœurante… Fallait juste qu'il prenne l'air indifférent et c'tait fait ! Emballée la poulette ! Je l'voyais faire… Il entrait dans une pièce, plantait ses yeux dans ceux de la fille qui lui plaisait l'plus, et c'était toujours celle à vingt carats... Forcément. Celle qui nous plaisait l'plus à nous aussi, quoi... C'tait ferré. Fin d'l'histoire. Nous, on prenait c'qui restait après la part du lion...

L'plus phénoménal, c'est qu'après, il y pensait plus, à la polka... Il s'asseyait avec nous à picoler, à balancer des pourliches, à chanter et à r'commencer. J'sais pas s'il f'sait semblant ou quoi, mais en tout cas, il la r'gardait plus.

Elle savait plus quoi inventer pour attirer son attention. Elle remballait tous les autres, c'tait bien simple, elle les percutait plus ! On voyait bien qu'elle s'morfondait en vagues à l'âme : « Mais qu'est-ce que j'ai fait, je lui plais plus ? Pourquoi que j'lui plais plus ? » C'tait du grandiose ! À en tirer son chapeau et à en siffler d'admiration comme au spectacle de magie... Tous les coups ça marchait... Elle craquait. Fallait qu'elle tente sa chance ! Et sans qu'il ait rien à faire, elles venaient toutes à lui. Là, il avait plus qu'à s'baisser.

Ça avait pourtant pas l'air d'faire partie d'un plan... En tout cas, c'tait redoutable comme piège à gonzesses...

C'est là qu'on s'mettait à rigoler... Mais on sentait bien que c'tait pas un rire franc parce que ça chatouillait sévère notre orgueil... Après ça, fallait en avoir pour s'remettre en piste et pas s'dire que ça valait pas le coup de faire l'effort...

Nous, on parlait qu'de ça. Des filles, j'veux dire. Parce que s'il y a un truc qui tourne dans la tête d'un marin en mer, c'est bien les femmes... D'ailleurs, j'avais un peu honte de m'l'avouer mais s'il y a un truc qui m'a un peu consolé pendant le voyage de Casablanca jusqu'à ici, c'tait que j'allais peut-être croiser sa sœur, Liliane... J'savais qu'elle avait que dix-sept ans et moi vingt-quatre. J'avais vu sa photo. Et pour sûr qu'elle valait le détour. « Laisse-moi lui envoyer une lettre, Guillaume ! Allez, sois chic ! » Il a jamais cédé, le bougre. Il m'répondait toujours : « Faudra d'abord que tu tâtes de mon quarante-six fillette ! »

Je m'fais horreur de penser à ça... De m'dire que d'toute façon il est plus là pour m'empêcher de quoi que ce soit ! Penser qu'j'ai une chance à tenter au milieu de tout c'désespoir... Mais c'est que j'vais y retourner, moi ! Et j'ai personne qui m'attend au pays ! Qui s'fait du mouron pendant que j'suis dans les vagues hautes comme des immeubles ? Personne ! Qui prie un peu l'ciel de m'revoir pendant que j'échappe de justesse aux torpilles des sous-marins ennemis ? Hein ? Personne !

Guillaume, il d'vait sans doute avoir quelqu'un qui l'attendait, parce que ça n'avait pas l'air de le tracasser. Mais j'sais pas vraiment, il en parlait jamais.

Heureusement, j'ai la présence d'esprit d'pas raconter tout ça ! Toutes ces histoires de filles. C'est pas qu'ce soit honteux... Mais mon vieux copain aurait sûrement pas voulu que j'cause dans les grandes largeurs à sa mère de comment il levait des filles ! Et puis après tout, s'il a collé un marmot à quelques donzelles, ce s'ra pas le premier ni le dernier à pas assumer une erreur de jeunesse… Surtout qu'là, il a franchement une bonne excuse !

Mais il était pas aussi bête que les autres, Guillaume. Il avait dû assurer ses arrières. Et puis merde, ça prête plus à conséquence maintenant. Personne saura rien parce que *pfitt*, envolé le Guillaume…

Faut dire qu'on s'en est payé et surtout à Casablanca… Ah ! Quand j'me rappelle les soirées et les nuits à Bousbir… On était plusieurs comme moi à pas avoir trop cherché à jouer les touristes. Pour la plupart, on connaissait que c'quartier. Y avait tout c'qu'il fallait, pas la peine d'aller plus loin. On naviguait là-dedans, on y passait nos quartiers libres et notre solde… Le jour, on y trouve des coiffeurs pour hommes et pour dames, un bureau de tabac, des cafés, des restaurants, des boutiques, un hammam, un cinéma et même un marchand de beignets… La nuit, ça bascule, ça change d'air ! Y a tellement d'monde et d'mouvement qu'ça r'met les mauvaises idées à plus tard. L'vendeur de tabac fait sa r'cette du soir avant même que les premières étoiles s'pointent, et là y a plus qu'à s'rabattre sur les p'tits vendeurs à la sauvette bien planqués dans les coins d'ténèbres.

Ensuite, avec Guillaume, on allait s'caler dans nos cafés préférés. C'tait le Qahwa dial el qsub ou le café des Roseaux pour son *kif* et son alcool… Le café du Raïs pour l'ambiance et les musiciens de l'Atlas qui jouaient de la *tarija* et de la *gita* jusqu'au bout de la nuit, les yeux fermés pour s'payer l'voyage dans les oasis. Mais Guillaume jurait que par le café du Cinéma, parce que quand il avait l'cafard, y avait qu'ça pour lui remonter le moral. On allait se faire une toile dans le cinoche de Bousbir, façon plus relax. Pas comme chez les bourgeois… Plus besoin d'faire attention à la t'nue ni au langage ! Qu'est-ce qu'on a pu voir comme films égyptiens là-dedans… Y en avait des européens, aussi mais c'tait pas tous les soirs. Rien que d'voir Guillaume les regarder, c'tait un spectacle. Concentré sur les phrases et les idées comme s'il fallait jamais rien oublier. Il répétait à voix basse les répliques qui lui plaisaient bien, quand ça en j'tait, quoi. Après, on allait boire une bière, jouer à la *ronda* et fumer le *kif*. Mais si le film avait été bon, Guillaume restait froid d'vant les filles de Bousbir, même les plus jolies… Elles avaient beau onduler de leurs jambes et de leurs bras dentelés de henné, essayer d'l'hypnotiser de leurs yeux chargés de khôl ou faire des promesses avec leur bouche fardée de rouge en lui sifflotant tout c'qu'on savait dire en arabe, « *T'ala t'alleq m'aya*[1] ? »… Dans ses pensées, la place était d'jà prise ! J'crois qu'en plus de ça, il préférait chasser qu'être chassé, et qu'l'amour tarifé ça lui disait trop rien.

Moi, j'fais pas toujours gaffe, avec les femmes je veux dire, faut bien l'avouer… Le nombre de fois où j'ai chopé la chtouille… Mon vieux, à en avoir le bout flapi qui pèle comme s'il allait tomber en épluchures. Tiens ! Ça m'rappelle Gaston. Une fois, il arrive au p'tit matin après la nuit à Bousbir, il avait la frénésie ! Sur un pied puis sur l'autre, il pouvait plus s'contenir. À sa manière d'gesticuler, les mains ligotées au

1. « On va coucher ensemble ? »

falzar, fallait pas nous faire un dessin ! « Oh merde, les gars, elle arrêtait pas de dire *berd n bula*, *berd n bula*, *berd n bula.* » Nous, on a l'ignorance qui pèse, mais Guillaume d'rétorquer : « Eh ben, c'est fameux, ça, Gaston ! Tu sais dire blennorragie en arabe ! »

Dans ces moments de déveine où l'existence se désorganise, c'tait toujours Guillaume qu'on allait voir, les copains et moi. Il savait quoi faire. À croire qu'il avait tout vécu… Il était plus jeune que nous, mais c'était le plus foutrement droit dans ses bottes.

Ces histoires de prostituées, de *kif* et d'blenno, c'est quand même des détails pas bien sérieux à raconter à ses parents, même si c'est pour conclure qu'il était au-dessus du lot… J'imagine que j'aimerais pas qu'mon copain Jeannot aille trouver mes darons et qu'pour pleurer sur ma dépouille, il trouve rien de mieux à raconter que les fois où j'ai fricoté avec des poules dans des lupanars, tellement ahuri par le vin que j'sais plus si j'payais le tour d'manège quitte ou double !

Tout ça, dit comme ça, ça a l'air minable… Mais c'tait la vie plein la poitrine… À s'désaltérer un grand coup pour p't-être la dernière fois… C'tait la grande revanche, un pansement sur les coups durs et les copains d'jà partis. On dev'nait des frangins et on était c'qu'on avait d'plus précieux !

J'garde ça pour moi, tant que j'peux, parce qu'ils ne comprendraient pas… Et aussi parce que c'est sa dernière chance de faire bonne impression. Après ça, c'est râpé pour lui… Justement, j'me répète : « Félix, fais vite, traîne pas, tu t'connais, tu vas en faire une sinon… Tu sais pas t'arrêter et ça va finir en drame. » C'est plus fort que moi… J'ai l'menton qui frissonne de tous ces souvenirs qui remontent à mesure que j'parle de lui…

Comme je l'disais, Guillaume, c'tait un taiseux. Jamais un mot de trop. Je devrais prendre exemple, mais j'peux pas. Et plus j'me tais et plus ça m'nace d'éclater… C'est exactement ce qui va se passer… J'me suis retenu. J'ai dit plein de choses émouvantes sur leur fils. Des souvenirs qu'des darons peuvent entendre. Je trouve même que j'suis pas mauvais… Et c'est ça mon problème, dès que j'prends confiance, j'me laisse aller sans savoir quand la boucler…

C'était un chic type, Guillaume, c'est bien la guigne…

J'arrête pas d'répéter ça, mais ça bout. Y a un truc qui m'brûle les lèvres, et l'père commence à poser des questions… « Et toi, t'étais où ? »

En plus, c'est vrai, ça aurait dû être moi sur ce bateau…

Là, ils s'figent.

Sa mère, raide comme un piquet, repose sa tasse de café sur la soucoupe. J'arrive plus à lever les yeux sur eux tellement j'me sens con. Faut dire, c'est à s'les attraper et s'les mordre.

« Comment ça ? » qu'ils m'demandent. Évidemment… C'est la question qui vient logiquement après. Sauf que moi, j'ai pas eu la logique, forcément…

J'avise Liliane, sa sœur, qui choisit le moment d'ma débâcle pour entrer dans la pièce. Pour rien arranger, elle est encore plus belle que sur les photos. Y a d'la fureur dans ses yeux et j'comprends qu'c'est râpé avec elle, quarante-six fillette ou pas…

J'ai plus d'autre choix que d'leur expliquer qu'c'est injuste ce qui est arrivé, encore plus que c'qu'ils pensent…

La guerre, la vie, c'est l'injustice même… La justice, c'est une grande idée qui d'vient un gros mot dès qu'tu dois t'placer en première ligne. Ceux qui donnent les ordres, ils la réclament la justice ! Le cul bien proprement collé à leur canapé, un cigare cubain au bec, les vétérans expédiés à la mort sur la conscience – mais elle reste toujours de leur côté et faudrait voir à pas que ça change !

Faut dire qu'moi aussi j'avais des questions… Guillaume, il a jamais voulu dire comment qu'ça s'faisait qu'il s'était enrôlé dans la marine alors qu'il n'avait pas encore l'âge. Pressé d'courir le monde… Tout ça pour mourir à vingt et un ans… Surtout pressé d'y passer avant tout l'monde, en fin de compte… Quelle poisse extrême ! Mais la vie, c'est la roulette… Un jour tu gagnes, un jour tu perds… Et y en a, comme ça, même s'ils ont une main de départ à faire tapis les yeux fermés, ils ont des destinées d'étoiles filantes…

Loubna, 2005

J'ai toujours pensé que, dans la vie, il n'y a pas de hasard. Surtout quand on ne lui laisse aucune place.

En répondant au téléphone ce matin, j'ai eu le net sentiment que quelque chose allait changer, que ce jour serait un tournant dans mon existence.

« Tu veux toujours l'avoir, ton cinéma, n'est-ce pas ? Alors viens ce soir après ton travail, disons à 1 h 30, OK ? » L'irrésistible et très américain accent de Liz, une amie new-yorkaise que je fréquente depuis quelques mois, vient de me réveiller.

Depuis tout petite, je me suis entourée d'amis artistes et passionnés de cinéma. C'est le cas de Liz, propriétaire du Rick's Café, boulevard Sour-Jdid, à deux pas du port. Elle y a aménagé une salle de restaurant qui s'inspire du café de Rick interprété par Humphrey Bogart dans *Casablanca*. À l'étage se trouve un salon dans lequel on peut visionner en boucle le film en fumant un cigare et en sirotant un whisky. Quand vient le soir et que j'ai besoin de parler, ou simplement d'une présence familière, je passe la voir. Une fois clients, cuisiniers et serveurs partis, elle nous en réserve l'accès et monte sa meilleure bouteille de cognac. Je lui apporte une de mes dernières trouvailles cinématographiques et j'interromps le dialogue entre Rick et Ilsa.

De toute façon, ces deux-là ne sont pas faits pour s'aimer dans cette vie. Comme mes parents, et les parents de mon père.

J'ai évoqué mon projet devant Liz qui, ayant ouvert un restaurant à la gloire d'un des films les plus connus de toute l'histoire du cinéma, a été immédiatement charmée par l'idée. Ce que je ne savais pas, c'est qu'elle œuvrait dans l'ombre pour m'aider à ce qu'elle voie le jour.

Quand elle m'ouvre la porte, il est 1 h 30 du matin tapante. Une douce brise commence à envahir l'air, et la place en retrait du boulevard, accolée au mur d'enceinte de l'ancienne médina, renvoie les éclats de voix des passants.

Elle me fait entrer en chuchotant et me prend à part dans le patio, juste avant de franchir les lourds rideaux de velours grenat.

« Il est intéressé par ton idée de cinéma. Mais je te préviens, il est dangereux. »

Je lui en veux de me mettre dans une sale situation. Son enthousiasme tout américain la pousse parfois à faire fi de situations dont elle choisit d'ignorer les risques potentiels. Je la soupçonne de penser que sa bonne étoile lui permet de se sortir de toutes les impasses, mais je suis loin de partager cette croyance, et c'est bien tout ce que m'ont légué les absents de mon passé. Je le veux, ce cinéma, mais pas à n'importe quel prix.

« Comment ça, dangereux ? Liz, tu déconnes là ! Les trafiquants, ça rigole pas, chez nous ! Je veux pas de ça et toi non plus ! »

Elle pouffe, en plaquant la main sur ma bouche pour que je me taise. Elle a des yeux rieurs de gamine toute fière d'elle-même.

« Mais non, idiote. Je ne t'en dis pas plus. Tu vas comprendre toute seule… »

Elle m'entraîne dans le salon du premier étage. Toutes les lumières sont éteintes. Seules des bougies placées dans des cages en fer forgé sur les tables inoccupées du restaurant tamisent le riad d'une ambiance secrète. Mon cœur bat vite et fort, à en crever ma poitrine. Liz fait naître un tel mystère que je ne peux m'empêcher de hâter le pas, tout en désirant disparaître sous une nappe.

Aux abords du salon, des volutes de cigare embaument déjà le seuil des marches et des glaçons tintent délicatement dans un large verre. Évidemment, l'hôte de Liz ne peut que l'avoir séduite par ses manières. Pour elle, le luxe n'est pas l'ostentation mais le raffinement. Si l'on fume, il faut que cela soit les meilleurs cigares, des Romeo y Julieta, des Cohiba ou des Montecristo qu'elle fait venir de Cuba, où elle a vécu quelques mois avec un certain Castro, « petit-neveu ou cousin, je ne sais plus… ». Pour le whisky, le rhum, le cognac ou le vin, il en va de même, ainsi que pour les épices, le thé, le café ou le chocolat.

Ce mystérieux investisseur, je respire son odeur avant même de le voir. Il partage les mêmes penchants surannés pour l'élégance.

Liz passe devant moi et me présente à l'individu qui s'épanouit avec grâce dans les parfums capiteux du cigare, de l'alcool couleur miel et du cuir.

Il se lève pour me serrer la main.

« Enchanté, je suis Ali. »

Il garde ma main dans la sienne une seconde de trop et m'adresse un regard un tantinet trop appuyé.

Je comprends aussitôt ce qu'elle a voulu dire. Ali Basri est dangereusement irrésistible. Et pour cause, je le connais. Comme tout le monde d'ailleurs. Je sais sur lui ce que tout Marocain sait dès lors qu'il lit le *Huffington Post Maghreb* de temps en temps. Il est l'une des plus grandes fortunes, le célibataire le plus en vue du pays, et sa réputation de requin de la finance n'est plus à faire.

Je m'assois en face d'Ali qui fixe sur moi un regard ténébreux. Des yeux noirs brillants, une barbe de trois jours savamment négligée. Des cheveux longs et gominés attachés en catogan. Je n'aime généralement pas les cheveux longs chez les hommes, mais je dois reconnaître que cela lui va bien. D'ailleurs, tout doit lui aller. Il porte un costume bleu électrique sur une chemise blanche. La coupe est parfaite et le tissu apporte un tombé impeccable à cet ensemble à la couleur audacieuse, qui bien sûr s'accorde magnifiquement avec sa peau brune. Une attitude décontractée, une assurance chic. Il est à sa place dans ces lieux, la lumière tamisée et les matériaux nobles semblent faits pour lui.

Pendant que Liz me sert mon cognac préféré, Ali m'observe. Je repense au dernier article sur lui que, par chance, j'ai lu quelques jours auparavant. La journaliste rappelait son parcours aussi fulgurant que brillant, puisque, à tout juste trente ans, il fraie avec les plus grosses fortunes émiraties. Mais le papier visait essentiellement à mettre en valeur l'altruisme du milliardaire pour qui, « désormais, il faut compter avec la force vitale du royaume afin de lui donner sa chance. Le Maroc est un pays jeune, qui immanquablement deviendra vieux et connaîtra les difficultés des pays vieillissants d'aujourd'hui. C'est donc sur la jeunesse qu'il faut miser aujourd'hui et lui donner les clés du futur ». On expliquait ensuite en détail le projet de financement d'écoles de commerce au cursus très court dont le pilote allait être expérimenté à Casablanca. « Les parcours universitaires sans fin, tout cela est dépassé et n'est pas adapté à nos jeunes. Ils doivent apprendre à se battre pour ce qu'ils veulent, très tôt, très vite, très fort. Monter leur première entreprise et la couler avant vingt ans, pour recommencer mieux, forts des erreurs qu'ils auront commises. » La journaliste, visiblement sous le charme, concluait par une observation des plus pertinentes en mettant en corrélation l'éclat de sa réussite et la blancheur de son sourire, avant de lui demander de bien vouloir donner un conseil à la jeunesse d'aujourd'hui : « Gardez en tête qu'en affaires, tous les coups sont permis ! »

Je tente de dissiper la gêne que je ressens en engageant la conversation. Je suis à la fois admirative de sa prestance, de sa réussite, et en colère contre moi de perdre mes moyens si facilement. Cet homme est séduisant et il le sait. Je suis troublée et il le sait aussi. Il a l'habitude de faire cet effet-là aux femmes.

Je décide d'aborder d'emblée le sujet qui nous occupe. Après tout, il s'agit de l'entretien d'embauche le plus important de mon existence.

« J'ai, comme Liz vous l'a dit, le projet de monter un cinéma. Sachez que j'ai de l'expérience en la matière. Je suis d'ailleurs en train de préparer pour le Rialto une semaine sur les femmes dans le cinéma oriental. »

Je guette sa réaction quelques menus instants. Si je travaille avec lui, ou disons pour lui, puisque c'est lui qui apportera le financement, je ne veux pas me retrouver pieds et poings liés et perdre la belle liberté que mon patron me laisse. Djamel ne m'a jusqu'alors jamais refusé une seule programmation, pas même ma semaine Bergman. Ali semble intéressé mais ne dit rien. Je continue.

« Je pensais par exemple mettre à l'honneur le cinéma marocain avec la trilogie de Saâd Chraïbi, *Femmes… et femmes*, *Jawhara, fille de prison* et *Femmes en miroirs*. Ou encore avec *Much Loved* de Nabil Ayouch.

— Et Oum Kalthoum ? »

Je souris.

« Pour elle, on pourrait envisager une rétrospective des films dans lesquels elle a tourné. Nous en avons fait l'acquisition, ça ne poserait aucun problème.

— Et puis *Les Femmes du bus 678*, puisque vous parlez de films égyptiens. »

Liz, émerveillée, entre dans la conversation.

« Je vois que vous êtes aussi passionnés l'un que l'autre. »

Ali soutient mon regard. J'y vois l'espace d'un instant une flamme que je ne parviens pas à interpréter, entre l'admiration et le défi.

C'est lui qui rompt le silence, et sans répondre à notre hôtesse, sans même faire le moindre geste qui soulignerait qu'il a conscience de sa présence, il poursuit ce qui ressemble de moins en moins à un entretien d'embauche.

« J'imagine qu'il y a un lieu précis où vous voudriez faire construire votre cinéma ?

— Oui, en effet. L'idée est de construire un cinéma comme seule Casa en possède. Des œuvres d'art architecturales de style Art déco. Loin de moi l'idée de rebâtir la salle de la place des Nations-Unies qui était à l'époque la plus grande de toute l'Afrique. J'ai une ambition bien moindre que celle de ressusciter le Vox. En revanche, je suis très attachée au quartier colonial, finalement. C'est là que j'ai grandi. Près du marché central. Je vois depuis des années les splendeurs de cet endroit se délabrer : ce cinéma titanesque a été détruit, le Colisée est devenu un entrepôt… Mais je crois – en tant qu'entrepreneur cela ne vous aura pas échappé – que la mode est à la réhabilitation de ces anciens bâtiments. La cité casablancaise s'honorera d'exploiter et de modeler, en y injectant le génie marocain, ce qui existe plutôt que de le laisser périr. Et puis, c'est ainsi, c'est dans l'ADN des Casablancais ! »

Je suis de plus en plus sûre de moi et j'en oublie ma timidité des minutes précédentes.

« Le quartier Gauthier me paraît le plus propice à l'accueil d'un tel lieu. »

Il acquiesce d'un mouvement de tête. Il fait partie de ceux qui ont grandi et vivent sur les hauteurs d'Anfa Hills et qui condescendent à fréquenter les adresses chics de Gauthier et Maârif.

« En réalité, il y a une maison qui m'intéresse tout particulièrement. Une vieille bâtisse de style colonial. Totalement abandonnée. Elle se situe à l'angle d'un boulevard animé bordé de palmiers. Dans la rue perpendiculaire, il y a deux librairies. Selon moi, c'est la localisation idéale. »

Je sors une feuille de papier et un stylo de mon sac pour griffonner un schéma à main levée du plan de la maison.

« Les grilles sont envahies par les arbres, les ronces et les hautes herbes, mais une nuit j'y suis entrée et j'ai pu voir exactement ce que je voulais en faire. »

Le ton de ma voix, sans même que je m'en aperçoive, gagne en assurance et je ne suis plus décontenancée par le trop-plein de sex-appeal que cet homme dégage.

« Il y a deux étages. On accède au rez-de-chaussée par un perron qui se divise en deux escaliers. Il faut garder ça. »

Ali fait un mouvement pour s'avancer et mieux jauger mon croquis.

« En fait, il faut tout garder, continué-je. Mettre une salle de cinéma au rez-de-chaussée et une seconde au premier étage. Au rez-de-chaussée les nouveautés et à l'étage les programmations spéciales.

— Et le deuxième étage ?

— Il est composé d'une immense terrasse sur le toit et de deux petites tours. J'ai bien regardé : l'une des deux, celle de droite, pourrait facilement être aménagée en cabine de projection.

— Mais on ne peut pas laisser un écran dehors en permanence…

— Il y a un grand immeuble blanc juste à côté, exactement dans le bon angle, qui sert pour l'instant de panneau publicitaire. Cela ferait une troisième salle de projection, en plein air, comme cela se faisait dans les années 1930 à Casablanca, au Vox justement ! On pouvait ouvrir les portes et déplacer des pans de mur afin d'y faire entrer la brise du soir quand il faisait chaud l'été. »

Il s'enfonce dans son fauteuil et passe son index sur ses lèvres, les yeux perdus dans le vague. Je décide d'asséner le coup de grâce.

« Et bien sûr, il y a de quoi faire un magnifique jardin devant, et donc une terrasse de café pour boire un verre et grignoter quelque chose avant ou après la projection ; le tout à l'ombre des bougainvilliers qui sont absolument magnifiques, et déjà grands puisque personne ne s'en occupe sans doute depuis des décennies. »

Ali prend son verre et le finit cul sec.

« Allons-y. Je veux voir cette maison. »

Liz, jusque-là somnolente, semble se réveiller en sursaut, effarée.

« Mais il est bientôt trois heures du matin ! »

Il ne répond pas. Il est déjà debout et me regarde, l'air vaguement agacé que je ne me dépêche pas plus.

J'ai vu une Maserati garée devant le Rick's Café en arrivant. Évidemment, c'est la sienne. Je cours derrière lui dans les escaliers. Il salue Liz qui semble soulagée de pouvoir aller se coucher et de ne pas avoir à nous suivre dans une bâtisse abandonnée au beau milieu de la nuit.

Il démarre en faisant crisser les pneus. Il manœuvre vite, et il n'y a personne sur les boulevards. Pour la première fois de ma vie, je suis dans l'une de ces voitures que j'ai vues, petite et adolescente, descendre le boulevard Kennedy en direction de l'océan en faisant gronder le moteur. Je ne suis plus sur le trottoir à regarder les conducteurs derrière les vitres fumées, beaux, lunettes de soleil sur le nez, l'air concentré sur leur pose plus que sur la route, feignant l'indifférence mais trop conscients d'être des objets de convoitise. Ils étaient regardés, le savaient ; il n'y avait rien autour qu'ils ne puissent posséder.

« On va en profiter pour faire un petit tour, non ? Je viens de l'acheter, et je ne m'en suis pas encore lassé ! »

C'est la nuit. Les lampadaires diffusent une lumière triste tandis que la voiture avale les kilomètres et traverse la ville en quelques poignées de secondes. Puis c'est le boulevard de la Corniche et en contrebas l'océan que je ne sens pas, mais qui se tient telle une masse noire et silencieuse.

Ali dépasse la grande mosquée Hassan-II, le phare d'El Hank, longe la plage d'Aïn Diab et, devant le grand Morocco Mall, il prend le rond-point et fait demi-tour.

Il ralentit enfin. Pour la première fois, il semble s'intéresser à ma présence.

« Où est-elle cette maison, exactement ?

— À l'angle de la rue Moussa-Ben-Moussaïr et du boulevard Moulay-Youssef. »

Il réfléchit un instant.

« Ah oui, je vois le boulevard. Il passe pas loin du lycée Lyautey. »

Il repart déjà dans une embardée, pied au plancher, sur le même boulevard de la Corniche, cette fois en sens inverse. Il tourne à droite dans le boulevard Kennedy et avale la côte d'Anfa Hills, puis le boulevard Franklin-Roosevelt. Là où la ville grouillante se fait oublier et se donne de faux airs de Beverly Hills. Peu à peu, à mesure que nous entrons dans Maârif, l'agitation urbaine nous happe à nouveau sous les tours éclairées des Twins qui marquent fièrement dans son giron la ville nouvelle, celle où vivent ceux qui comptent, celle où doivent se montrer ceux qui font de l'argent.

Je n'ai pas besoin de lui dire de bifurquer à droite sur le boulevard Mouhamed Zerktouni, puis de s'engager dans la ruc Moussa-Ben-Moussair. Il connaît parfaitement les lieux. La maison est au bout, sur la gauche, juste avant le boulevard Moulay-Youssef.

« En fait, à une époque, j'allais boire des jus d'orange au café juste en face. Ma salle de sport n'était pas loin, dans les Twins, tu sais ? Et en sortant j'y passais avant de retourner bosser. Ça m'évitait de croiser toujours les mêmes gens. »

Il se gare. Dans la rue, il n'y a personne d'autre que nous. Mes oreilles sifflent un peu de ce grand silence sourd autour de nous. Nous nous tenons maintenant devant la maison que je rêve de transformer en cinéma depuis mon enfance. Il jauge d'abord les alentours avant de reprendre :

« Je dois avouer que si je venais ici, c'est parce que j'aime ce quartier. Il est tranquille. Les rues y sont jolies, spacieuses. Les grands palmiers sur le terre-plein au milieu du boulevard donnent une ambiance agréable par toutes les saisons. »

Soudain, il pose les yeux sur moi.

« Tu as raison. Cet endroit est idéal. »

Je sens que je rougis. J'ai honte de me sentir face à lui comme une petite fille qui attend la reconnaissance de ceux qu'elle admire. Je ne connais rien d'Ali. Je ne sais pas encore s'il est un homme admirable ni quoi penser de quelqu'un qui a pour adage « tous les coups sont permis ».

En bref, je ne sais pas s'il a mérité de se retrouver sous les projecteurs de cette manière-là, ou si l'argent du papa l'y a beaucoup aidé. Liz me reprendrait et me dirait avec son enthousiasme tout américain qu'il n'est aucune gloire qui ne soit méritée. Je sais quelle admiration elle voue aux hommes d'affaires en général, et aux hommes d'affaires marocains en particulier. Elle en compte certains parmi ses amis et ses habitués. Elle aime leur savoir-vivre, leur chaleur et l'adresse des coups portés sans en avoir l'air. « Faut pas te leurrer, ma chérie ! C'est les mêmes enfoirés que les hommes d'affaires américains, mais ils ont plus de manières, et ça, pour moi, que veux-tu, ça vaut tout l'or du monde », m'a-t-elle confié un soir. Je sais qu'elle a fréquenté les mêmes milieux à New York, mais qu'elle trouve ici une décontraction qui lui laisse l'espace pour en rire.

Il me reste donc à savoir quel type d'enfoiré est Ali.

Tandis que je pense à tout cela, il a pris la maison en photo et semble réfléchir à l'organisation des salles que j'avais envisagée.

« On va rentrer. Par où es-tu passée la dernière fois ? »

Il est 4 h 30 du matin, mes yeux me brûlent, mais Ali, impatient, secoue déjà les grilles en fer qui empêchent d'accéder au jardin en friche. De hautes herbes de presque deux mètres, des ronces, des arbres non taillés depuis des lustres se sont épanouis en hauteur et en largeur, et menacent désormais de grignoter la maison elle-même.

« Derrière ce bougainvillier, il y a une brèche en haut du mur. Il faut escalader et passer derrière. C'est assez facile. »

Il n'attend pas d'autres indications de ma part pour plonger sous une épaisse branche fleurie et, en s'agrippant d'une main à la grille et de l'autre au rebord de la maçonnerie qui encadre la propriété, il grimpe avec agilité.

Alors que je m'apprête à faire de même, je vois qu'il me tend la main. Il est juché sur le mur et écarte la branche.

Après une hésitation, je la saisis. Il me hisse à ses côtés et je me retiens à lui pour ne pas perdre l'équilibre. Il sent bon.

Je le lâche avec précipitation et me jette dans les hautes herbes. Je me fraie un chemin jusqu'au perron. L'aube déposera bientôt son aura délicate sur les herbes et les arbres exhaleront une lumière de printemps.

Il me rattrape bientôt devant la porte d'entrée.

Le cinéma que j'ai tant de fois imaginé prend forme devant moi. Malgré le jardin abandonné, malgré le parapet en ruine, malgré le blanc mythique du Casablanca du début du siècle dernier qui a viré au gris, j'y vois un endroit merveilleux. Et je vois en Ali la chance, sans doute unique, de lui donner vie.

J'ai décelé les richesses de cette bâtisse il y a longtemps et tente de n'en omettre aucune : son emplacement, son jardin, son agencement qui nous permettent d'en faire un cinéma original avec la salle en plein air sur le toit, mais aussi les détails de ferronnerie Art déco le long des balcons, au rez-de-chaussée, au premier et sur le toit, les frises en gebs[1] pour les encadrements des portes et des fenêtres, le grand escalier central en marbre noir et blanc qui dessert au rez-de-chaussée et au premier un espace de réception très vaste, les tuiles vertes intactes sur le toit des auvents, enfin la corniche du toit qui prend la forme arrondie de l'avant d'un bateau et se brise avec la rectitude des lignes du reste de la bâtisse.

1. Plâtre ciselé, sculpté.

« Tout ceci est parfait – l'agencement, je veux dire. Regardez ce bel espace quand nous entrons, et le tout est tellement élégant. C'est la même chose en haut. Cela veut dire qu'il n'y a pas beaucoup de cloisons à casser. Il faut évidemment condamner les fenêtres pour en faire une grande salle noire ici et là-haut, mais c'est tout. »

Il reste muet et observe attentivement les lieux.

« Les salles de bains à l'étage sont magnifiques. Couvertes du sol au plafond de marbre blanc légèrement zébré de noir. Une à gauche et une à droite, un côté hommes et un côté femmes. Les matériaux sont en excellent état. »

Je l'y entraîne en empruntant l'escalier central. La lumière encore faible d'un jour nouveau entre par la fenêtre qui nous fait face et irradie la pièce. Elle se réverbère sur les murs, les rendant étincelants, lisses, et dissimule dans son éblouissement la crasse et la poussière des années d'abandon. Je lui montre ces pièces laissées en l'état et attire son attention sur une frise de zelliges[1] dorés.

« Je me permets de revenir sur l'espace central de ces deux étages. Les pièces en enfilade, qui étaient sans doute en bas le bureau, le living et le salon, ne sont pas séparées par des cloisons, c'est tout de même une chance, non ? »

Il me fixe, lui qui ne m'a presque accordé aucun regard depuis notre départ du Rick's Café. Je note rapidement ce changement de comportement, mais je

1. Mosaïque de morceaux de terre cuite émaillée.

suis de nouveau emportée par mon enthousiasme. Je me sens dans cette maison comme chez moi. D'autres y auraient vu une ruine juste bonne à être rasée, moi, j'y vois un palace clinquant.

« Et vous êtes prêt pour le clou du spectacle ? »

Sans attendre sa réponse, j'avale quatre à quatre les marches d'escalier poussiéreuses qui mènent à la terrasse sur le toit.

La lumière nous éblouit et nous mettons quelques instants à nous habituer au soleil blanc qui semble darder de toutes parts. Nous sommes sur une arche, sur un balcon au milieu de la forêt vierge, dans une bulle de silence au cœur du vacarme assourdissant de la ville.

J'ai beau être déjà venue plusieurs fois, je me sens chaque fois pleine de ravissement, le cœur battant, le souffle soudainement coupé. J'attends quelques instants pour le laisser profiter de la vue et de l'ambiance de ce havre de paix avant de reprendre.

« Et ces deux tourelles à toit plat nous permettraient donc d'abriter la cabine de projection pour diffuser le film sur ce mur. »

Il pivote en même temps que mon bras qui indique un imposant immeuble, construit à quelques mètres du muret à l'arrière de la maison.

Je m'assois par terre et fais signe à Ali de venir près de moi. Pour avoir déjà essayé, je sais que l'impression est grandiose. Alors, moi-même séduite et convaincue, j'espère lui asséner le coup de grâce.

Je parle, extatique, en lui montrant le mur sur lequel je vois déjà comment les projections de nuit mettront en valeur les chefs-d'œuvre du cinéma. Comment cet immense écran blanc rendra étincelant le grain des films en noir et blanc d'Orson Welles ou de Fritz Lang. Comment le blanc du béton rendra justice au teint lumineux des plus belles actrices, de Marilyn Monroe à Bette Davis, d'Arletty à Ingrid Bergman, de Faten Hamama à Chadia ou de Sabah à Sophia Loren.

Quand je réalise soudain que je n'ai plus entendu le son de sa voix depuis le début de mon soliloque, je me tais. Alors que j'essaie de lui faire ressentir la magie que j'imagine faire éclore en ce lieu, lui, depuis tout ce temps, me dévisage d'un regard intense évoquant le feu sous la glace.

Hélène, 1940

Pendant toutes ces années, nous avons dansé sur un volcan. Il menaçait, grondait, mais aucun de nous n'a voulu y prêter attention. Je garderai de l'enfance de Guillaume et Lili le souvenir d'une époque incandescente qui s'achève aujourd'hui, à l'instant même où mes pensées vagabondent. Mon esprit ne peut soutenir l'idée de la mort de mon fils et m'impose sans cesse le retour d'une mémoire brûlante.

Nous avons connu le bonheur absolu, la musique dans nos existences, l'abondance, la certitude de ne manquer de rien, la conscience de la plénitude et les jours sans peur. Plus les années passaient et plus l'écho lointain des dictatures et les films noirs qui témoignaient d'une réalité sociale difficile nous poussaient à boire jusqu'à la lie le bonheur tant qu'il y en avait.

Guillaume a toujours été doué pour le bonheur et assoiffé de vie, comme je l'avais été avant la guerre.

Je revois en accéléré ses rares permissions.

Je repense à la dernière. Il était resté quinze jours. De retour de Bizerte, il nous avait couverts de cadeaux en provenance de l'Orient : de l'eau de fleur d'oranger, des djellabas, des colliers pour Lili et moi, un sabre pour son père. Chaque fois, il revenait avec des anecdotes, de nouvelles photos et des cartes postales que je classais dans un album. C'est désormais tout ce qui me restera de lui et mes mains se mettent déjà à trembler à l'idée de son absence.

Je ferme les yeux et je sens sous mes doigts sa peau quand, à son retour de Brazzaville, j'avais posé sur son cou brûlé par le soleil des cataplasmes frais pour le soulager. J'inspire profondément et ma mémoire meurtrie me rend immédiatement son odeur comme pour en remonter la trace. Le parfum de ses cheveux sous la pluie. Ses mains fripées à force de nager et de plonger pendant des heures dans la Manche, lorsque nous les emmenions au Tréport profiter de l'été et des congés payés. La senteur de ses joues rosies par les premières ivresses. Son attention gourmande lorsque je lui avais appris les secrets de la préparation et de la macération du Pernod. Sa silhouette imposante dans un coin de la cuisine, en train d'engloutir la moitié d'une tarte aux quetsches avec un sourire d'enfant farceur, satisfait d'en avoir eu plus que les autres. Son air radieux quand il s'est présenté sur le perron de notre maison, nous faisant la surprise de sa venue pour les fêtes de Noël. Un défilé ininterrompu de souvenirs brouille de larmes mon regard. Ils sont si beaux et si nets qu'il me semble les revivre. Je le revois de dos sur le quai. Il se retourne, ému de nous voir à Toulon pour lui rendre visite. Puis Lucien pose la main sur mon épaule. Tout s'enfuit et il m'arrache mon fils une nouvelle fois.

Je tente de toutes mes forces de faire revenir ces instants, mais je réalise que, plus les années de marine passaient, plus sa présence semblait irréelle lors des permissions. Si, au début, je mettais quelques minutes à retrouver dans ses traits ceux de mon fils, il m'a fallu de plus en plus de temps avant de surmonter cette étrangeté qui émanait de lui. Il devenait un homme et dans ses yeux étaient passés des soleils arides et de nombreuses obscurités, des sourires, des angoisses et la mort. Je le voyais. Il s'était mis à porter des fantômes sur son visage.

La dernière fois que je l'ai vu, mon fils, il ne lui restait que quelques mois, un peu plus d'une année à peine pour aller au bout de son engagement. Ensuite, il retournerait à la vie. Cela me paraissait une éternité, et je lui avais fait promettre de crever la digue de l'impatience en revenant très souvent. Je lui disais qu'il aurait tout le temps pour profiter de la fête et de l'amour quand il ne serait plus marin. La dernière fois que je l'ai vu, il m'a dit : « Maman, je te le jure, je serai de retour le plus tôt possible ! »

Félix, 1940

Guillaume a beaucoup insisté pour échanger sa perm' avec la mienne le jour de l'explosion. Bon Dieu ! Qu'est-ce que j'pouvais faire ? J'ai sauté sur l'occasion ! D'puis l'début d'la guerre, c'est tellement laborieux pour en dégoter une que j'ai pas réfléchi… C'est vrai que c'tait un peu étrange de sa part. Après tout, il était comme les autres, il avait besoin d'un peu de repos, mais pour moi c'était pain béni…

Faut bien comprendre qu'on en bave de plus en plus et qu'on a de moins en moins d'réconfort. Sauf peut-être avec les filles… Quand on rentre à Toulon, avec la déclaration de guerre, la peur, la menace et tout l'tremblement, elle sont moins bêcheuses… Plus besoin de se saper tout neuf… Mais comme de par hasard, on peut plus en profiter, parce qu'on reste cloués sur le rafiot. On enchaîne les allers-retours avec l'Espagne, qui s'en était pris plein la gueule et a fini de s'taper sur le cigare, pile quand nous on décide d'remettre ça. Depuis, tous les quatre matins, on part un coup en Algérie, un coup en Tunisie, et j'en passe.

On dirait qu'Hitler est bien décidé à foutre le bordel. La Pologne veut pas s'laisser marcher sur les pinceaux mais ils ont pas tenu longtemps, les pauvres… On a été un peu naïfs de croire qu'les fritz allaient réfléchir avant de faire main basse sur Dantzig. On a bien vu la débâcle qui a suivi… Ça a repris de plus belle. Et vas-y qu'on part pour Bizerte, retour à Casablanca, et on part même jusqu'en Yougoslavie, retour à Toulon. On doit être parés à toute éventualité, jour et nuit, qu'ils nous disent.

On se sent tout de même un peu loin… La Pologne, c'est d'l'autre côté mais on s'la coule pas douce pour autant, j'vous prie d'me croire !

Pour nous, la débâcle, ça a commencé avec le *Pluton*. C'était un croiseur qui était comme nous, souvent dans la rade de Casa. On les avait même escortés jusqu'à Alger en octobre 1938. C'tait un très grand croiseur-mouilleur de mines qui servait de transport de troupes. Il était rapide surtout, il allait jusqu'à trente nœuds !

Au début d'la guerre, on a été avertis que les Allemands prévoyaient d'attaquer les côtes marocaines. À partir de cet instant, on avait plus le droit d'rien raconter dans nos babillardes… Ni ce qu'on faisait ni où on était. Alors on noircissait avec les détails d'nos repas, le temps qu'il faisait, des conneries quoi… Plus ça chauffe, plus les lettres mettent de temps à arriver parce qu'ils cherchent si on parle par codes, ce genre de choses…

Les familles ont pas le droit d'savoir. La version officielle, bien sûr, celle des journaux et celle qu'on a balancée aux proches des disparus dans les lettres des généraux, c'est qu'le *Pluton* a subi une avarie, un problème de maintenance... Exactement comme nous avec *La Railleuse* ! Tiens donc...

Mais c'est la guerre. Et ça m'fout en rogne d'entendre et de devoir servir c'discours ! J'vous prie d'croire qu'on est pas cons au point d'se balader en mer dans une partie d'cache-cache avec les Boches sans vérifier avant que tout l'bazar marche bien.

Alors c'que j'vais raconter, c'est confidentiel...

Le *Pluton* d'vait appareiller pour contrer les attaques des sous-marins allemands en traçant un champ de mines défensif avec une centaine de mines Bréguet qui avaient été embarquées à Brest. Ils arrivent à Casablanca, s'amarrent à la jetée Delure et attendent la suite des instructions pendant une semaine. Tout ça pour avoir un r'tour des plus curieux, à mon avis... Soit-disant qu'les Allemands auraient pas bougé, seraient pas du tout en train d'arriver sur les côtes atlantiques du Maroc. Par conséquent nos collègues ont ordre de faire semblant d'mouiller les mines et d'les débarquer dans le port pour la prochaine fois.

C'est là que ça a pété.

Le pont arrière a rugi et une immense flamme a embrasé l'ciel. On était pas loin, on a tout vu. Tout entendu surtout... La première détonation, on a compris... Et ça r'commence aussi sec. La deuxième, c'est effroyable... Les vitres des bateaux d'à côté, mais aussi des voitures et des immeubles dans le port volent en éclats. La mer prend feu... C'est inouï c'que j'raconte et j'passe pour un empaffé, mais la flaque de mazout qui fuit d'partout brûle comme en enfer. J'ai jamais vu ça… En moins d'une heure, le *Pluton*, un géant de plus de cinq mille tonnes et d'une centaine de mètres de long, est englouti par les flots qui ressemblent à ce moment-là à d'la lave en fusion.

On a accouru. On les voyait s'débattre dans l'incandescence… L'air, l'eau, les corps des vivants et les morceaux déchiquetés… Tout s'était mis à cramer pendant que l'bateau, avec une lenteur désespérante, se f'sait bouffer par des sables mouvants.

Ces mat'lots, nos copains, nos frères, avec qui on a fait la fête dans Bousbir et qui s'débattent contre la mort qui a gagné d'avance… Les jours précédents, on avait même abusé du rosé avec eux… Mais j'le leur plains pas, à ces malheureux ! Là où ils sont maintenant, ça peut plus leur faire mal aux cheveux.

Leur bateau a explosé le 13 septembre 1939, à Casablanca, quelques mois avant l'nôtre. Un beau feu d'artifice, histoire de fêter notre entrée en guerre comme il s'doit. Ça f'sait quelque chose d'penser que c'étaient les premiers morts d'la guerre. D'autant plus que la version officielle voulait qu'ce soit la faute d'un pauvre couillon de la lune qui aurait fait mourir connement deux cents ou trois cents âmes juste parce qu'il avait oublié de désamorcer une mine…

Tout ça, on a eu l'interdiction formelle d'en dire un traître mot… Mais j'vous la dois la vérité, parce que moi j'voudrais qu'on la dise à mes parents !

À Casa, entr'nous, on en croyait pas un mot. Mais avise-toi de dire l'contraire, de douter de c'qu'on te raconte, couillon de marin ! On pense à ta place et tu salues ton pays !

Merci bien…

Évidemment, y avait quand même des questions qui s'étaient posées le lendemain d'l'explosion. Forcément, on a commencé à penser qu'on aurait pu être à leur place… Parce que l'coup de la négligence, on y croyait pas une seconde. Et puis, à quoi ça rimait cette mascarade ? On fait semblant de poser les mines, mais en fait on remballe et ça pète ?

Pour nous, ça fait aucun doute : y a des informateurs dans Casa qui avertissent les Boches de nos faits et gestes. Et ils sont bons et bien planqués, parce qu'ils ont évité qu'on installe une ligne défensive pour les empêcher d'entrer, et qu'ils ont même eu le loisir de balancer une torpille bien ajustée dans le tas de mines du *Pluton* pour pas qu'elles servent…

Quelques mois plus tard, c'est notre rafiot, *La Railleuse*, qui explose soi-disant tout seul. « Négligence lors de la maintenance », qu'ils ont dit… Pareil. Avec vingt-huit de nos gars qui passent l'arme à gauche pendant que le commandant s'la coule douce on ne sait où, tranquillement à l'abri. Ben voyons… Qu'est-ce qu'on peut être cons alors… Ils ont qu'à pas s'casser le cul, les Schleus ! De tout'façon, on va se saborder tout seuls, gentiment, sans qu'ils aient à lever l'petit doigt !

C'est comme ça qu'on parle entre nous, quand on va se saouler la gueule en l'honneur des sacrifiés des deux mains gauches ! Quand l'nôtre y est passé aussi, on a franchement dégoisé sur les espions qui d'vaient bien rigoler d'nous voir nous faire étriller d'tous les côtés : les Boches et nos commandants.

J'ai prévenu, j'sais pas la fermer ! Mes copains m'disent souvent : « Félix, tais-toi un peu ! Tu vas finir par t'faire tuer par le commandant. On va t'accuser d'inciter à la mutinerie. » Mais j'continue, j'continue… Va m'falloir toute une vie avant de venir à bout d'cette colère que j'ai depuis contre l'commandant et ses sbires qui nous ont envoyés nous faire cramer… Pour le *Pluton*, on pouvait pas rechigner là-dessus, l'commandant avait au moins eu la décence d'y passer avec ses hommes !

Si pour un « accident », on peut croire à l'erreur humaine, comme ils disent en haut soi-disant pour nous couvrir, faudrait être sacrément neuneu pour avaler que le deuxième du genre est une coïncidence. C'est là que ça a commencé à chauffer dur.

J'prends congé des parents d'Guillaume. Il va bien falloir que j'garde un ou deux secrets…

J'suis allé trop loin, parce que ce qu'ils ont retenu d'mon discours, c'est qu'il m'avait laissé sa place ce jour-là. Comme par hasard…

Et pour tout dire, ils sont pas les seuls à s'étonner d'ça.

Il faut trouver l'coupable idéal, l'espion quoi… C'lui qui nous a menti et traîné dans la boue…

Et un mort de préférence… C'est plus facile. L'boulot est d'jà fait !

Loubna, 2005

Il est environ 6 heures du matin. Ali ne dit rien et ne dira rien pour l'instant. Il est resté assis à profiter des premières heures du jour et de cette lumière laiteuse si caractéristique des aubes casablancaises, quand le ciel joue à singer le blanc des murs de la ville pour mieux l'absorber. Au loin, la voix du muezzin qui appelle les fidèles à la prière a empli l'aurore d'un vrombissement sourd. L'obscurité s'est peu à peu évanouie, dévorée par le soleil d'une incandescence nue qui s'étend sur la ville comme une caresse de satin.

Ali n'a pas bougé. Il pensait à mon cinéma ou à ses affaires, je ne sais pas.

Puis il a subitement décidé qu'il était temps de partir. Peut-être estime-t-il que je lui ai fait perdre son temps et qu'il est hors de question qu'il y perde en plus de l'argent ?

« Je vous dépose ? Où habitez-vous ?

— Rue d'Alger. Vous connaissez ? »

Il est interdit et me jauge du regard avant d'ajouter avec conviction :

« Très bien ! »

Il démarre en trombe à nouveau. C'est sans doute une habitude de laisser de la gomme sur la route partout où il passe.

Il n'hésite pas. Encore une fois, il connaît exactement les lieux. Sans même me demander le numéro dans la petite rue où j'ai grandi, il me dépose devant le bon immeuble.

« C'est là, j'imagine ?

— Oui, mais comment…

— Je comprends mieux ce goût pour les bâtisses coloniales. Mademoiselle n'a pas n'importe quel sang qui coule dans ses veines… »

Je ne vois pas ce qu'il insinue par là, ni pourquoi un sourire ironique habille soudainement ses lèvres.

« J'ai grandi là. Mais je ne suis pas la seule. Qu'est-ce que… »

Il me regarde d'un œil railleur et me coupe encore la parole.

« Je ne sais pas comment vous vous êtes retrouvée dans cet immeuble, mais j'imagine que c'est de famille… Je me trompe ? »

Son ton ne me plaît pas : je n'ai pas dormi de la nuit et je me demande s'il n'est pas en train de chercher une excuse pour se dégager du projet. Je sors de la voiture et claque la portière.

Qu'est-ce que ça peut lui faire ? Je ne le connais que depuis quelques heures et il est indiscret, ses réflexions sont malvenues. Il baisse pourtant la vitre pour terminer sa phrase.

« Mon grand-père était diplomate. Je connais les vieilles histoires de Casablanca. Vos ancêtres n'étaient pas des gens très fréquentables, voilà tout… Mais ne le prenez pas comme ça, Loubna… Vous n'êtes pas responsable des agissements de certains membres de votre famille pendant la guerre… »

Il apprécie l'effet que ses mots ont produit sur moi. Il est satisfait et je sens bien que cela joue contre moi. Il me lance un grand sourire avant de démarrer sur les chapeaux de roues. Je ne comprends pas ce qu'il a voulu dire, mais je ne veux pas le lui demander. Pas à lui.

J'ai le cœur qui bat plus que de raison. La Maserati passe l'angle de la rue et je me précipite dans la cage d'escalier.

Je tente de rassembler ce que je sais de mon héritage, mais je ne peux qu'à chaque marche revenir aux maigres informations que je possède. Ma mère ne m'a pas particulièrement entretenue dans le secret, mais mon père ne savait pas grand-chose et avait, selon elle, « la volonté de ne pas fouiller : il voulait construire sa propre histoire ». Sans doute que le fait d'avoir été orphelin de père et de mère l'a poussé très tôt à se bâtir une existence riche en amis et en rêves, pour compenser ce qu'il n'avait pas ?

J'ai toujours vécu dans cet immeuble et mon père aussi, à ce qu'il me semble. Mes parents s'y sont installés quand ils se sont mariés, et j'occupe aujourd'hui le second étage. Ma mère est au troisième. Ma grand-mère adoptive a vécu au premier avec mon grand-père, les deux étant depuis longtemps décédés.

Il ne reste plus que ma mère. Il est très tôt, mais elle doit être réveillée, je m'en persuade et tant pis !

« Mamma. »

Ma mère est encore au lit, en train de lire assise, le dos calé par de grands coussins, dans sa robe de chambre rose et bleu. Elle a ouvert en grand la fenêtre pour profiter elle aussi des premières lueurs du matin. Il lui reste une demi-heure avant de se lever et de se préparer pour partir travailler.

« Loubna ! Tu es tombée du lit, ma parole ?

— Mamma, j'ai une question. L'immeuble, de qui on le tient ? »

Elle baisse ses lunettes sur le bout de son nez et me regarde, amusée.

« Mais Loubna, tu le sais, enfin… De ta grand-mère.

— Comment a-t-elle pu faire l'acquisition d'un tel bien en travaillant à l'hôpital ? »

J'ai jusque-là vécu mon existence avec les bribes d'histoires que l'on m'a données et je les ai prises sans trop m'interroger. J'ai écarté toutes les réflexions rationnelles ou matérielles qui auraient pu morceler l'histoire que je m'étais forgée. Certains de mes films préférés ont aussi des scénarios invraisemblables, et j'ai admis depuis toujours que ma vie était l'un de ceux-là.

« Mais non, pas de Zayna, de ta vraie grand-mère ! De la mère biologique de ton père, celle qui est morte en couches. »

Ma mère se lève et referme la fenêtre. Elle m'embrasse.

« Comment, Loubna, tu ne le savais pas ? »

La pesanteur me rattrape et mon corps est lourd. J'ai attendu trente ans pour m'intéresser à tout cela.

Je sais si peu de choses, et le peu que je connais, je l'ai appris de travers. Au point que des inconnus pour qui « tous les coups sont permis » savent que mon grand-père ou ma grand-mère, ou bien les deux, n'étaient pas très fréquentables…

II

IL FAUT PARTIR

Hélène, 1940

Ce qui me ronge le plus durement le cœur, ce n'est pas de penser à ce qu'il a été, mais à ce qu'il aurait pu être.

Sa vie n'était encore qu'une ébauche à peine esquissée, et pourtant il avait déjà tant vécu et tant brassé de vie autour de lui. Il avait été convenu qu'à la fin de la guerre il épouserait Ginette. Ces deux-là se connaissaient et s'aimaient depuis leur plus tendre enfance. « Assurez-la qu'elle occupe depuis toujours une place particulière dans mon cœur », nous écrivait-il dans ses lettres.

Quelle jolie et pudique manière de dire : « Je l'aime ! » Elle en était chaque fois toute retournée, l'attendant, sûre et certaine de son choix. Ce serait lui et pas un autre. Mon fils évidemment plaisait à toute sa famille. Le père de Ginette était cheminot. Il a conduit les michelines entre Amiens et Paris jusqu'au jour où il a perdu l'usage de sa main dans un accident. Elle a été broyée entre deux pièces de métal incandescentes. Alors, à chaque permission, c'était Guillaume qui faisait les travaux pénibles dans leur maison : passer les couches de peinture, reprendre une charpente, remplacer une tuile sur le toit, poser un parquet, réparer une palissade. Il ne cherchait pas à mériter l'amour de Ginette, il l'aimait si fort… Je les revois sur leur bicyclette à travers les champs de coquelicots. Quel gâchis, tous ces mots d'amour évanouis dans les senteurs de l'été.

Il avait tout pour être heureux. Il devait finir son temps dans la marine et revenir fonder une famille. Et puis il y a eu la guerre. Il s'est mis à partir plus loin, plus longtemps, dans des lieux dont il ne pouvait nous indiquer les noms, pour des missions dont il ne pouvait pas parler. L'inquiétude, soudainement. Il ne parlait que du présent et ne se projetait plus dans le futur.

Il n'était pas revenu depuis plus d'un an, et il avait subitement arrêté de parler de Ginette dans ses lettres. Décidément, la guerre est incompatible avec l'amour. Elle fait des hommes des êtres incapables d'aimer ou d'être aimés.

Liliane, 1940

L'absence de mon frère est un vacarme, une invasion, une violence insurpassable. Depuis une semaine, je ressasse des images : le marin en bas des marches du perron, le cri étouffé de ma mère, les pas précipités de mon père dans l'escalier, le printemps, surtout, qui ne reviendra plus jamais.

Comme si tout ça n'était pas possible… Pourtant il s'est engagé dans la marine et la guerre a éclaté, c'était un risque qu'il courait. Évidemment. Nous le savions. Ces histoires de bombardements qu'on entend toujours dans les moments où on reprend espoir, chaque fois qu'on parvient à se dire que ça va bien se passer, qu'on a droit au bonheur nous aussi et que, tout bien considéré, celui qu'on aime n'est pas là où ça se passe pour de vrai, la guerre. N'est-ce pas ?

Pour l'heure, l'important, c'est que les Allemands ne rentrent pas par la Marne, comme la dernière fois.

Depuis quelques mois, on comprenait que ça commençait à chauffer, même là-bas, en Afrique du Nord. À l'inquiétude de Guillaume dans ses lettres, aux sujets qu'il n'abordait plus. Mais il nous a toujours répété qu'il avait la baraka. « Pas question de mourir », « La mort ne voudra pas de moi »…

Ce genre de choses. Jusqu'à ses dernières lettres… Depuis quelque temps, on aurait dit que la mort n'était plus pour lui qu'un jeu de cache-cache ou un coup de poker. On sentait qu'elle était là, partout autour de lui, et qu'il la reniflait.

Le jour de la nouvelle, je suis immédiatement partie prévenir Ginette. Elle a pleuré. Naturellement, elle était abasourdie. Mais elle avait déjà les yeux rougis par les larmes. Elle revenait de chez sa cousine, à Paris, où elle avait séjourné quelques jours, et je sentais bien que quelque chose s'était passé là-bas, mais elle ne voulait pas en parler. C'étaient des secrets de famille, m'a-t-elle assuré.

On a pleuré ensemble sur celui qu'on avait perdu toutes les deux.

Étienne est arrivé. Il vient souvent lui rendre visite, depuis que mon frère ne rentre plus de permission. Il en pince pour elle, mais elle est la fiancée de Guillaume. Elle était…

Il a le champ libre maintenant ! Mais peut-être qu'il aura le tact d'attendre un peu avant de se proposer comme remplaçant. Au bout d'une heure, je suis partie et je les ai laissés seuls tous les deux. Je n'avais qu'une envie, m'enfermer dans ma chambre, relire les lettres de Guillaume et échafauder les scénarios de son retour. Je ferme les yeux et je me mets à l'imaginer refaire surface un beau jour, quand la guerre sera finie et que nous serons dans le jardin. Il arrivera à l'improviste et s'assoira en face de nous comme si de rien n'était, un sourire taquin dans les yeux. Au début, on n'y croira pas, on restera interdits quelques instants avant de lui sauter dessus pour le prendre dans nos bras et l'embrasser sans fin. Ces idées me font du bien, mais ça ne dure pas. Elles me permettent simplement d'échapper pour un moment à la torpeur glacée de la maison.

La vie s'y est figée depuis le départ de Félix. Nous nous sommes plongés dans les ténèbres, mes parents et moi. Le soleil, le printemps, tout cela est trop douloureux.

On s'est mis derrière les volets clos, à veiller un corps qui ne reviendra sans doute jamais. Et c'est ça qui obsède mon père. Il veut le voir, une dernière fois. Comme si c'était impossible de rendre tout cela réel sans sa dépouille. À lui aussi, ça lui a traversé l'esprit, qu'il ne soit pas vraiment mort. Sauf que l'entendre de la bouche de mon père, entendre ces idées sortir du silence des rêves, c'est comme un parjure, une aliénation, un sortilège.

Je suis malgré moi spectatrice de leur douleur et cela me semble indécent.

Cette nouvelle a tout laissé en suspens, la poussière et la vie quotidienne. Ils auraient bien pu perdre leurs deux enfants ce jour-là, je crois qu'ils se conduiraient exactement de la même façon.

Les jours passent de cette manière. Je reste enfermée dans ma chambre, les rideaux tirés, et je m'allonge sur mon lit, les yeux rivés au plafond. Je sors de ma cachette la nuit, tenaillée par la faim et la soif. Le silence qui règne derrière ma porte est insoutenable. À croire que, nous aussi, nous sommes morts.

Et quelque chose commence. Les cris, les éclats de colère, la fureur même. La première fois, je suis arrachée à ma torpeur par un rugissement terrible, suivi d'un flot ininterrompu d'injures. Celles de ma mère qui pleure et hurle à la mort. Au fil des jours, la tristesse se mue en colère. Elle ne pleure plus seule. Elle ne pleure plus, d'ailleurs. Le silence se brise et avec lui – plus terrible encore – l'entente qui existait entre mes parents. Elle vocifère sur mon père et répète la même chose encore et toujours. « C'est toi qui l'as tué ! De tes mains, tu comprends ? Tout ce gâchis, c'est ta faute. Mais tu le paieras de ma main ou de celle de Dieu. Tu le paieras ! »

Je suis médusée et je reste tapie dans l'ombre, effrayée d'avoir découvert un secret brûlant. Quand cette fièvre devient insupportable, j'allume la TSF pour couvrir les éclats de haine.

Ma famille se délite tandis que les troupes du Reich avancent. Ce conflit que l'on pensait voir étouffé dans l'œuf à la fin de 1939 s'annonce plus complexe. L'Allemagne a envahi la Pologne. La Somme n'est pas très loin de la frontière allemande. Allons-nous être envahis à notre tour ? Puisque mon frère que je croyais immortel a succombé, je perds tout espoir en l'avenir. Ça se rapproche, de jour en jour. J'ai peur et mes parents sont figés dans leur chagrin. Ma mère lui hurle sa haine au visage et mon père, terrassé par ses mots, ne dit plus rien. Je la trouve terriblement injuste, cette accusation. Comment peut-il être responsable de la mort de son fils ? Ce n'est pourtant pas lui qui a causé ce problème de maintenance sur le bateau. C'est simplement de la malchance. Mon père n'a rien à voir là-dedans. Il n'a jamais mis les pieds au Maroc et encore moins sur *La Railleuse*…

Une semaine est passée et je me décide à sortir. Je veux voir Ginette à nouveau. Je l'ai laissée seule avec ses souvenirs perdus et je m'en veux. Mais après tout, elle non plus ne m'a pas rendu visite.

Et pour cause… Je découvre qu'elle est partie. Sa mère m'apprend que, le lendemain de la nouvelle, elle a fait ses bagages et est repartie chez sa cousine de Paris. Ses parents ont l'air inquiets. Pour elle, mais aussi pour nous tous, proches de la frontière en ces temps de guerre, de feu, de sang… Je ne comprends pas ce qu'ils veulent me dire.

Je crois que je ne saurai jamais s'ils m'ont raconté toute la vérité ce jour-là mais, à dix-sept ans et en l'espace de quelques jours, j'ai compris que les drames se jouent toujours dans les non-dits, dans les phrases qu'on hésite à prononcer de peur de blesser celui à qui on se confie, avant de se rétracter pour toujours.

Je regarde autour de moi, quelque chose a changé. Ils ont l'air d'être sur le départ, sans le dire eux non plus, exactement comme leur fille.

« Elle ne vous a pas laissé de lettre pour moi, vous en êtes bien certains ? »

Ils ne me répondent pas.

Sa mère me tend le *Paris-Soir* de la veille. Nous sommes aujourd'hui le samedi 11 mai. Les gros titres sont menaçants, sans appel : *Les Allemands ont envahi ce matin à l'aube la Hollande, la Belgique, le Luxembourg.* J'ai du mal à le croire, et pourtant…

Bruxelles bombardée, grande bataille aérienne au-dessus d'Amsterdam. Le gouvernement du Luxembourg aurait quitté la capitale. Tout s'accélère. *La Haye est attaquée par l'aviation nazie. C'est Churchill qui remplacerait Chamberlain.*

« Et vous, qu'allez-vous faire ? Partir ? La rejoindre ? Vous pensez qu'on doit tous partir ? »

Ils me dévisagent un moment et échangent un regard. Sa mère me serre dans ses bras.

« Oui, Lili, vous devriez partir vous aussi, si vous le pouvez… »

Ginette, 1940

La dernière fois que Guillaume est revenu en permission, c'était juste avant le début de la guerre, au mois d'avril. C'est à ce moment-là qu'il a mis fin à notre relation. Ça a été aussi succinct que brutal.

Ne m'attends pas. Pardon.

Je l'ai bien évidemment abreuvé de demandes d'explication. Il est reparti et j'ai noirci des pages pleines de colère, de menaces et de pleurs qui ont fait dégoutter l'encre jusqu'aux bords de ma peine.

En plus de la guerre, je devais endurer son mutisme et la fin abrupte de ses promesses d'amour. Mais j'avais malgré tout un espoir. Celui de le séduire à nouveau quand il reviendrait. Alors je me suis tue et j'ai pleuré en silence dans l'alcôve de mes nuits solitaires. Il n'en a rien dit à sa famille, pas même à Lili, sa sœur et amie de toujours.

Peut-être avait-il peur de ne pas revenir ? Il me quittait donc par amour pour moi. Cette idée m'a traversé l'esprit et ne m'a plus quittée. J'allais en savoir plus à son retour. Je me suis mise à attendre, plus débordante d'affection que jamais. J'avais soudainement compris qu'il voulait endosser seul la douleur du manque.

Plus d'un an sans nouvelles, à relire sans cesse ces mots avares de vérité que je transformais en preuve d'amour désespérée. Et malgré ce qu'il m'avait écrit, certaine d'une déclaration secrète qu'il m'avait fallu lire entre les lignes, je recommençais à l'attendre. Lui qui m'avait promis une vie de bonheur ne pouvait pas m'oublier comme ça, sans raison. Je devenais folle... Je devais savoir à tout prix. S'il ne m'aimait plus, ce à quoi je ne pouvais croire, il fallait qu'il me le dise, avec ses yeux. Eux ne mentiraient pas. Je saurais. Je me suis donc décidée à lui écrire une lettre pleine de sincérité.

Tu m'as dit que tu m'aimais et je n'en doute toujours pas. Malgré ta dernière lettre. Ce jour béni où je t'ai rencontré me revient sans cesse en mémoire, ce premier jour où nous nous sommes vus à la foire de Péronne il y a sept ans maintenant. Ton visage m'a tout de suite plu et je voudrais de tout mon cœur qu'il m'appartienne à jamais. J'ai reçu une lettre d'une amie de Paris qui m'a dit qu'elle connaissait un marin à Toulon. J'ai imaginé que c'était toi. Que nous pourrions nous voir. Que peut-être tu revenais encore de temps en temps sur le sol français et que nous pourrions nous y donner rendez-vous. Je meurs de ne plus te voir. Tous les soirs, j'embrasse en pleurant cette photo de nous sur laquelle nous sommes enlacés à côté de nos bicyclettes, couchés dans ce champ de coquelicots. Mes lèvres sentent encore le goût salé des tiennes.

Je t'aime à la folie et pour toujours.

Il m'a finalement répondu. Il avait une permission de quelques jours à Toulon, trop courte pour qu'il aille voir ses parents dans l'Est. Cela arrivait de temps en temps depuis que les tensions s'étaient installées entre la France et l'Allemagne. Ce n'était pas la première fois ces derniers mois que je le retrouvais à Toulon. Parfois pour vingt-quatre heures, deux jours au mieux. Il m'a demandé de le rejoindre pour que nous parlions une dernière fois. Et je devais jurer de ne jamais rien dire à ses parents et à sa sœur.

Ils n'ont pas à savoir. Ne va pas chercher à attendrir ma mère car tu sais qu'elle t'aime. Ginette, je te le répète, même si je sais que je te dois une explication : tout cela, c'est pour ton bien. C'est un autre que moi qui te rendra aussi heureuse que tu le mérites.

Ces derniers mots n'auguraient rien de bon, mais je me raccrochais tout de même à ces retrouvailles.

J'ai prétexté de rendre visite à une cousine à Paris et je suis partie. La peur au ventre mais pleine d'espoir, je l'ai retrouvé dans un hôtel du port de Toulon.

Liliane, 1940

En revenant de chez les parents de Ginette, la présence inattendue de mon père dans le jardin, assis en silence sous le grand tilleul, me fait sursauter. C'est là qu'il nous a appris à lire, à mon frère et moi, qu'il nous a fait sauter sur ses genoux, qu'il nous a dévoilé tout ce que nous savons de l'existence. Cet arbre a été l'oreille discrète et patiente de notre famille. Il connaît nos secrets, nos peines et nos joies. Souvent, depuis le départ de mon frère, je me suis assise à côté de mon père et j'ai conversé avec lui sur ce même banc en pierre. Ces derniers temps, il a tenté de dissimuler ses tourments en passant son bras autour de mes épaules, mais son regard se perdait bien vite à nouveau dans le vide et je le laissais, impuissante à dissiper les horreurs qui le traversaient.

Mon père savait-il ce qui allait advenir ? On aurait dit qu'il l'avait déchiffré dans la poussière et le pollen amoncelés dans les racines, et qu'il s'était employé à se débattre contre le diable qui en voulait à son âme. Les jours qui ont suivi l'annonce de la mort de mon frère ont été les plus terribles, et pourtant tout laisse présager que la guerre n'en est qu'à son début et nous réserve des heures de désespoir profond. Depuis une semaine que notre monde a basculé, je guette mon père par la fenêtre : il chuchote des mots incompréhensibles au tronc qui reste imperturbable.

« Papa ? Je vais rendre visite à Ginette à Paris. Je serai revenue demain, après-demain au plus tard. »

Il a levé son visage vers moi, semblant ne pas comprendre ce que je viens de lui dire. Je rentre en trombe dans ma chambre et prépare une petite valise. Je dois partir – pour retrouver Ginette, lui parler, mais avant tout pour me sauver de l'asphyxie.

Ma valise à la main et mon manteau léger sur le dos, j'approche à pas silencieux du lit de ma mère pour la prévenir. Elle est allongée dans le noir et tourne le dos à la porte. Elle n'a pas bougé depuis des heures, peut-être des jours, elle ne lèvera pas le petit doigt pour moi. La guerre arrive et je m'en vais.

À la gare, je suis tirée de mes pensées par une voix familière. Félix se tient en face de moi.

« Je venais justement vous voir », me dit-il.

Il a des choses à ajouter. Des secrets à lever. Mais il préfère m'accompagner jusqu'à Paris pour que nous discutions tranquillement dans le train. Il m'avoue qu'il ne pense plus qu'à moi depuis des jours – à nous deux, mon frère et moi, se reprend-il. Il y a des choses que je dois savoir, mais qu'il n'a pas osé dire à mes parents.

Il est confus et je ne cesse de l'observer. J'essaie d'imaginer quel genre d'ami il a été pour Guillaume.

Je ne sais pas ce qu'ils ont vécu ensemble. Mais Félix me raconte des anecdotes plus personnelles, plus intimes sur mon frère et je commence à le retrouver véritablement dans sa bouche. C'est rassurant et troublant à la fois.

Félix porte son uniforme. Il est moins grand que Guillaume et bien moins charismatique, mais ses yeux clairs et son sourire franc le rendent d'emblée sympathique. Je ne l'avais pas bien examiné la dernière fois, ce porteur de mauvaises nouvelles. Il adore mon frère, je le sens au ton de sa voix. Il se déprécie aussi en comparaison, se juge tellement moins formidable. Pourtant, il y a dans la timidité qu'il met à cacher sa façon de parler habituelle, trop relâchée pour moi semble-t-il penser, quelque chose de terriblement touchant. Je lui plais, je le vois dans ses yeux. Il me connaissait déjà avant de rendre visite à mes parents. Mon frère et lui avaient parlé de moi. Je le sais, nous nous disions tout.

Il se lève subitement de son siège pour laisser sa place à une femme enceinte et reste debout, le regard fixé vers le plafond, me surveillant du coin de l'œil. Il se tient droit dans sa tenue d'un blanc étincelant, et nous remettons notre conversation à plus tard. Pour la première fois depuis le début du trajet, je jette un œil alentour et réalise l'effet que son uniforme produit. On ne voit que lui dans le compartiment, et je remarque soudainement le regard que les autres femmes posent sur Félix. Elles semblent voir en lui la possibilité d'un cessez-le-feu, voire d'un armistice.

Guillaume ne portait plus l'uniforme quand il revenait en permission. Lui qui en était si fier les premiers mois, il l'avait pris peu à peu en horreur.

Nous sommes mal vus. Les gens nous jettent de sales regards dans la rue quand nous sortons la nuit dans Toulon ou ailleurs. Ils disent que les marins sont des voleurs, des violeurs et des tueurs. Et ils ont raison…

Ma petite Liliane, évite de t'amouracher d'un marin. Le temps passé loin des êtres chers s'écoule trop lentement pour être vécu honnêtement.

La semaine dernière, nous sommes allés au quartier réservé de Bousbir, à Casablanca. Naturellement, nous n'avions pas bu que de l'eau ce soir-là, il faut bien parfois tenter d'oublier que nous sommes des prisonniers qui avons signé pour effectuer une peine alors que nous sommes innocents. Je voulais découvrir le monde, mais je n'en ai vu que la noirceur de la nature humaine. J'étais avec quelques camarades qui apprécient les femmes qui monnaient leurs charmes.

Marcel le Marseillais a embobiné une moukère pendant des jours, lui a juré son amour, tout ça pour l'envoyer faire le tapin à Marseille dans les milieux interlopes. Soi-disant que là-bas elle serait en sûreté, parce qu'elle aurait affaire à des gens plus civilisés que des marins à l'appétit aiguisé après des jours et des jours de solitude en mer. Et quand il reviendrait, il l'épouserait… Je te le donne en mille, il est devenu son maquereau et il est drôlement fier de sa manigance : « Chacun place de l'argent comme il l'entend,

Guillaume ! » Moi, j'étais un peu saoul et je n'ai pas pu m'en empêcher, je lui ai mis mon poing dans la gueule ! J'ai fait trois jours de trou à cause de lui, mais je peux te dire que je ne regrette rien !

Dans toutes les villes où nous faisons escale, nous nous illustrons. Nous sommes les premiers à peupler et à animer les quartiers réservés, à Marseille, Alger, Casablanca. À Casa, une ligne de bus a carrément été aménagée pour nous y amener. Mais ne te trompe pas, les touristes aussi adorent y aller. Ils trouvent ça si pittoresque !

Ah ! Que j'avais hâte de voir le monde et que je suis déçu de côtoyer ceux qui l'arpentent. Mes amis marins, mes compatriotes français, les Anglais et les Américains préfèrent se rincer l'œil sur les femmes dénudées dans l'enclave de Bousbir et dans le bidonville de Ben M'Sik qui lui fait face. Des femmes. Disons plutôt des fillettes, comme toi sœurette… Pour la plupart, elles ont seize ans à peine et leur destin se borne à l'enceinte de la médina des plaisirs. Les colons aisés préfèrent ces murs blancs étincelants, qui t'aveuglent quand ils sont chauffés par le soleil, aux riches places et avenues qui longent le port de Casablanca. Le jour, ils s'y promènent et se pavanent le long de l'avenue de la Gare bordée de palmiers, sur les terrasses des cafés de la place de France, se baguenaudent dans les ruelles de la médina et dans le parc Lyautey. Et quand vient la nuit, ils se donnent l'illusion de l'aventure dans les coursives biscornues et proprettes du quartier réservé où ils se hasardent comme ils le feraient dans un safari. Un enfer lisse au beau milieu de la quiétude des grands cafés, des restaurants bondés et des théâtres. Tout incite à consommer, que ce soit sous les arches du boulevard de la Gare ou dans les limbes de la cité interdite : les fragrances entêtantes des olives et de l'huile d'argan, le parfum frais du safran et des mandarines, les senteurs suaves de cannelle et de fleur d'oranger sur les pâtisseries des étals débordants ou sur la peau brune des corps exposés. En bref, un régal pour les papilles ; pour l'âme, c'est autre chose…

Il me reste encore 876 jours sur 1 890. Je compte les jours plus que jamais, ma petite Lili.

Mon frère s'était toujours beaucoup confié à moi. Nous avions tout partagé de ce qui constitue l'intimité. Aucune barrière en la matière ne nous arrêtait. À aucune de mes amies je n'avais pu dévoiler avec autant de sincérité et si peu de retenue le contenu de mes secrets. Il les emporte désormais dans la tombe, et les siens avec…

Alors que je suis perdue dans mes pensées, Félix me touche l'épaule du bout des doigts pour me signaler que nous sommes arrivés à Paris. La gare est bondée. Il y règne une agitation que je n'ai jamais connue jusqu'alors. Félix attrape ma valise dans le porte-bagages et refuse de me la donner.

« J'ai un peu de temps : je vais t'accompagner jusqu'à chez ton amie et je prendrai mon train pour Toulon après. »

Ma voisine se lève péniblement en soutenant son ventre rond d'une main et son baluchon de l'autre, tout en me lançant un regard noir. Je suis ravie qu'il m'accompagne, comme si mon frère était encore là, à veiller un peu sur moi. Je connais l'adresse d'Eugénie, la cousine de Ginette à laquelle elle a rendu visite.

« Ce n'est pas loin d'ici, nous y serons vite. »

En sortant de la gare de l'Est, nous sommes immédiatement assaillis par les vendeurs de journaux qui hurlent à tue-tête les gros titres du *Progrès*, de *Paris-Soir* et du *Petit Journal* :

La patrie est en danger.
Poussée au nord-ouest de l'armée allemande.
Forte pression allemande dans les Flandres.

J'ai déjà passé des week-ends chez Eugénie, à profiter des joies de la vie parisienne, mais à mesure que nous avançons les passants s'agitent avec une autre ferveur que celle que j'ai connue. La bienheureuse désinvolture qui régnait auparavant a fait place à une tension dans les regards et dans la vigueur des démarches.

On sent bien que quelque chose est en train d'arriver, mais on refuse de croire que le quotidien va être à ce point chamboulé.

Félix ne dit rien et scrute les Parisiens qui le toisent d'un œil agressif, l'interpellant parfois rudement.

« Qu'est-ce que tu fais là ? Tu devrais être au front comme les autres, ceux qui se battent vraiment, au lieu de te baguenauder avec les donzelles… »

« Ah ben, mon vieux ! Si c'est sur des gars comme toi qu'il faut compter, pas étonnant que les Boches entrent chez nous comme dans du beurre ! »

Plusieurs fois, je l'ai retenu de se jeter dans la bagarre. Je pressens qu'il y aura assez de dégâts pour ne pas en ajouter bêtement.

Les Allemands sont toujours plus proches, mais certains gardent confiance :

« Vous en faites pas ! On a la ligne Maginot. Heureusement qu'on a tiré la leçon de la dernière fois ! Elle leur laissera aucune chance, aux doryphores. Ils vont s'y casser les dents, vous allez voir ! »

Mais même pour les moins optimistes des passants, l'incrédulité est à son comble et l'emporte parfois. Paris ne peut pas être pris et tomber entre leurs mains, c'est impossible.

Dans un café près de la gare, je paie une communication pour tenter d'avertir mes parents que je suis bien arrivée. Personne ne répond. Je réessaierai demain. Nous partons donc en direction de chez Eugénie afin de trouver mon amie. Je l'ai laissée seule face à sa tristesse et elle est partie sans me donner de nouvelles. Je sens que quelque chose d'étrange s'est joué dans mon dos.

Aux abords du quartier dans lequel vit Eugénie, les rayons de soleil nous aveuglent. Pour la première fois, je réalise qu'il fait beau et que le ciel a été bleu toute la journée. Ce moment de bien-être m'empêche de voir ce qui me saute soudainement aux yeux quelques instants plus tard.

De nombreuses boutiques sont fermées, le plus souvent avec des pancartes et des panneaux en bois pour en condamner l'accès. Des familles entières pressent le pas, leur valise à bout de bras. De plus en plus, la foule grossit et un silence inhabituel s'installe. Beaucoup de gravité sur le visage des derniers clients à prendre leur café en terrasse, plongés dans la lecture de leurs journaux. J'en achète un que le vendeur me donne, trop pressé de fermer son kiosque.

« Je n'ai pas le temps. Je dois partir. Je vous en fais cadeau, mademoiselle. »

Nous lisons succinctement les nouvelles, collés l'un à l'autre tout en marchant dans la rue du Faubourg-Saint-Denis avant de bifurquer dans la rue de Paradis. Des passants nous bousculent, mais je ne réagis plus. Je suis abasourdie. La situation semble s'aggraver d'heure en heure.

La nuit approche et Félix prend ma main. Nous n'en finissons plus d'arriver. La foule est de plus en plus dense et, en remontant vers le nord, nous allons à contresens de ce fleuve humain. En bas de l'immeuble dans lequel Eugénie occupe une petite chambre de bonne, un couple se serre fort l'un contre l'autre. Lui porte un uniforme et elle sa valise. Ils sont en train de se quitter et leurs larmes se mêlent à leurs baisers. Je ne peux m'empêcher de les fixer, perdant la notion du temps, tandis que Félix me traîne derrière lui et me protège du flot des passants paniqués. Je pense à Ginette et à mon frère. Je me mets brusquement à imaginer tous les couples de ce pays décidément maudit, forcés de se dire adieu en pleurant, contraints de quitter ceux qu'ils aiment le plus.

« Lili ? Que fais-tu ici ? »

La voix familière d'Eugénie m'interpelle.

« Je viens voir Ginette. Ses parents m'ont dit qu'elle était chez toi. »

Elle me dévisage, déconfite.

« Mais alors, tu ne sais pas ? »

Ma mine interrogative la renseigne.

« Elle n'est pas ici, elle est partie avec lui. Et moi, je pars aussi, me dit-elle en me montrant ses bagages.

— Mais il est mort... Comment est-ce possible ?

— Je peux te garantir qu'il est tout ce qu'il y a de plus vivant... »

Mon cœur se met à battre si fort qu'il gonfle ma poitrine d'un souffle nouveau tandis que mes jambes vacillent. Dans un état de demi-conscience, je m'entends lui crier :

« Mais où sont-ils allés ? »

Un homme me rentre dedans et ma main lâche celle de Félix. Je presse le pas pour rattraper Eugénie qui ne prend pas le temps de se retourner. Elle lance dans ma direction :

« Dans sa famille dans le Sud, je crois. »

Je manque de m'écrouler. Des larmes coulent sur mes joues. Mon frère n'est donc pas mort. Eugénie, visiblement très pressée, court plus vite et je ne parviens plus à la suivre.

Une voiture s'arrête à notre niveau.

« Ils ont bien droit à un peu de bonheur, conclut-elle en s'engouffrant dans la Ford noire rutilante.

— Vite, Eugénie, monte ! Que fait-elle, ton amie ? »

La nouvelle est trop belle, le bonheur trop grand, l'émotion si forte... J'appelle Félix. Je sens que quelque chose vacille en moi. Il a disparu, happé par la foule. J'appelle à nouveau et ma voix se fond dans le brouhaha. Mes jambes ne me portent plus. Le fracas de l'espoir me prive un instant de toute force. Des vagues de visages inconnus et inquiets passent devant mes yeux et se muent en traînées de couleur et de lumière. Aucun ne s'arrête sur moi, je suis invisible. Le monde se met à tourner. Ma vue se brouille et je ne me souviens que d'une volée d'étoiles.

Tout s'est passé en un éclair. Je réalise que je me suis évanouie et je mets quelques instants à émerger. Félix me tient dans ses bras et pose sur moi un regard apeuré. Sa main qui effleure ma joue tremble légèrement. Je me redresse soudain. La voiture est déjà partie.

Je lève les yeux sur le ballet ininterrompu des passants qui se croisent et se bousculent autour de nous. La panique grandit. Il n'est plus temps de rester. Félix m'aide à me relever.

Je ne marche pas, je flotte. Félix me tire derrière lui tandis que je suis rattrapée par mes pensées. Mon frère s'est donc enfui avec Ginette. Il est en vie... Mon frère adoré sera de ceux qui peupleront mes lendemains. Ennemi de la patrie ou non, il vivra, il respirera le même air que le mien, se chauffera au même soleil...

Il devait élaborer un plan pour s'échapper avec elle depuis des jours, peut-être des semaines. Je suis si heureuse de ce retournement de situation… Ils ne pouvaient sans doute rien dire ni l'un ni l'autre, afin de mettre le moins de personnes possible en danger. Mon frère n'a pas voulu faire de nous des traîtres.

Félix me l'a dit : depuis quelque temps, il avait changé… Il était devenu un autre. Il tenait des discours sur la vacuité de la guerre qui avaient tendance à saper le moral de ses camarades. Il était donc déjà en train de fomenter cette évasion.

Il n'y a plus qu'une seule et unique chose qui m'obsède désormais : retrouver leur trace. Je dois absolument…

Loubna, 2005

… retrouver leur trace. Je dois absolument retrouver la trace de mes grands-parents et comprendre le sens de l'allusion d'Ali. Ses mots résonnent en moi sans arrêt : « pas des gens très fréquentables ».

Je suis comme un lion en cage dans mon appartement. J'ai eu beau essayer de m'allonger pour dormir un peu, je n'ai pu que rester les yeux grands ouverts à contempler le plafond comme s'il allait me donner la clé de tout.

Je n'ai rien dit à ma mère de la réflexion d'Ali sur notre famille. Je ne veux pas qu'elle croie que les gens pensent cela de nous.

Il est 9 heures et je rumine depuis bientôt trois heures. Anis, mon meilleur ami, est probablement à la mosquée, aujourd'hui. Je prends ma veste en jean et je sors, sans manger, sans me doucher, sans même me brosser les cheveux.

Devenue l'emblème de Casablanca, la mosquée Hassan-II affronte fièrement les vagues déchaînées du front de mer depuis 1993. J'avais alors quinze ans et je me rappelle à quel point nous attendions tous impatiemment de découvrir à quoi allait ressembler cet édifice gigantesque. Anis y est guide de temps en temps. S'il est professeur d'histoire dans quelques écoles, il arrondit ses fins de mois avec des boulots que des amis lui confient : visites guidées à la mosquée Hassan-II, cours particuliers, gardes de nuit dans des bibliothèques et des archives...

Je me faufile à l'intérieur. Les ouvreurs et agents de sécurité me connaissent tous et me font un petit signe de la main. Je viens souvent voir mon ami et ils me laissent le rejoindre, du moment que je reste discrète. De temps en temps, je l'attends à la sortie de son travail et nous allons manger ensemble des beignets en regardant les gamins sauter dans les vagues.

Comme je veux le surprendre, je me glisse doucement pieds nus sur les épais tapis qui habillent le sol de marbre de cet immense espace réservé à la prière – et aux touristes le restant des heures. Sur la pointe des pieds, je m'approche de son groupe et m'y joins, l'air de rien, à l'exact moment où il leur adresse sa sempiternelle plaisanterie concernant le toit coulissant par beau temps : « Vous vous trouvez donc dans la seule mosquée décapotable au monde... »

Les touristes interloqués s'esclaffent et je lui coupe l'herbe sous le pied : « Elle va à combien sur l'autoroute ? »

Il prend alors un air offusqué mais m'adresse un clin d'œil. Je lui fais signe que je l'attends dehors avant de m'éclipser.

À l'extérieur, le soleil est aveuglant et réfléchit son œil blanc sur tous les murs de la ville, vibrante de poussière et de sel. Je m'accoude sur le rebord et scrute la mer. À ma droite s'étend le port avec ses chalutiers de pêche.

Au bout d'un quart d'heure, il me rejoint sur les remparts. Longiligne, il avance vers moi de sa démarche féline. Depuis quelque temps, il ne se rase plus et ça lui va bien. Ses traits en sont mis en valeur, ainsi que ses beaux yeux en amande. Il doit avoir rencontré quelques demoiselles qui le conseillent.

Je lui fais le récit de ma rencontre de la nuit dernière avec Ali. Je remarque qu'il fronce les sourcils quand j'évoque son nom. Je lui répète les mots exacts de l'homme d'affaires et finis par lui exposer la véritable raison de ma visite.

« Anis, je ne t'ai jamais rien demandé… C'est vrai ou pas ? »

Lui qui était tendu, le visage contracté depuis le début de mon récit, se met à pouffer de rire.

« Je vais dire ça à mon père, il va bien rigoler…

— Mais, avec Osman, vous m'adorez, ce n'est pas vraiment rendre des services ! Bref… Je ne t'ai jamais rien demandé, disais-je ! Tu comprends ? Il faut que je sache. Je reconnais que tu m'as toujours conseillé de faire des recherches sur ma famille et que je ne t'ai jamais écouté… »

Il pose un doigt sur mes lèvres et m'intime de me taire. Il a fermé les yeux et offert son visage au soleil. Solennel, il déclare :

« Loubna, c'est la première fois de ta vie que tu me dis que j'ai raison… Je voudrais que tu me laisses quelques instants pour en profiter. »

Je lui donne un léger coup de poing dans les côtes et il éclate de rire, avant d'ajouter, soudainement sérieux :

« L'Histoire est une chose complexe, surtout celle de cette époque... C'était la guerre, je ne te l'apprends pas. Comme la grande Histoire, toute histoire personnelle est un fleuve dont il faut remonter le cours pour la comprendre. J'ai déjà commencé à faire des recherches pour toi, depuis des années ! Je savais bien que tu t'y intéresserais un jour... »

Je le regarde, étonnée. Je n'en savais rien. Il poursuit et m'explique sa démarche.

« Tu m'as simplement dit le nom de ton grand-père, il y a quelques années. Je ne savais pas qui il était. À ce moment-là, je ne possédais aucune information sur lui, mais j'étais persuadé que son nom était celui d'un Allemand : Guillaume Straub. C'est bien ça ? »

Étonnamment, je ne me suis jamais posé la question. Pour moi, il était forcément français. Le Maroc ayant toujours fait partie de la zone libre, je ne voyais pas ce qu'un Allemand aurait fabriqué à Casablanca.

Anis poursuit sans ménagement, tandis que je commence déjà à me cauchemarder en petite-fille de nazi, et me dis que finalement j'avais peut-être eu raison jusque-là de ne pas vouloir remuer les marécages de la mémoire.

« À cette époque, il y avait beaucoup d'Européens à Casablanca, des Français, des Anglais mais aussi des Allemands. Plusieurs choses pointaient dans cette direction. Straub, le nom de famille, sonne comme un nom allemand. Et ensuite Guillaume est le prénom du dernier kaiser allemand, Guillaume II ou Wilhelm II. Mort en 1941. »

Je ne connais pas le nom de ma grand-mère. Elle est morte avant de pouvoir le dire à la femme qui a élevé mon père. Elle n'avait que le nom de cet homme à la bouche dans son agonie.

J'ai un sursaut de dégoût. Un Allemand à cette époque, en 1940… Un engagé de la première heure. Un nazi… Je préfère ne pas aller plus loin si c'est pour découvrir que mon grand-père était un admirateur convaincu d'Hitler. La réflexion d'Ali prendrait tout son sens : « pas des gens très fréquentables »… En effet !

Et ma grand-mère. Qui était-elle alors ? Une Allemande ? Une Française qui avait été abandonnée par cet homme à l'aube de la guerre ? Ou était-ce une Marocaine qui avait été séduite ou, pire, violée par un nazi ?

C'est sans doute pour cela que mon père s'est engagé aussi fortement en politique. Il avait dû tourner et retourner toutes ces questions dans sa tête, enrageant de ne jamais avoir de réponses. Ou plutôt, comme moi aujourd'hui, désireux de ne jamais savoir, tant la vérité s'annonçait insupportable. Déjà, il était inqualifiable que son père ait abandonné une femme enceinte de lui… Quel genre d'homme se comporte ainsi ? Et que faisait-elle dans cet hôpital militaire ?

En un instant, mon destin et mes rêves se sont effondrés, mais Anis me coupe déjà dans mon élan autodestructeur.

« Tout ça pour te dire qu'en réalité il est français. J'avais retrouvé sa trace à l'époque. Mais cette fausse piste m'a fait perdre énormément de temps. »

Il hésite.

« Cela dit, cela ne préjuge rien de ses idées et de ses agissements pendant la guerre… Il avait d'ailleurs une carte d'identité idéale pour quelqu'un qui aurait voulu semer le trouble ou retourner sa veste… »

Anis met son sac sur son épaule et s'apprête à partir. Il met pudiquement fin à notre discussion, comme chaque fois qu'il se montre attentionné envers moi. Je découvre avec émotion ce que mon meilleur ami a fait pour moi, sans jamais m'en parler, pour me faire la surprise le jour où je serais prête à savoir, si toutefois ce jour venait…

« Je t'apporte ce soir ce que j'ai en ma possession chez moi. Je sais qui contacter pour en apprendre plus. Tant que tu n'as pas tous les éléments – et tu ne les auras peut-être jamais tous –, tu ne connaîtras que la partie émergée de l'iceberg. Celle que cet enfoiré d'Ali te sert ! Tu as peur des choses que tu vas découvrir, mais dis-toi bien que cela ne fait pas de toi ce que tu es… Et tu auras enfin les réponses aux questions que tu te poses depuis toujours sans y prêter attention… »

Félix, 1940

C'est comme si un immeuble nous tombait sur l'coin d'la figure. Il s'rait pas mort… Quelle nouvelle ! J'en ai les g'noux qui flanchent… Lili, c'est toute sa tête qu'a flanché, heureus'ment j'l'ai rattrapée juste à temps…

Sous mon crâne, ça s'met à faire qu'un tour : y a pas mille façons de procéder pour disparaître proprement… Mais fallait pas être un génie pour trouver qu'il y avait une drôle de coïncidence entre sa disparition et l'explosion… Disons qu'ça va sacrément dans son sens au Guillaume…

Sacrebleu… J'peux pas croire qu'il a fait sauter le rafiot pour pouvoir s'échapper avec une donzelle… C'est pas possible.

J'reprends la main de Lili dans la mienne et j'la serre fort. J'veux pas risquer à nouveau de la perdre dans la foule. Y a des choses qui m'viennent, comme des cases qui s'mettent soudainement à s'emboîter au poil… Mais c'est bien clair que j'lui en dirai rien, à sa sœur, tant que j'aurai pas vérifié.

On s'dirige vers la gare avec elle, et j'lâche toujours pas sa main… J'veux pas qu'elle retourne dans le Nord, il va lui arriver des bricoles… J'la connais pas d'puis longtemps, mais j'aimerais pas bien la savoir là où y a le feu qui prend…

On s'parle plus… On marche, et ça se voit que chacun est en train d'négocier des choses avec ses intentions… J'arrête pas de m'perdre dans mes pensées et, chaque fois que j'refais surface, j'lui jette un coup d'œil. Elle est pas plus au clair et une chose est sûre, c'est qu'elle cherche la réponse sur l'bout de ses souliers…

Pour garder la tête froide, j'me rabâche : « Félix, réfléchis bien, comment ça s'est passé exactement le jour de l'explosion, quand t'es r'venu ? »

Je m'repasse le film du jour. Je m'revois partir en courant pour profiter au maximum de mes quarante-huit heures de perm' et j'me rappelle que j'me suis dit que j'aurais bien le temps de cuisiner Guillaume pour savoir pourquoi il me laissait sa place… Qu'c'était bien charitable, mais que j'étais pas cave au point d'pas piger qu'il avait un intérêt là-d'dans…

Le premier pas que j'pose sur la terre ferme, j'remarque qu'elle est là, comme d'habitude, et je m'retourne pour lui adresser un clin d'œil. J'ai déjà prévu ma vanne pour dans deux jours, quand je l'reverrai : « Eh, Guillaume ! Y avait ton admiratrice sur l'port, elle devait être déçue que ça soit pas toi qui descendes ! »

J'me rappelle qu'il me regardait plus, mais la zieutait, elle… Il avait un œil noir… Sur l'moment j'me suis dit que c'était sans doute une nana collante et qu'il en avait par-dessus la casquette. Faut dire qu'elle était souvent là à faire le pied de grue… Il a murmuré quelqu'chose, mais j'arrive pas à m'rappeler quoi.

J'ai pas eu le temps d'aller au bout de ma permission qu'déjà, dans tout Casa, c'était tragique, le grand cri… Ça s'égosillait, ça vociférait : « L'explosion… Des morts partout… » Y avait pas moyen d'en faire dire plus… Mais fallait pas m'faire un dessin… Un bateau avait pris feu. Ça avait recommencé. J'ai couru l'plus vite que j'ai pu. Juste avant d'arriver, y avait une rambarde que j'ai escaladée pour dominer l'port et l'émeute. J'ai tout de suite vu que c'était l'mien.

Ah ! La vision… Une f'nêtre ouverte sur mes pires cauchemars… Y en a qui s'occupaient d'jà à faire sortir les corps de l'eau, les vivants, les morts, les morceaux. C'tait le chaos. J'me rappelle, j'en avais la barbaque en fusion. J'ai pas pu faire un pas d'plus et j'en ai gerbé de surprise…

Des copains ont été rapatriés à l'hôpital de Ben M'Sik. Y avait très peu d'survivants. Les gars mouraient de leurs blessures, des brûlures surtout… Ils partaient tous pour l'grand voyage à la queue leu leu… Ça tombait comme des mouches.

Marcel le Marseillais, il a survécu. Quand il raconte, il est plutôt porté sur les sensations… il a rien eu l'temps d'voir. Ça a pété. Le bruit, un barouf d'enfer. Il a été projeté en l'air. Il se rappelle avoir volé, être retombé sans se faire trop mal parce qu'il était d'jà dans les vapes. Quand il a repris connaissance, il était à l'hôpital militaire. Fin d'l'histoire. Pour les détails, on r'passera.

Pour l'coup, j'en ai la tête farcie, de détails… C'est des choses dont j'aime pas bien m'souvenir… On a passé une journée entière, avec les copains et les Marocains qui étaient venus nous aider, à trier ceux qui partaient pour l'hosto et ceux qui partaient pour la morgue. On était pas beaucoup sur *La Railleuse*. Rien à voir avec ce géant de *Pluton* ! Là, ça avait été dans les deux cents morts et quelques, on avait même arrêté de chercher à les recoller, les morceaux…

L'jour où *La Railleuse* a pété, ils étaient vingt-huit à bord. Les quelques-uns qui étaient partis en permission ou avaient quartier libre comme moi ont vite rappliqué, y compris l'commandant qui avait eu la bonne idée d'aller faire un tour pour s'rafraîchir les idées… On était là comme des cons, à recompter et à lui donner du « Qu'est-ce qu'on fait maintenant, commandant ? ».

J'en attrape le tournis quand j'réalise une chose… Le cadavre de Guillaume, je l'ai pas vu moi… Et pourtant, j'étais d'ceux qui r'comptaient… Dans l'chaos, sur l'moment, j'me suis pas dit que c'était bizarre. Y avait de grandes chances qu'il ait sombré et qu'il se fasse recracher par la mer quelques semaines plus tard. Alors on en a pas fait grand cas, avec les copains. Mais un corps qui disparaît, c'est pas franchement un détail quand on y réfléchit bien…

Surtout que, comme par hasard, c'est celui d'mon copain Guillaume qui manquait et qu'j'apprends qu'il a joué la fille de l'air…

Deux jours après l'explosion, l'commandant m'a donné quelques jours de perm'. J'avais plus de bateau, plus d'affectation, mais il m'donnait la mission d'aller voir au passage la famille de quelques copains s'il y en avait que j'connaissais bien…

Faut absolument que j'trouve le moyen de r'tourner à Casa… Y a bien des copains qui auront vu ou su quelqu'chose… Et puis, y avait quand même cette fille, toujours sur le quai à échanger des r'gards avec lui… Ces derniers temps, elle l'attendait presque chaque jour, enveloppée dans une djellaba comme si elle voulait pas qu'on la r'connaisse.

On est montés dans un train avec Lili. Mais plus ça allait, plus j'pensais que décidément ça f'sait pas mal de choses qui collaient pas en faveur du hasard le plus complet… Cette histoire de poulette sur l'port, ça m'faisait plus rigoler maintenant… À voir si ça aurait pas même plutôt tendance à m'réveiller la nuit…

Liliane, 1940

Je suis plongée dans mes pensées, abasourdie par la nouvelle. J'ai beau la retourner dans tous les sens, mon frère en déserteur, je ne peux m'empêcher de prendre cela pour un formidable revirement. Car cela veut dire qu'il n'est pas mort et qu'il est en sécurité quelque part.

D'un seul coup, l'espoir revient. Tout ce que je veux, c'est que mon frère soit vivant. Et je le préfère espion et en vie que bon soldat et mort. Notre père nous a appris l'allemand parce qu'il a grandi avec cette langue et qu'elle lui a servi pendant la guerre de 14-18. Grâce à cela, il a pu comprendre les ordres que les généraux allemands donnaient à leurs soldats et éviter quelques déculottées. Ça lui a sauvé la vie ! Et je me dis que l'histoire se répète, et peu importe pour moi si ça a mené à une trahison.

Je repense aux cris de ma mère. « C'est ta faute. » Serait-ce donc cela qu'elle lui reprochait, de nous avoir élevés comme des Allemands dans le secret… Parce que nous ne devions pas dire que nous connaissions cette langue. Il nous avait même appris à faire semblant de ne pas la comprendre. Notre père s'était senti tiraillé entre les deux camps. Pendant la guerre, il avait eu à faire un choix, il l'avait fait et s'y était tenu, mais ceux d'en face, selon lui, « c'étaient les mêmes que nous. Ils méritaient pas plus de mourir que nous ». Nous avions grandi dans ces idées-là. Pour notre père, la guerre était la pire des aberrations. Il en était revenu résolument pacifiste, et le fait que Guillaume veuille s'engager dans la marine lui avait porté un coup mortel…

S'il est passé du côté des Allemands, des traîtres, des déserteurs, eh bien, tant pis ! Il restera mon frère quoi qu'il arrive ! Je n'ai qu'une hâte, le dire à mes parents. Ils réagiront sans doute comme moi… Je vais leur envoyer un télégramme, qui devra rester le plus sibyllin possible. Nous sommes en guerre depuis des mois et il y a fort à parier que tous les courriers sont épluchés en quête de quelque chose de suspect.

PAPA, MAMAN. SUIS À PARIS. GUILLAUME PAS RETROUVÉ. VOUS RACONTERAI.

Félix met fin à mes interrogations et à mes projections en m'entraînant vers la gare d'Austerlitz. Pour l'heure, il y a plus urgent. L'agitation ambiante a bel et bien fini par nous rendre nerveux, et il me soutient que je ne peux pas repartir dans le Nord.

« Tu dois venir avec moi. Ne fais pas la bêtise de repartir chez tes parents. Tu les retrouveras quand tout sera calmé. »

À l'aller, nous avons croisé des trains remplis de soldats qui remontaient vers l'est, plus près de l'ennemi qui pilonne la frontière d'une pluie de feu en espérant la crever. Tous ces jeunes hommes étaient mobilisés en urgence pour unir leurs forces aux combattants du front de l'Est. Félix a raison, je n'ai rien à faire là-bas. C'est déjà trop tard… Ces jours de veillée mortuaire nous ont tenus à l'écart du monde, qui changeait de minute en minute.

Comme je n'ai nulle part où aller, Félix m'a acheté un billet dans le même train que lui, à destination de Toulouse. Il veut faire une halte chez sa sœur et me confier à elle avant de repartir à Toulon. Il n'arrête pas de me dire que je dois penser à me mettre à l'abri et que pour le reste je verrai plus tard. Sa sœur m'accueillera et me laissera le temps de réfléchir.

Nous attendons sur le quai, ma main n'a pas quitté la sienne sans doute depuis des heures. J'ai perdu le compte des minutes.

Un accordéon se met à jouer timidement les premières notes d'un air de Fréhel et une voix tremblotante s'élève. La chanteuse combat les larmes logées dans sa gorge. Les sanglots au bord des lèvres, sa voix de plus en plus sûre se détache du brouhaha qui résonne sous la verrière de la gare. En quelques instants, tout se fige. Tout le monde écoute la complainte déchirante de cette femme. Elle joue pour son amant, déjà monté dans le train.

Où sont tous mes amants
Dans la tristesse et la nuit qui revient

Je reste seule, isolée, sans soutien
Sans nulle entrave, mais sans amour
Comme une épave mon cœur est lourd
Moi qui jadis ai connu le bonheur
Les soirs de fête et les adorateurs
Je suis esclave des souvenirs
Et cela me fait souffrir.

Autour d'elle, quelques derniers baisers d'adieu silencieux mêlés de larmes et de prières chuchotées sur le quai. Pas d'autre voix que la sienne, le reste des voyageurs retient son souffle pour se faire oublier.

Où sont tous mes amants
Tous ceux qui m'aimaient tant
Jadis quand j'étais belle ?

Trop tôt, le train démarre.

La nuit s'achève et quand vient le matin
La rosée pleure avec tous mes chagrins.

La mélodie se meurt avec le crépuscule et le train hérissé des bras des soldats qui saluent une dernière fois disparaît à l'horizon.

Tous ceux que j'aime
Qui m'ont aimée
Dans le jour blême
Sont effacés
Je vois passer du brouillard sur mes yeux

Tous ces pantins que je vois, ce sont eux
Luttant quand même, suprême effort,
Je crois les étreindre encore.

Le nôtre est bondé, encore plus que celui de ce matin. Toutes les places assises sont déjà occupées. Dans les allées, nous nous tassons au milieu des bagages, des paniers. Les nourrissons pleurent et les adultes se taisent. Nous sommes debout depuis des heures et, chaque fois que nous entrons dans une gare, une vague d'agitation – des cris d'angoisse, des foires d'empoigne pour se faire une place dans les wagons – se déchaîne. Nous sommes de plus en plus serrés l'un contre l'autre. À Orléans, je dois reculer ma tête pour ne pas taper dans le front de Félix quand nous nous parlons. À Châteauroux, il n'a qu'à chuchoter au creux de mon oreille et je sens sa respiration dans mon cou. À Limoges, mon cœur est à portée de peau du sien.

Par les fenêtres, nous voyons les files impressionnantes de marcheurs et de charrettes qui descendent vers le sud. Des silhouettes courbées vers l'inévitable malheur. Au beau milieu de ce chaos, nous sommes seuls au monde. Il pose alors sur mes lèvres le baiser le plus doux, et ce n'est plus la guerre.

Hélène, 1940

En un clin d'œil, la guerre prend des airs de défaite. Le feu, les bombardements, les Stuka qui rasent le sol dans un hurlement avant de lâcher une salve de balles mortelles. Tout mon être reconnaît cette peur comme une vieille connaissance que l'on rencontre au coin d'une rue et qui n'a pas pris une ride. Rien n'a changé. On la croit partie, morte pour de bon et pourtant elle est là, tapie dans l'ombre, à l'affût d'une main pour la nourrir. L'angoisse m'a si longtemps étreinte, pendant la dernière guerre, qu'elle est instantanément revenue se mouler à mon âme comme un gant. Nous n'avons eu droit qu'à peu de temps pour rêver et reprendre notre souffle. Ma vie, mes enfants, tout cela n'a été qu'un songe, en fin de compte.

Ça vient juste de commencer, ça avance, ça arrive, mais nous voulons attendre Lili, avec Lucien.

Plus le feu se rapproche, plus notre perte semble assurée. Nous n'aurons bientôt plus aucune chance de nous en sortir si nous restons. C'est notre seconde défaite en quelques jours… Après notre fils, nous devons nous en aller en catastrophe, sans notre fille…

Les Allemands, dit-on, sont aux portes de la Somme et des ports du Pas-de-Calais. Il faut fuir. Les bombardements se rapprochent d'heure en heure. Notre armée ne semble pas faire le poids et la Wehrmacht entre comme en territoire conquis. Comme ça paraît facile ! Rapide. Fulgurant. Ils avancent avec méthode. Une journée de poussée offensive, une journée de calme, et ça recommence. C'est réglé, précis et terriblement efficace. Non seulement nous sommes écrasés, mais ils imposent déjà leur rythme, leurs règles. Nos troupes tentent tant bien que mal de procéder à des réparations de fortune des chars et des voitures. Le ravitaillement en essence des blindés et des autres véhicules est quasi impossible. Nos maigres victoires ne suffisent pas à nous consoler des avancées de l'ennemi qui fait fi de toutes nos vieilles certitudes. Nous pensions la Meuse redoutable, infranchissable. À tort.

Nous sommes sur le point de devenir allemands désormais. Terrassés. Occupés. Les bruits se répandent. Cris angoissés des gens dans la rue qui se mettent tous à se ruer vers le sud.

Nous venons d'apprendre à la radio que les ponts sur la Meuse n'ont pas été détruits à temps et que les *panzerdivisionen* s'engouffrent à présent sur notre territoire sans rencontrer de résistance. Ils se dirigent tout droit vers Arras et Amiens.

Pour l'avoir vécu en 1914, je sais comment ça va se passer. Les officiers de la Wehrmacht vont tuer tous ceux qui auront le malheur de croiser leur route, s'emparer des maisons et s'y installer sans que les habitants aient quoi que ce soit à dire. Alors nous n'avons d'autre choix que de tout laisser. En l'espace d'à peine une heure, nous prenons ce qui nous semble être l'essentiel, quelques vêtements, les lettres de Guillaume… Et nous abandonnons tous ces petits riens qui font une existence.

Tous mes souvenirs de la dernière guerre resurgissent. Je ne l'avouerai jamais à qui que ce soit, mais j'y ai connu de beaux jours. Ah oui… De si beaux jours ! Nous les femmes, nous devions participer à l'effort de guerre et, dès 1915, j'ai commencé à être munitionnette dans une usine d'armement d'Amiens. Le travail y était dur. Il fallait porter des obus de sept kilos à bout de bras pour en ajuster l'opercule, les refermer et les redéposer de l'autre côté, avant de recommencer. J'avais l'impression que c'étaient des enfants dont je sauvais la vie en les arrachant à leur destin de tranchées. J'en soulevais des dizaines de milliers chaque jour, pendant douze heures de rang. On disait dans les journaux que si nous nous arrêtions, ne serait-ce que vingt minutes, les Alliés perdraient la guerre. Nos hommes avaient besoin de nous et nous nous sentions utiles. La société comptait sur nous et c'était un sentiment formidable ! On attendait de nous autre chose que des tâches domestiques. Pour la première fois, nous vivions par nous-mêmes. La guerre nous donnait ce que nous n'aurions jamais pu espérer…

Avec les autres munitionnettes, nous avions organisé notre quotidien de manière tout à fait agréable, malgré la fatigue, et rien ne surpassait l'entraide et l'amitié qui nous animaient et nous maintenaient en vie. Seules les lettres porteuses de mauvaises nouvelles venaient gâcher cette tension bienheureuse. J'habitais avec mes camarades dans une sorte de dortoir, et le manque d'intimité ne nous gênait pas. Au contraire, notre vie en commun n'a été que convivialité et solidarité. Nous buvions même un verre de rouge bien mérité lors de la pause déjeuner, tous les jours.

Nos hommes nous manquaient bien sûr… Mais – c'est terrible à admettre et je ne le ferais jamais à haute voix – nous n'avons jamais autant ri… Le travail, si ardu fût-il, nous donnait une raison d'être. Et aucune d'entre nous ne pourra dire que nous n'avons pas adoré ça.

À la fin du conflit, nous touchions presque le même salaire que les hommes pour accomplir les mêmes tâches. Pour certaines, comme moi d'ailleurs, les lendemains de guerre ont été abominables en partie pour cela… Nous étions du jour au lendemain redevenues des femmes au foyer. Nos hommes, les valides, s'étaient empressés de travailler à recouvrer la vie d'avant, s'étaient attachés à nous gâter pour – eux non plus ne l'avoueraient sans doute jamais – retrouver cette place que nous leur avions prise.

Pendant la guerre, il y avait eu Gaston. Le contremaître qui, en dernier planqué et profitant de son aura de seul et unique coq de la basse-cour, nous poursuivait de ses assiduités pendant que nos hommes étaient sur le front. J'étais sa préférée… Et je l'ai fait courir. Si je n'ai pas à rougir de mes actes, je ne voudrais pas pour autant que Lucien sache que j'ai été de ces femmes-là. La guerre a ses bons et ses mauvais côtés… Elle vous met face à vos instincts et vous force à les regarder dans les yeux. C'est la peur au ventre qu'on se connaît le mieux. C'est aux portes de l'existence que la vie ruisselle par tous les pores de notre peau. J'ai pleuré en serrant les dents toutes les nuits pour désapprendre la liberté et je sais que je n'aurai pas la force d'endurer cela à nouveau.

Je ralentis sans m'en rendre compte mes pas en allant à la voiture. Chaque instant compte, mais j'attends ma fille. Le village voisin est bombardé. Lucien baisse la tête. Il nous faut nous aussi abdiquer. Nous perdons notre dernier enfant ce jour-là. La peur au ventre est intarissable. Elle creuse, elle dévore.

Nous sommes toute une nation à vivre cela, une nouvelle fois. J'en pleure de rage quand nous partons avec Lucien sur les routes d'Amiens, dépassant une colonne interminable de pauvres âmes qui marchent en direction du sud. Les bombardements se rapprochent et nous savons que ces visages, pour la plupart, personne ne les reverra. Des mines rongées par l'inquiétude. Des existences qui ne se résument plus qu'à une main tendue à leurs enfants qui peinent à suivre, l'autre tenant leurs petites valises, les pieds s'écorchant sur les cailloux. Tout cela est peu de chose, le plus gros de nos existences reste derrière. Nous quittons tous un territoire qui ne nous appartient plus. La menace se fait pressante et nous ne savons pas si nous avons fui suffisamment tôt. Peut-être est-il déjà trop tard ? Au loin, derrière nous, les bombes s'abattent déjà sur Amiens.

Lucien a eu l'instinct d'éviter la ville, qui pour lui devait forcément être la prochaine prise stratégique. Lui reviennent les vieux réflexes de la guerre et cela nous sauve la vie. Il prend des détours, choisit de ne pas se mêler aux files de « fuyards », comme Pétain nous appelle, car ce sont des cibles idéales depuis les airs. Nous roulons pendant des kilomètres, interminablement, suivant des petites routes qui s'écartent vers l'ouest. Et ça ne tarde pas à tomber. Nous voyons au loin et entendons le fracas des Stuka qui tirent sur les civils. On ne peut plus dire que ça n'arrive pas.

Je pense à Lili, sans cesse. Je pleure de rage de ne pas avoir pu l'attendre. Lucien et moi avons tout perdu. Nos enfants, notre maison… et je me mets à prier pour qu'une bombe s'abatte sur nous, pour que Lucien se trompe le coup suivant, que ces avions de l'enfer percent plus loin à l'ouest et nous visent.

Qu'on en finisse ! Tout ce qui nous attend, je ne veux pas le vivre…

Lucien, 1940

Nous nous frayons un chemin en silence en remontant la file de ceux qui fuient les bombardements. Après des jours d'angoisse et d'errance, nous arrivons enfin chez nos parents de Clermont-Ferrand. Nous n'avons aucune nouvelle de Lili et nous ne nous sommes plus échangé un seul mot avec Hélène depuis notre départ sur les routes. Elle fait peser sur moi le silence de mon fils. Cet affreux silence. Celui qui ne finira jamais. Celui dans lequel les rires n'éclateront plus.

En voyant notre voiture s'engager dans la cour, François, le cousin d'Hélène, lâche son journal et accourt vers nous.

« Que je suis content de vous voir ! Je vous croyais tous morts. »

Il me serre fort dans ses bras, mais son élan est glacé par les mots définitifs d'Hélène et la fatigue sur son visage rongé de larmes.

« Il aurait mieux valu que ce soit nous. »

Nous sommes sans nos enfants. Il comprend et se replie vers sa femme qui se tient à quelques pas de nous. Nous nous étreignons en silence.

« Nous ne savions pas où aller. Dans le Nord, c'est…

— La débâcle ! Oui, on est au courant. »

Il a ramassé son journal.

« Mais lis ça, hein ? On continue à se battre magnifiquement. Ma-gni-fi-que-ment ! Si c'était si magnifique, vous seriez pas là, par exemple… »

Lui aussi est un vétéran de 14-18.

« Tu sais bien comment ça se passe, François… Les routes, les ponts étaient pleins de civils en fuite. Des Français, des Belges, des Luxembourgeois… Il fallait tous les descendre avec ? Déjà qu'on a bien failli se faire mitrailler par les Italiens… Et nous, encore, on était en voiture. Les pauvres qui ont dû marcher à pied pendant des jours… Heureusement qu'il ne fait pas froid. C'est une chance que ce soit le mois de juin. »

François ne veut pas discuter de tout cela sous l'œil morne d'Hélène. Son regard le met mal à l'aise. C'est à peine si je la reconnais. Certes, nous sommes épuisés, la route a été longue, difficile. Nous avons cru mourir à plusieurs reprises, mais là, c'est autre chose… François veut conclure.

« On va pas se laisser abattre. On a Pétain. Il nous a sortis de là une fois, il nous en sortira encore. »

Je n'en suis pas si certain. L'esprit revanchard a grandi en Allemagne depuis la défaite de 1918, que nous leur avons fait vivre comme une déculottée magnifique. J'ai de lointains cousins dans la Ruhr avec lesquels nous avons gardé, malgré la guerre et les années, des liens épistolaires rares mais réguliers.

Si, dans les années 1920, nous convenions, chacun de son côté, que nous avions été les jouets de la guerre, que nous affronter n'avait eu aucun sens et que nous étions tous des victimes, le discours a peu à peu évolué.

Le traité de Versailles a mis mes cousins à genoux. Beaucoup d'innocents pour peu de coupables ont dû rembourser les dégâts d'une guerre qu'ils n'avaient pas plus voulue que nous.

En juillet 1932, nous avons reçu Ilse, la fille de mon cousin germain Helmut. Elle avait le même âge que Lili et avait été très marquée par Paris, ne cessant de comparer ses fastes avec la misère qui régnait à Berlin et dans les campagnes alentour. Je me souviens d'un dimanche où nous avions acheté du chocolat afin de préparer un moka. Ilse avait ouvert de grands yeux devant ce qui était pour elle un gaspillage indécent. Étant née après la guerre, elle n'avait mangé que quelques carrés de chocolat au cours de sa courte vie, et toujours à Noël. Nous l'avons fait fondre pour l'incorporer au beurre et aux jaunes d'œufs afin de préparer la crème qui vient se loger entre deux tranches de génoise moelleuses, généreusement arrosées de sirop de sucre et d'un peu de gnôle.

Ilse a suivi les préparatifs les yeux exorbités, catastrophée de voir autant de beurre et de chocolat fondus, mélangés, malaxés, et elle s'est mise à pleurer en plantant ses dents dans la pâtisserie. Reprenant son souffle, elle a simplement pris le temps de dire : « La France est le pays le plus riche du monde ! », avant d'engloutir sa part en quelques énormes cuillerées.

Dans ses lettres, Helmut m'a chaleureusement remercié de l'avoir accueillie et m'a taquiné gentiment sur les idées de luxe que je lui avais mises en tête. Lili, un peu plus grande qu'elle en taille, lui avait donné deux robes, et Hélène lui avait confectionné deux chemisiers dans une soie fine.

« Elle parade dans le village et ne parle que de moka et de vin français ! J'ai d'ailleurs moi-même la nostalgie des pâtisseries d'Hélène, mais que veux-tu ? Nous devons garder le beurre pour l'essentiel. Quant au chocolat, nous en faisons fondre un carré sous la langue une fois par an… »

En quelques années, la crise liée à l'inflation des années 1930 a fait place à la reprise économique avec l'arrivée d'Hitler au pouvoir, et le discours a changé.

« C'est notre tour de profiter ! Je peux me targuer d'avoir une voiture aussi belle que la tienne. Notre monnaie est plus forte et nous pouvons enfin profiter de l'existence. Je projette même d'acheter une auto à Ilse. Tu te demandes comment je vais me débrouiller ? Eh bien, à crédit ! Les manières de ce Hitler ne me plaisent guère, mais je dois avouer qu'il nous sort d'une misère que nous pensions éternelle. Tu ne peux pas comprendre cela, toi ! Tu étais du bon côté à la fin de la guerre, et moi de l'autre. Nous l'avons payée, cette défaite, tu peux me croire ! Mais maintenant, c'est fini ! Cette guerre est derrière, enterrée. À nous les mokas, les beaux habits et les voitures, tout le confort ! Nous ne sommes plus à la traîne du monde. Il faudra compter avec nous désormais ! »

En effet, l'Allemagne n'est plus à la traîne du monde. Elle est justement en train de nous le prouver. En quelques semaines à peine, elle a réussi à faire exploser l'échiquier politique mondial. Les plus grandes puissances, l'URSS, le Royaume-Uni et les États-Unis, se mettent à reconsidérer la situation. Molotov, Chamberlain, Churchill se prononcent les uns après les autres : ils ne peuvent plus faire comme si les revendications de l'Allemagne ne comptaient pas.

François, outrageusement enjoué, joue les hôtes modèles et tente de nous tirer de notre abattement.

« Venez, on va vous aménager le grenier. Vous y serez bien. Et on va bien trouver une petite bouteille pour fêter votre arrivée. Les bonnes nouvelles, y en a pas si souvent ! Hein, j'ai pas raison ? »

Je ne pensais qu'à une seule chose. Lili. Ma fille si jeune, seule au moment le moins propice pour l'être. Quand retrouverai-je le sommeil ?

Nous nous installons sous les combles, prenant peu à peu nos marques.

Les jours passent et nous nous tenons informés de la situation politique qui va de mal en pis. Ce mois de juin 1940 est le plus triste de toute mon existence. À l'apogée de ce chagrin sans doute, le 22 juin. François me rejoint avec son journal à la main.

« Ça y est… Tu te rends compte… Dans le même wagon, en plus, où ça s'est passé en 1918… Il a un drôle de sens de l'humour, leur gonze… »

Hitler a voulu laver l'affront du traité de Versailles. L'armistice d'aujourd'hui a été signé, à son exigence, dans le même wagon que celui où l'armistice de novembre 1918 avait été conclu. Soigner les symboles pour réparer l'humiliation. La revanche est totale. Nous, les vétérans, nous nous sommes battus pour rien.

La vie reprend son cours. Personne n'a d'autre choix que celui-là. Mais cette fois-ci, c'est à nous de nous priver. Quand je me sers de ma carte de sucre, je repense à Ilse. Sept cent cinquante grammes par personne et par mois depuis le 1er juin, jusqu'à nouvel ordre…

Pour penser à autre chose et pour mériter notre gîte et notre couvert, j'aide François aux champs. Il n'est pas question de profiter de l'hospitalité de notre famille car nous ne savons pas dans combien de temps nous pourrons retourner chez nous. J'apprends le métier d'agriculteur et Hélène recommence à coudre. Elle m'a reparlé cette nuit pour la première fois depuis notre départ du Nord pour me dire qu'elle avait trouvé quelques clientes. « J'ai déjà un petit carnet de commandes. »

Les semaines passent comme des années et, un beau jour de juillet, Lili arrive enfin, comme une apparition. Amaigrie comme nous tous, elle a dû souffrir du rationnement, mais elle a la vie sauve. Je hurle de joie en la voyant, le poids sur ma poitrine se dégage soudainement. Il me reste ma fille ! Je n'ai pas tout perdu. Je la serre contre moi et elle pleure de joie en me sautant au cou. De si beaux moments balaient toutes les heures de souffrance.

Hélène se joint à notre étreinte que nous ne relâchons que lorsque nous sommes rassasiés d'amour.

Lili sèche ses larmes et se met à sautiller comme la petite fille qu'elle n'est déjà plus. Elle a grandi en ce laps de temps. Son visage s'est affiné et son regard s'est fait plus grave. Elle est devenue une jeune femme.

« Guillaume est vivant ! » s'écrie-t-elle.

En un éclair, Hélène la dévisage et la gifle. Je me saisis de son poignet, mais trop tard. Elle se débat, empourprée par la colère.

« Comment oses-tu ? Tu crois que nous ne souffrons pas assez comme ça ? »

Lili, portant la main à sa joue, continue comme si rien ne s'était passé.

« Eugénie, la cousine de Ginette, me l'a dit à Paris. Il est avec Ginette. »

Nous nous dévisageons durant de longs instants. Nous ne parvenons pas à reprendre nos esprits. La nouvelle est trop fracassante.

« En revanche, il est sûrement en train d'éviter le peloton d'exécution…, finit-elle par ajouter, en chuchotant.

— Il a déserté, tu veux dire ? » souffle Hélène entre ses dents, comme si nous étions surveillés.

Loubna, 2005

Quand Anis frappe à ma porte, il est 22 heures. Je n'ai pas besoin de lui dire l'impatience qui m'habite. Il me connaît mieux que je ne me connais moi-même. Et pour cause, il tient entre ses mains un dossier qui va me permettre de comprendre d'où je viens.

Il pose sa veste sur une chaise et une épaisse enveloppe sur la table basse devant moi.

Recru de fatigue, il se laisse tomber dans le fauteuil qui me fait face. « Voilà les documents que j'ai pu rassembler. J'en ai dérobé certains pour toi. Peu importe. Tu as désormais des lettres en ta possession, peut-être pas toutes, et quelques papiers officiels. »

Il a des amis partout et arrive toujours à ses fins. Mais il est inutile que je lui demande comment il a réussi. Il ne me répondra pas.

« Sache que ton grand-père était marin sous la bannière française et qu'il a disparu lors de l'explosion de *La Railleuse*. »

Son silence me fait réaliser à quel point j'ai peur de me plonger dans ces vieilles pages qui sentent la poussière et le désarroi.

« Tu veux que je te fasse un café ? Je… »

Anis me coupe la parole.

« Laisse, je m'en occupe. Je veux surtout que tu les lises. »

Je suis assise sur le canapé de mon salon. Tout cela me brûle les doigts. Il les a volés pour moi alors qu'il s'agit de mon histoire.

« Qu'est-ce qui justifie que tu doives dérober des documents aux archives de la marine ? C'est le cas pour tous les anciens marins de toutes les époques ? »

Depuis la cuisine, Anis m'explique son cheminement de pensée et la raison pour laquelle il a mis tant de temps à mettre la main sur ces précieux papiers.

Persuadé de la nationalité allemande de mon grand-père, il s'était cassé le nez sur bon nombre d'archives dans lesquelles le dossier de Guillaume Straub restait introuvable. Mais il a fini par avoir accès aux archives de la marine en France.

En écoutant Anis, ma peur fait peu à peu place à une grande excitation. J'ose enfin toucher cette enveloppe, l'ouvrir. À peine l'ai-je entre les doigts que je ne veux déjà plus m'en séparer. Anis s'interrompt quelques instants avant de revenir à ma question.

« C'est ce qui est le plus troublant, Loubna : qu'il y ait autant de documents qui n'ont jamais été retournés aux familles… Pourquoi la marine les a gardés ? Mystère… »

Je suis émue et troublée de posséder les lettres si personnelles de celui qui était mon sang et dont je ne sais rien. Anis continue à me raconter son périple, ses errances dans les méandres des administrations.

Il revient avec deux tasses de café. Mon ventre se met à gargouiller et je réalise que je n'ai rien avalé de la journée et pas dormi de la nuit.

« Quand j'ai commencé à mener mon enquête, je m'attendais simplement à trouver son identité, une ou deux photos, des papiers officiels et *basta*… Mais je suis tombé sur tout ça…

— C'est merveilleux, Anis ! C'est tellement plus que ce que j'espérais ! »

Ses sourcils se froncent. Il veut ajouter quelque chose, mais il se retient.

De plus en plus concentrée sur cet inestimable cadeau, j'en vide et trie frénétiquement le contenu : du courrier personnel, des documents, des enveloppes ouvertes. Je les caresse du bout des doigts comme je le ferais d'un trésor fragile.

Les scénarios les plus incongrus, les plus fous s'échafaudent dans mon esprit. Le tas que j'ai devant moi renferme sans doute une partie des informations qui ont manqué à mon père et qui me manquent aujourd'hui pour comprendre d'où je viens.

Les papiers ont été triés. D'abord les lettres personnelles, celles qu'il avait reçues. Puis les documents officiels, des copies de ceux envoyés à ses proches, visiblement. Et enfin un petit carnet sur la couverture duquel figure son nom, rempli de gribouillis. Je porte tout cela à mon nez. Les pages sentent la poussière et le renfermé. Elles ont soixante ans et je suis la seule, hormis Anis et l'armée, à pouvoir les consulter.

J'ouvre le premier paquet, contenant sa correspondance. Je parcours rapidement les dates, les noms.

Certaines feuilles sont presque illisibles. Le temps, le sel, l'eau en ont brouillé des parties entières. Mais je vois des noms qui reviennent sans cesse. Lucien, Lili, Hélène. Ses parents et sa sœur qui signaient tous ensemble les courriers qu'ils lui adressaient. Je découvre leur adresse. Ils habitaient dans la Somme. Je vérifie sur une carte de la France. Cette région se situe au nord de Paris. Les dates : 1936 à 1940. Après, tout s'arrête. Brutalement. Avec sa mort, le 30 mars 1940. Son bateau a explosé.

D'autres noms apparaissent. Des copains, des matelots pour la plupart. Louis, en faction à Bizerte en Tunisie. Étienne, resté dans la Somme, l'ami d'enfance avec lequel il échangeait essentiellement pour discuter de Ginette. Félix, matelot sur le même bateau que lui et qui lui écrivait de temps en temps depuis Toulon pour lui donner des nouvelles de filles, de potes communs.

Et il y a des lettres pleines de mots de tendresse. Je m'interdis de les lire pour l'instant. Je les garde pour la fin. J'apprendrai tout d'abord à connaître ses amis et sa famille avant de plonger dans le secret de ses amours.

Je les repose et les regroupe. Ma poitrine vibre des battements insensés de mon cœur. Les noirs sous-entendus d'Ali qui gouvernaient mes pensées depuis ce matin se dissipent instantanément. Je suis à nouveau une petite fille. Des larmes coulent sur mes joues malgré mon immense sourire, et je m'entends chuchoter à Anis d'une voix étranglée :

« Je vais savoir qui était ma grand-mère ! »

Ginette, 1940

Quand j'ai retrouvé Guillaume sur le port de Toulon, il était encore plus beau qu'avant. L'inquiétude qui cernait son regard ne le rendait que plus profond. Puis j'ai vu qu'il ne se précipitait pas à ma rencontre comme il le faisait auparavant, et j'ai pris peur. À portée de mes mains et si lointain à la fois… Les larmes me sont montées aux yeux.

J'avais une petite valise et un exemplaire de *Confidences* à la main. Je l'avais pris pour le train. C'était long de venir de la Somme jusqu'à Toulon, et j'avais eu tout le loisir de le lire et le relire. Avec sa sœur Lili, nous avions souvent ri de ces lettres de femmes désespérées qui exposaient leur vie intime et demandaient des conseils. L'une de nous deux singeait les malheurs de la lectrice et l'autre donnait les bons conseils de la journaliste qui signait sous le nom Marie-Madeleine.

Mon mari rentre tard tous les soirs. Il sent le parfum d'une autre et n'a même pas pris la peine d'essuyer le rouge à lèvres qu'elle a déposé au creux de son cou. Que dois-je faire ? Je n'ai qu'une envie, partir chez ma sœur avec les enfants pour qu'il réalise le tourment qu'il me cause…

Comme toujours, Marie-Madeleine prêchait la patience et l'indulgence.

Reprocher son éloignement à votre mari ne vous mènerait à rien, il risquerait de vous quitter pour de bon. Vous êtes et devez rester son épouse, aimante, patiente, indulgente. Comme le rappellent les saints sacrements, vous l'avez épousé pour le meilleur et pour le pire. Il finira par se lasser de son infidélité. Il vous reviendra, je vous le garantis.

Quant aux maîtresses, bien sûr, elles se faisaient sermonner par Marie-Madeleine.

Prenez la bonne décision, car vous perdez vos plus belles années et risquez de vous retrouver seule ou de faire souffrir une femme qui ne mérite pas une telle trahison, et encore moins de voir sombrer son foyer. Ne fréquentez plus les hommes mariés. Résistez à cette passion qui ne pourra qu'être dévastatrice.

Et il y avait ces jeunes femmes en lesquelles nous nous reconnaissions :

Gaston me presse de ses avances depuis des mois et, comme nous ne sommes pas mariés, je les ai bien entendu toujours repoussées. Mais il vient d'être mobilisé et veut que je lui appartienne. Aujourd'hui, je ne sais quoi faire et me sens en plein désarroi. Dois-je céder à cet homme que j'aime et qui m'aime sincèrement, ou résister afin d'attendre qu'un beau jour, peut-être jamais, nous puissions nous marier ? Lectrices de Confidences, *aidez-moi. Dois-je refuser et risquer de le perdre ou me rendre à cet instinct qui me dévore ?*

Bien entendu, Marie-Madeleine et les lectrices concluaient qu'il fallait à tout prix attendre, résister.

Ce court instant de bonheur pourrait ruiner le restant de votre vie. Un simple égarement ne vaut pas un tel sacrifice. S'il vous aime comme vous semblez le dire, il vous attendra et vous gratifiera d'un bonheur total : le mariage.

Nous avions beau en rire avec Lili, nous sentions bien qu'une inquiétude plus grande se cachait derrière notre soif d'amour. À l'orée de la guerre et depuis la dernière, les hommes se faisaient rares… Quand on en tenait un, il ne fallait pas le lâcher.

Je n'avais jusque-là jamais eu le plus mince doute en ce qui concernait mon avenir avec Guillaume. Il m'aimait et je l'aimais depuis toujours. Mais la guerre en avait fait un être que je reconnaissais de moins en moins. Il avait vu et fait des choses qui l'avaient changé et, à chacun de ses départs, je regrettais un peu plus de lui refuser ce qu'il demandait, jusqu'au moment où j'avais cédé. D'autant que je sentais cet éloignement dont ces articles parlaient. Je ne pouvais m'y résoudre.

Pas seulement à me retrouver seule, mais à renoncer à lui. Toutes les femmes l'adoraient. Ma seule amie ne pouvait être que sa sœur. Le destin m'avait-il fait miroiter le paradis pour me le reprendre ?

Bien sûr, Étienne tenait à moi plus que de raison et avait tenté sa chance, trahissant ainsi son vieux copain. Je ne m'en étais d'ailleurs jamais ouverte à Guillaume. Je me savais donc immunisée contre la solitude, mais je voulais Guillaume du plus profond de mon âme. Nous étions promis l'un à l'autre. C'était écrit.

Je pensais à cette lettre de rupture qui lui ressemblait si peu, mais cette froideur soudaine dans son regard posé sur moi ne lui ressemblait pas non plus.

La misère des lectrices de *Confidences* m'avait jusque-là distraite, amusée. Je n'avais jamais pensé qu'elle me concernerait un jour et que je partagerais avec elles des stratagèmes désespérés pour reconquérir ou ne pas perdre l'être aimé. Guillaume n'avait jamais montré le moindre éloignement. Pour le récupérer, j'étais prête à tout.

Nous nous sommes regardés sans nous embrasser. Il avait un air grave, soucieux, que je ne lui avais jamais vu, lui qui avait toujours une petite lueur espiègle dans le regard…

Nous avons marché côte à côte en direction du petit restaurant où il m'avait emmenée chaque fois que je lui avais rendu visite ces dernières années. Nous nous sommes installés. Je tremblais.

Je ne l'ai pas laissé commencer, il fallait à tout prix que je parle en premier. Mes paroles ont jailli comme un barrage crève et se répand sur la plaine.

« Je suis enceinte. Et enceinte de toi, Guillaume… Je te suivrai où tu voudras, en Afrique, dans le désert, jusqu'à Casablanca s'il le faut. »

Loubna, 2005

Mon portable sonne et me réveille en sursaut. Je peine à retrouver mes esprits tant mes rêves ont été agités. Je suis allongée sur mon canapé avec une couverture sur moi. Je n'ai aucun souvenir de m'être allongée ni même d'avoir piqué du nez.

Ce matin-là, il fait beau comme presque toute l'année, la réverbération d'un soleil radieux sur la façade blanc cassé en face de ma fenêtre vient me caresser doucement le visage. Je m'étire, à l'écoute des bruits de la ville. Les grondements du monstre blanc qu'éclabousse une puissante lumière ravalent lentement les clameurs de la nuit. La poussière en particules d'argent se lève aussi pour un nouveau jour.

Je jette un œil à l'écran de mon téléphone. C'est un message d'Ali. « J'aimerais vous revoir. Sans Liz. Sans maison hantée. Demain soir, 20 heures. Je passerai vous chercher. »

Je remarque qu'il n'y a pas de point d'interrogation. De fait, cela n'appelle ni réponse ni refus. Après une si courte nuit, je ne suis pas en mesure de décider au saut du lit ce que je dois faire, et je dois avouer que ses manières autoritaires me plaisent, bien malgré moi. Si sa remarque sans ménagement sur mes origines en fait un parfait goujat, je meurs d'envie de le revoir. Au-delà du secret qu'il détient, il y a quelque chose de troublant chez cet homme, un charme ténébreux et irrésistible.

Je me prépare un café et m'attable avec le breuvage réconfortant devant les documents dans lesquels je suis restée plongée toute la nuit.

Je n'ai dormi que quelques insuffisantes petites heures, mais déjà Anis arrive avec une bouteille de *leben*[1] frais, de belles oranges et de délicieuses galettes à la semoule imbibées de l'huile d'olive que son grand-père fabrique lui-même au pied des montagnes du Haut Atlas, entre les roses et les arganiers.

« Ah, tu es déjà réveillée ? Tu t'es endormie comme une masse, hier soir. »

Je regarde avec avidité tout ce qu'il pose sur la table. Mon ventre vide me rappelle à l'ordre. Ces vingt-quatre heures de jeûne ne lui ont pas convenu plus que ça.

« Merci, Anis !

— Ta mère a préparé ça ce matin, elle en a mis quelques-unes de côté pour nous. Régale-toi.

— Quelques-unes, dis-je dans un éclat de rire. Une montagne tu veux dire… »

Anis presse les oranges et nous prépare un grand verre de jus.

1. Lait fermenté.

L'eau à la bouche, je m'assois et plante mes dents dans les galettes. Ma mère a le secret pour les rendre croustillantes à l'extérieur et fondantes à l'intérieur. L'olive fraîche exhale une fragrance verte, boisée et ronde qui me rappelle les matins de notre enfance, quand je partais avec Anis dans sa famille à Ouarzazate.

Durant les deux mois d'été, nos yeux se reposaient du blanc de Casablanca sur les terres rouges de Drâa-Tafilalet, et nous restions médusés d'être aux portes de ce désert que nous imaginions comme un infini de sable modelé par les caprices du vent. Un monde où se cachaient tour à tour dans nos jeux des monstres mangeurs de pluie, des pilleurs berbères, des explorateurs égarés et leurs djinns, survivant depuis dans quelque oasis oubliée.

J'ai souvent un regard attendri sur la douceur de notre enfance. Malgré mon absence de père et son absence de mère, nous n'avons manqué de rien. Nos deux êtres bancals se sont appuyés l'un contre l'autre pour se donner ce qu'il leur manquait de repères et d'amour. Le reste, nous l'avons chipé au hasard des rencontres. Nous ne nous étions jamais rien cachés, jusqu'au jour où j'avais eu des sentiments pour Salim, le dilettante de sa bande d'amis. J'aimais le voir si peu concerné par la gravité du monde. Anis et moi avions eu là notre premier secret, notre premier sujet de discorde. J'avais aimé, j'avais souffert, puis ma relation avec Anis était redevenue la même, à ceci près qu'après de longs silences qui s'installaient parfois, je le surprenais en train de me couver d'un regard où se mêlaient la peur et l'étonnement. De ses histoires, de ses amourettes ou de ses passions, je ne savais rien. Elles avaient lieu en dehors du monde qu'il avait construit autour de moi, comme les chats qui reviennent une fois qu'ils sont repus de caresses.

Anis s'est déjà replongé dans l'analyse de quelques documents. Je le vois même qui grignote une galette en prenant des notes. Je le sors de sa lecture et de son café.

« Tu te rends compte qu'on n'est jamais allés dans le désert ? Nous sommes toujours restés au bord. »

Lui aussi, je le sais, en posant les lettres, nous revoit tous les deux à tous les âges assis sur le même muret derrière la maison de son grand-père, face au soleil qui se levait pour embraser les montagnes orangées, invariablement défaites par l'avancée du désert. Nous l'avions tant de fois contemplé avant de nous cacher des ardeurs de l'été, comme nous avions regardé l'océan tenter de ronger Casablanca qui se répandait en cascades de béton bleuté.

L'horizon nu, lui aussi, nous lavait les yeux des mois passés dans des ruelles traquées, entrelacées, dévidant d'infinies colonnes humaines grouillantes d'âmes et d'espoirs, de regards vieillis par le soleil et le poids de la ville, d'innombrables sourires, des chutes de sourires pour dire *je n'ai rien* ou *j'ai tout*, pour chuchoter *au moins je t'ai toi* ou pour taire *je ne peux pas pleurer*.

« On ira, Loubna. Promis ! »

Il se lève et se ressert un café pour chasser les idées qui l'ont envahi. Je reviens déjà sur ce qui m'a obsédée depuis qu'il m'a donné cette enveloppe.

« J'ai bien réfléchi à tout ça. Si l'armée a gardé ces documents, et en a même étudié avec autant d'attention certains… Tiens, regarde… »

Je lui tends quelques lettres marquées, raturées, annotées en rouge et bleu.

Au cours de ses recherches, Anis a eu tout loisir de se familiariser avec cet aspect des choses.

« C'est bien parce qu'il était… disons… suspect ? »

Anis acquiesce. Je comprends que je ne lui apprends rien. C'est sans doute cette nouvelle dont il voulait me protéger encore quelques heures.

« On peut imaginer que c'était le début de la guerre et que tous ces papiers ont été oubliés, mais je n'y crois pas, Loubna. Visiblement, ils ont été épluchés, méticuleusement examinés, lus et relus. Et s'ils sont encore dans les archives de l'armée et qu'ils n'ont pas été retournés à sa famille en France, c'est sans doute parce qu'il y avait une suspicion sur les agissements de ton grand-père… Et probablement sur sa responsabilité dans l'accident. »

Il avait parlé d'accident à dessein, avec le tact habituel que je lui connaissais.

« Et puis il y a cette énorme somme d'argent que ta grand-mère avait sur elle… Une somme si astronomique pour l'époque qu'elle ne pouvait provenir du simple salaire d'un matelot. »

Anis avait déjà fait toutes ces recherches.

« Même s'il avait économisé, ce dont je doute, d'une part parce qu'il était très jeune, d'autre part parce que, les marins de l'époque n'ayant pas beaucoup de distractions, ils passaient la plus grande partie de leur solde dans les permissions et les quartiers libres. »

Avant même que j'examine les lettres plus en détail, je sais qu'un mystère suffisamment prégnant a poussé les autorités de l'époque et celles des décennies suivantes à ne pas éventer l'affaire. À présent qu'elle est probablement tombée dans l'oubli, Anis a pu soudoyer un des responsables des archives, avec lequel il a étudié, pour qu'il me confie ces documents quelques jours.

L'historien en Anis rêve de s'échapper de la gangue de l'amitié et il se lance dans un récapitulatif des événements notables qui ont secoué le Maroc en 1940 et auraient pu avoir un rapport de près ou de loin avec mon grand-père.

« Eh bien, sache que le Maroc, et donc la France puisque nous étions alors sous son protectorat, a joui de sa position d'arrière-garde. Par exemple, des tonnes d'or ont été dissimulées à Casablanca quand les nazis ont commencé à avancer dangereusement sur Paris. La Banque de France les a déplacées pour les planquer ici. Mais plus largement, après la signature de l'armistice en juin 1940, le Maroc s'est retrouvé entre le protectorat, qui venait de se rallier au régime de Vichy, et les forces libres qui s'étaient engagées avec les Alliés. La marine, notamment, a hésité un laps de temps certain entre Pétain et de Gaulle. On peut imaginer une situation délicate créée par ces tergiversations. On n'en parle pas trop d'ailleurs, mais il y a eu quelques camps de concentration nazis au Maroc… »

Anis obtient ce qu'il voulait. Je suis bouche bée d'apprendre une information si énorme lâchée avec tant de désinvolture. Il continue, encouragé.

« Le général Noguès par exemple, qui était alors gouverneur du Maroc, a pleinement soutenu le régime de Vichy pendant la Seconde Guerre mondiale et a donc adhéré aux idéaux racistes, antisémites, etc. Bon, certes, il s'en est ensuite remis à de Gaulle… Mais les événements politiques et sociaux du temps sont riches en rebondissements. Alors, que faisait ton grand-père à cette époque ? A-t-il senti le vent tourner ? A-t-il décidé de prendre les devants en pariant sur une victoire de l'Allemagne ? D'autant plus, il est vrai, que son nom de famille est plutôt à consonance allemande… Mais selon moi, cela ne constitue pas du tout un argument déterminant. Même si les Français et les Allemands sortent alors déjà de plusieurs conflits, ce sont deux pays frontaliers, donc les échanges sont fréquents. Cela dit, que cela ait suffi à en faire un mouton noir dans la marine en débâcle de cette époque… c'est fort probable. »

Il déplace sa chaise et se rapproche de moi pour me montrer les documents qu'il a épluchés cette nuit.

« J'ai parcouru attentivement les papiers officiels. Il n'y a aucun acte de décès. Sa dépouille n'a jamais été retrouvée. »

Le pragmatisme historique d'Anis tranche radicalement avec la lecture romantique et désespérément émotionnelle que j'en ai faite. Je me dis que la vérité est sans doute à mi-chemin.

Sans détour, Anis met un point final à son raisonnement.

« Il est donc traître ou déserteur.

— Eh bien… Quel héritage… »

Je baisse les yeux, un peu déçue que mon grand-père ne soit pas une figure héroïque qui se serait illustrée dans des actes de bravoure sans égal. Je m'apprêtais à concéder qu'il ait pu être un peu lâche, mais espion… traître… Ce sont des mots étrangement douloureux.

« Il y a bien une dernière explication…

— Je t'écoute.

— … Il serait mort sur le bateau pendant l'explosion et, pour une raison qu'on ne connaîtra sans doute jamais, on n'a pas retrouvé son corps… Mais qu'il ait nourri dans son entourage tant de fantasmes de traîtrise, d'espionnage ou que sais-je, pour au final être passé à côté d'une si belle occasion de s'en sortir indemne et, pourquoi pas, de s'échapper avec sa belle, *alias* ta grand-mère, dans le désert… Ce serait d'une ironie féroce. »

Mon téléphone sonne à nouveau. Anis et moi lisons le message en même temps. C'est encore Ali : « Mettez une jolie robe, je vous emmène dans un endroit chic. »

Je sens que le rouge me monte aux joues et Anis s'en aperçoit. Il reste silencieux et se replonge dans sa lettre, les sourcils froncés comme devant une énigme qui ne sera jamais élucidée.

III

LES MALENTENDUS

Félix, 1940

J'ai eu que l'temps d'confier Lili à ma sœur qui vit avec son mari et ses deux gosses à Toulouse. Ça f'sait une paie que j'l'avais pas vue… J'suis reparti l'cœur gros, tout seul, alors que je l'aime si fort. Bon sang ! J'ai envie de r'venir sur un rafiot comme d'me pendre. J'la connais à peine mais j'tiens à elle plus qu'à tout l'reste !

J'ai pas pu attendre d'être à Toulon pour lui écrire une p'tite babillarde et j'continue, presque tous les jours… J'me savais pas capable de dire des choses pareilles. Mon vieux ! Y a des mots qui sortent tout seuls, j'pleure comme un gamin. Des fois, j'suis obligé d'essuyer les larmes qui font couler l'encre et j'me mets à voir trouble.

J'arrive à penser à personne d'autre qu'à toi. Tu le sais, Liliane, ton frère m'aimait bien. Il voulait te protéger mais maintenant c'est moi qui veux te protéger de la guerre, de la violence, des morts. Attends-moi.

Bon sang ! J'croyais qu'parler d'amour c'tait réservé aux midinettes qui s'pâment devant les films avec Arletty, Michèle Morgan ou Mireille Balin, qui s'donnent des airs et rêvent la vie en grand… Mais là, c'est du sérieux et j'crache plus sur toutes ces choses-là. Je veux la r'voir, c'est plus fort que moi… Ça m'tient aux tripes.

J'peux pas m'empêcher de m'dire que j'suis un sacré cocu de la vie et j'compte bien que ça continue comme ça ! Quand j'vois tous les dégâts chez les copains de l'armée d'terre et de l'armée d'l'air… Une vraie hécatombe… La ruine ! Nous, dans la marine, c'est rien à côté… Et même quand ça pète, j'me débrouille pour être aux abonnés absents… Pour l'moment, j'reste en rade à Toulon en attendant de savoir sur quel rafiot on va m'coller et j'passe le temps en écrivant des mots d'amour qu'on trouve niais quand on les a pas eus dans l'cœur…

J'lui tourne en boucle qu'c'était grandiose notre baiser dans l'train, que ça m'a rendu heureux et dévasté… V'là que j'me mets à parler comme Guillaume maintenant… Fallait voir ça ! Même dans Paris en train de s'vider elle était drôlement classe à côté de moi… Les cheveux bien mis, crantés comme il faut avec un petit accroche-cœur sur la tempe, et brillants avec ça… J'les sentais dans l'train, c'est ça qui m'a fait oublier qu'elle était larg'ment au-dessus d'ma condition… En plus, contre toute attente, elle m'a pas r'jeté !

De m'sentir responsable d'elle maintenant, j'en suis plus qu'jamais chiffonné par l'histoire de son frangin, avec son amie qui lui avoue qu'il s'est échappé avec Ginette… C'est pas compliqué, quand j'pense pas à Lili, j'revois Guillaume le dernier jour, quelques heures avant l'explosion.

Plus j'y pense et plus j'trouve des souvenirs qui sonnent faux, surtout d'puis qu'on savait qu'il s'tait tiré avec une belle… Guillaume avait changé, on l'avait tous vu. Depuis quelque temps, son r'gard était plus l'même. On le charriait un peu avec ça, à lui dire : « Qu'est-ce que tu guettes comme ça, lion d'gouttière ? Ta prochaine proie ? » On avait tous remarqué qu'il regardait plus l'horizon comme il l'faisait avant, mais l'quai. Il tournait carrément l'dos à la Méditerranée.

Y a deux ans, quand on a su qu'on était affectés ensemble à Casablanca sur l'même rafiot, on était contents comme tout d'avoir un copain là-bas. Et lui, il était aux anges, il v'nait d'gagner son premier ticket pour l'horizon et ses yeux se sont mis à pétiller… Jusqu'à y a quelques semaines. Depuis sa rambarde côté terre, il suivait les gens à la trace. Après coup, j'comprends mieux… Ça d'vait être sa mistinguette qu'il attendait…

Il s'tait mis à guetter pendant des heures, la cigarette au bec. Appuyé sur le bastingage, il r'gardait les gens défiler, les femmes surtout j'crois, comme si sous leurs djellabas y en avait une de spéciale qui s'cachait. La mer, on aurait dit que ça l'intéressait plus. Il la voyait plus. Pourtant, il f'sait sacrément beau à ce moment-là. C'tait la fin avril, et au Maroc ça ressemble déjà bien à un été dans l'Nord. Mais même comme ça, il restait fixé sur la ville. Faut dire que c'est pas évident d'continuer à rêver avec la guerre comme point de mire. On en parlait d'plus en plus, et on a beau croiser les doigts pour qu'ça arrive pas, c'est un sacré mur qui s'fiche entr'vous et l'horizon, d'un seul coup. Au Maroc, on pensait que la guerre était loin et qu'on craignait pas grand-chose, parce qu'nos troupes allaient tout arrêter avant qu'ça flambe pour de bon… Foutaises !

Alors j'me disais que c'était ça… La peur, quoi ! Qu'c'était c'qui avait éteint les lumières dans ses yeux et lui avait collé un bourdon d'tous les diables… Mais quelques jours, peut-être quelques semaines avant l'explosion, j'l'ai vue, la poule qu'il attendait depuis tout c'temps… Et elle r'venait, presque tous les jours.

L'autre nuit, j'me suis réveillé d'un bond, comme si le diable en personne était venu m'visiter. C'était pas l'diable mais l'moment où j'quittais la barque pour la dernière fois… Là, il m'est r'venu un coup d'souvenir en forme de cauchemar… Bien net, bien précis… J'en avais la chair de poule… J'revoyais tout, bien détaillé comme si j'y étais d'nouveau… Il était sur l'pont, en passant j'lui donne une tape sur l'épaule et on échange deux, trois mots… Lui, comme d'habitude, il s'occupait à zieuter si sa donzelle s'pointait. J'saute sur la terre ferme et, j'sais pas pourquoi, j'ai l'idée d'me retourner en la voyant debout sur le quai, fidèle au poste. J'voulais faire à Guillaume un clin d'œil ou un p'tit signe. Il m'répond en s'bidonnant. Et là, j'vois son regard qui dévie à droite. Il s'est figé tout d'un coup… Il souriait plus… Il était plus dans les gestes badins et moqueurs. Ça a pas suffi à m'déconcentrer d'mes heures de quille qui m'attendaient. J'me suis enfoncé dans la ville pour oublier cette satanée mer.

Et voilà la dernière fois qu'je l'ai vu, et la dernière chose qu'il m'a dite me r'vient comme un coup de poing en pleine figure… J'me retrouve à r'ssasser ça dans mes rêves, à pas comprendre ce qu'il y a derrière…

C'est l'genre de phrases, on n'arrive pas à s'en défaire… Ça tourne encore et encore jusqu'à ce qu'ça vous tue…

« Profites-en, Félix ! J'ai des choses à régler, je peux pas partir comme ça… »

Ginette, 1940

Mon cœur battait la chamade et en un instant j'ai dit l'inimaginable.

Il y avait eu cette lettre d'une lectrice qui m'avait émue.

J'aimais Pierre de toutes mes forces et, quand il m'a annoncé son départ imminent pour la guerre, je n'ai su résister à la peur. J'ai fait l'erreur de lui céder et je paie aujourd'hui ma faiblesse. Je suis tombée enceinte. Quand je lui ai annoncé la nouvelle, j'étais certaine qu'il m'assurerait de son amour réciproque. Mais au contraire, il refuse d'entendre parler de moi à nouveau et de reconnaître sa fille. Que dois-je faire ?

Elle m'avait donné une idée. J'allais dire à Guillaume que j'étais enceinte. Il m'aimait depuis que nous étions enfants. La date de notre dernière rencontre collait. Je pourrais toujours lui dire, des mois plus tard, que j'avais perdu l'enfant. Qui sait ? J'allais peut-être réellement tomber enceinte. En tout cas, je savais, j'étais certaine qu'il ne me quitterait plus. C'était un homme qui tenait ses engagements, pas un petit garçon qui s'effraie du moindre revers. Il avait voulu devenir marin. C'était une telle preuve de courage ! Cet homme allait au-devant de ses rêves, et je savais que j'en faisais partie. Il s'était engagé et m'avait promis de revenir et de m'épouser. J'allais simplement précipiter les choses. Je profitais de mes larmes de désespoir – je me sentais si cruellement délaissée – pour rendre l'aveu plus crédible.

Je n'ai pas réfléchi plus que cela. Je ne sais pas pourquoi ni comment j'ai dit cela. Ces mots sont sortis de ma bouche presque malgré moi. Mais une fois qu'ils ont été prononcés, difficile de revenir en arrière.

Guillaume a affreusement mal réagi. Je ne le reconnaissais plus. Je devenais cette pauvre fille avec sa lettre dans *Confidences*. Mais elle au moins n'avait pas menti et portait réellement un enfant de l'homme qu'elle aimait. Mon manque de légitimité m'a empêchée ce jour-là de me venger et la rudesse de sa réaction m'a privée de mots et de souffle. Il m'a laissée comme j'étais venue, triste, esseulée et en larmes sur le port de Toulon, sifflée par les marins qui croisaient mon chemin. J'ai passé la nuit à pleurer dans l'hôtel où nous nous étions aimés.

Après une nuit sans sommeil ni rêves, je me suis levée sous un nouveau soleil. Je ne voyais plus l'existence de la même façon. La guerre était décidément partout maintenant, pas seulement entre les hommes. Elle régnait aussi entre les hommes et les femmes qui se battaient pour un coin de ciel bleu dans ce chaos. Et Guillaume ne savait pas alors que j'étais prête à tout pour me laver de cet affront.

Loubna, 2005

À en juger par les coups de crayon des officiers qui avaient épluché le courrier de mon grand-père, on ne peut qu'imaginer qu'il avait quelque chose sur la conscience, ou en tout cas qu'il n'avait pas réussi à écarter les soupçons. Sur ces lettres, je ne vois bientôt plus que ces traits rouges et bleus. Leur intimité a été violée par la main d'un militaire qui ne cherchait qu'à nuire à ce grand-père dont je ne connais pas encore l'écriture, car je n'ai que les missives qu'il a reçues, il ne reste absolument rien de sa main.

Comme Anis me l'a recommandé, j'ai pris ces lettres et mon histoire à rebours. Un premier courrier administratif daté d'avril 1940, soit quelques jours après l'attentat, indique froidement qu'elles ont été retrouvées dans une valise identifiée comme étant la propriété de Guillaume Straub. Elle flottait, ce qui les a empêchées de prendre l'eau et explique leur bon état de conservation. Mon cœur bat devant cette pile de documents qui contient la vérité.

Les lettres des proches, les documents annexes, rares, les doubles de ce que la famille a reçu, une copie de la lettre du commandant Hourcade, les demandes des parents pour faire rapatrier la dépouille, les comptes de la solde qui leur a été versée en tant que famille du « mort pour la France ».

Des traits rageurs soulignent des mots qui ont sans doute paru suspects au lecteur. J'ai survolé rapidement les lettres en prenant garde de ne pas abîmer ces feuilles marquées par le temps.

Je me plonge maintenant dans la lecture des lettres des proches. Tout d'abord celles de la famille puis celles des femmes. De nombreuses femmes ont écrit à mon grand-père entre 1936 et 1940. Je les trie et je suis effarée. Plus j'en trouve et plus il y en a. Des dizaines d'entre elles lui ont écrit, des missives longues ou courtes, pleines de douceurs et d'invectives, couvertes d'écritures hésitantes ou affirmées à en déchirer le papier.

Je découvre, en m'y plongeant, l'homme qu'il a sans doute été. Un collectionneur de conquêtes. Dévorée par la curiosité, j'en parcours quelques-unes.

Guillaume,

Tu as apporté du soleil dans mon cœur endeuillé. Je sais que tu étais un ami cher de Bastien. Mon frère adoré n'a pas souffert, comme tu me l'as dit, et je n'aurais jamais cru qu'une telle phrase soit si pleine de réconfort. Je le pleure, mais je sais qu'il n'a même pas eu le temps de se voir mourir, et c'est tout ce qui m'importe aujourd'hui. Ça et de te revoir. Ta bouche sur la mienne m'a fait oublier ce cauchemar et les images du Pluton *que j'imagine exploser encore et encore.*

Nous nous revoyons dans quelques jours, mais déjà je ne peux plus attendre. C'est le destin qui t'a fait frapper à ma porte. Marseille n'est plus aussi ensoleillé depuis que tu l'as quitté. Tu es le seul à pouvoir à nouveau me faire sourire et chasser ces mirages d'horreur. Guillaume, je t'attendrai et je sais que toi aussi.

Nelly

Sur un calepin, j'entreprends de noter tous les prénoms des auteurs de ces lettres. L'une d'elles est forcément ma grand-mère. Je me dis tout d'abord qu'il doit s'agir de celle qui lui a écrit le plus souvent ou du moins le plus passionnément.

Casablanca,

Mon chéri, mon amour,

C'était bien trop court. J'aurais voulu que nous restions ensemble pour toujours. Avertis-moi par courrier de ta prochaine permission et je te rejoindrai. Je prétexte d'aller chez ma cousine à Paris pour venir te voir. Je l'ai mise au courant, elle me couvre et ne dira rien à personne.

Je t'écris depuis le train qui me ramène dans la Somme. J'ai du vague à l'âme et ton odeur s'accroche encore solidement à ma peau. Étais-tu vraiment sincère quand tu me disais à quel point tu m'aimais et que seul cet amour te permettrait de survivre à la guerre ? J'ose te croire. Car la promesse de ce bonheur me permet à moi aussi d'affronter cette guerre qui commence et que je crains. Mes parents parlent de partir dans le Sud, disent qu'il faut se tenir prêts. Les Allemands, s'ils arrivent à crever notre ligne Maginot, prendront Paris et nous, dans le Nord, nous ne serons pas épargnés. Nous serons même les premiers à faire connaissance avec les armées du Reich. J'ai peur, mais je me rappelle que tu es à moi et cela me redonne la force de tout endurer.

Mon amour, je te quitte à peine et j'ai hâte de te retrouver.

Ginette

P-S : Je ne sais pas si je pourrai à l'avenir te retrouver à Casablanca. La tension internationale est à son comble. Nous devons attendre qu'elle soit derrière nous. Je viendrai à Toulon dès que tu seras en permission.

Un prénom de plus sur ma liste. Des lettres enflammées, de la part de Paulette, Louise… Claudette lui assure que son mari ne risque pas de revenir « comme la dernière fois » : « Quelle panique quand j'y repense… » Janine est prête à tout plaquer, Marseille et son début de carrière peu prometteur : « La vie dans les colonies me tente bien. Je trouverai sans doute un public dans les bals musettes de Casablanca… Ah ! Guillaume, je nous y vois déjà, dans cette belle petite vie. Tout sera épatant ! » Nicole, en revanche, a le nez fin ou l'expérience, et lui adresse une lettre d'adieu : « Je connais les marins, tu fus un charmant mirage. Je te rends à ta vie d'aventures. Tes promesses n'en étaient pas, je le sais bien… Belle vie. »

Je constate le succès de mon grand-père auprès des femmes et suis un peu surprise de trouver ce trait de caractère inattendu.

Plus j'avance dans la chronologie de ces lettres d'amour et plus elles témoignent d'un changement d'attitude.

Amiens

Mon chéri, mon adoré,

Tu n'es plus le même. Je ne voulais pas t'embêter avec mes doutes, mais je t'ai trouvé changé. Tu avais la tête ailleurs et je pense savoir ce que c'est. Tu as peur. La guerre menace. Les Allemands se rapprochent. Nous pensions les Polonais suffisamment forts pour les repousser, mais il n'en est rien. Il faudra que nous les aidions. Et les Belges viennent de déclarer forfait. Nous avons tous peur, ici, mais nous ne pouvons pas nous enliser à nouveau dans une guerre qui nous coûtera nos hommes et nos espoirs. Il faut en finir et, avec des hommes courageux comme toi, j'ai confiance. Je sais que ce conflit ne durera pas et que le pire sera évité.

Je pense à toi sans arrêt, avec douleur, avec tristesse, mais toujours avec amour. Bientôt nous serons ensemble et tu n'auras rien d'autre à penser qu'à la tendresse que nous avons l'un pour l'autre et rien d'autre à faire que bâtir nos vieux rêves. Cette petite maison avec le jardin, le potager et nos enfants qui gambaderont tout autour.

Je t'aime. Reviens-moi.

Ginette.

Marseille,

Guillaume,

Je ne comprends pas ta lettre. Tu es si froid, si dur. Est-ce bien toi qui l'as écrite ? T'oblige-t-on à me répondre ainsi, avec autant de brutalité ? C'est pour moi la seule explication possible car nulle part dans ces mots je ne parviens à te retrouver.

J'ai lu que le Pluton *a explosé dans le port de Casablanca, juste à côté de ton navire. Sans doute étais-tu ami avec ces matelots ? Sans doute es-tu ravagé par la peur et le désarroi mais, je t'en conjure, ne crois pas que tout est fini. La vie continue avec moi.*

Reviens-moi. Reviens-moi et j'oublierai tout. Cette femme dont tu m'as parlé dans un coup de folie, j'en suis certaine. J'oublierai.

Ginette

Guillaume,

Tu es venu et tu avais tellement changé. Tu n'étais plus celui que tu promettais d'être le jour de notre rencontre. Que t'est-il arrivé ? Qu'est-il arrivé à cet homme charmant qui m'avait consolée ?

Les hommes, décidément, deviennent bien méchants en temps de guerre. Comme si nous, les femmes, nous n'en souffrions pas ! Comme si nous avions à tout endurer sans une plainte parce que vous êtes les seuls à vous battre ! Mais ce n'est pas la réalité. Depuis que mon frère est mort et que mon père est parti, c'est moi et moi seule qui m'occupe de ma mère et de ma sœur ! Je dois me battre pour joindre les deux bouts, et je te prie de croire qu'entre ces deux bouts il y a souvent une distance aussi grande qu'entre tes promesses et tes actes !

Je ne veux plus jamais te revoir. Va au diable !

Agathe

Guillaume,

Tu me paieras cet affront. Sache que les larmes que j'ai versées dans le train entre Toulon et Amiens seront les dernières que je verse pour toi. Tu ne les mérites pas. Je le comprends enfin. Tu n'es pas Étienne. Lui sait mériter l'affection des femmes, il ne cherche pas à la dérober comme un vulgaire petit malfrat.

Va en enfer ! La prochaine fois que tu auras des nouvelles de moi, ce ne sera pas de ma main et tu regretteras chacun des mots que tu m'as dits. Tu es indigne de tout l'amour que je t'ai porté. Mais désormais, il est mort en moi. Tu n'es plus rien.

Adieu
Ginette

Je suis bouleversée. Non seulement parce que ces documents font surgir un passé qui s'était toujours refusé à moi, mais aussi parce que je ne peux pas ignorer qu'à quelques semaines ou quelques mois de l'attentat, mon grand-père avait changé. Quelque chose se tramait... Évidemment que son attitude était louche...

J'entre dans l'intimité de mon grand-père, j'effleure un secret sulfureux, et en plus je découvre une personnalité qui me met mal à l'aise. Cet homme ne m'apparaît qu'à travers les mots de femmes délaissées, et je suis bien placée pour savoir que si lâche qu'il ait pu être, aucune ne lui rendra justice.

« Mais à quoi tu t'attendais, Loubna ? » m'interroge Fatimah. Je suis allée chez elle, un peu sonnée que je suis par la tournure que prend ma remontée vers les origines.

J'ai besoin d'un regard distancié et plein d'humour, et je sais que je peux compter sur elle pour cela.

« La vérité, c'est que... je ne me reconnais pas en lui... »

Elle me fixe un instant et se met à rire comme si c'était la plus grosse énormité qu'elle ait jamais entendue. C'est précisément là que je découvre ce que j'attendais : me reconnaître en lui, qu'il parle avec les mêmes mots que moi, qu'il s'exprime de la même voix, qu'il m'ait légué un pan de sa personnalité, et si possible des qualités louables ! Comme si les liens du sang devaient forcément se signaler par des traits extérieurs communs, visibles au premier coup d'œil.

Fatimah continue de rire de moi et de ce qu'elle appelle mon ingénuité.

« L'équation est pourtant simple, Loubna. Premièrement, c'est un homme. Deuxièmement, il avait à peine vingt ans. Troisièmement, il était marin. Quatrièmement, il voyageait dans des pays exotiques… »

Elle s'arrête, ses quatre doigts tendus vers le ciel, témoins tangibles de ma stupidité.

Je la regarde, interdite. Elle poursuit, ne me laissant aucun répit.

« Tout pour faire un obsédé sexuel. C'est comme lâcher un loup affamé dans une boucherie. Il n'avait qu'à se servir. Si, en plus, tu comptes qu'il était de temps en temps enfermé pour des séjours en mer entre mecs et qu'il devait risquer sa vie… Ça lui donnait même de quoi se vanter une fois à terre ! Enfin, Loubna, tu connais les hommes… »

Karim, son mari, entre dans la pièce et se mêle à notre conversation. Il s'assoit à côté d'elle et passe un bras autour de ses épaules, souriant. Il ne l'aime jamais autant que lorsqu'elle décortique avec un franc-parler légendaire les événements à sa manière, à grand renfort d'images décalées.

« Fatimah m'a raconté… C'est bien, tout ce que tu découvres, Loubna. Tu vas retrouver des morceaux de ce puzzle en bordel qu'on supporte depuis plus de… (Il réfléchit.) Mince alors, ça fait plus de vingt ans qu'on se connaît. »

Ils se regardent. Ces deux-là sont amoureux depuis toujours. Anis me les a présentés quand nous étions adolescents et que nos rendez-vous hebdomadaires au Rialto étaient gravés dans le marbre. Déjà à cette époque, c'était l'évidence, comme ça arrive surtout dans les films. Comme si Karim pouvait lire dans mes pensées, il ramène la discussion à des considérations plus graves.

« La vie, c'est pas comme dans les films, Loubna. C'est tout ce qui se passe avant que la pellicule commence et après qu'elle s'achève. Tout ce qui prépare les instants de grâce et ce qui les suit. Tu ne peux pas éviter ça indéfiniment.

— Que veux-tu, Karim… Je ne peux pas m'empêcher de rechercher la grâce, même quand elle se cache. Ça la rend encore plus belle. »

Je finis mon thé. Il est devenu amer et j'essaie de comprendre ce qui me dérange.

« Vous avez raison. Quand même, il y a quelque chose qui sonne faux… C'est vrai qu'il est très différent de ce que j'avais imaginé, c'est rien de le dire… Mais il est mon grand-père, son sang coule dans mes veines et c'est tout, soit… Pourtant, j'ai un sacré problème maintenant… J'ai un paquet de grand-mères potentielles ! »

Quelqu'un sonne à la porte à ce moment-là. C'est Anis qui rend visite à Karim. Ils vont répéter pour leur concert qui doit se dérouler le lendemain. Karim chante et pose sa voix mélodieuse sur les roulements de djembé d'Anis.

Son regard s'appesantit sur moi. Il ne s'attendait pas à me voir ici à cette heure-là. Depuis des mois et des mois, j'évite Salim et donc leur rendez-vous musical hebdomadaire. Il arrivera dans quelques instants. Il est toujours en retard. Il passera la porte, sa guitare sur le dos et son skate sous le bras. Le voir me pincera sans doute le cœur, mais pour la première fois depuis notre rupture je ne m'en soucie pas. Lui aussi s'est comporté comme un marin : une femme dans chaque port. Et j'ai été l'une d'elles, sans jamais devenir l'élue privilégiée. Mais depuis qu'Anis a exhumé la possibilité de retrouver les traces de mon grand-père, je ne pense plus à tout cela.

Cette discussion avec Fatimah était impérieuse et valait de risquer un nouvel accroc à mon cœur brisé.

Anis baisse les yeux et, sans me dire un mot, s'adresse à Karim :

« On y va, on a du pain sur la planche. »

Tandis qu'ils s'enferment dans le bureau au fond du couloir, Fatimah m'interroge du regard, cherchant une explication à la froideur soudaine d'Anis envers moi. Je réalise soudain qu'il n'a pas décoléré depuis le texto d'Ali. C'est sans doute une des raisons de sa mauvaise humeur. Je chuchote :

« Je vois Ali demain soir et je crois qu'il ne l'apprécie pas tellement. »

Fatimah bondit et se rue sur sa veste en jean et son sac à main.

« Je viens avec toi, j'ai envie de voir ça, tes lettres, tes vieilles photos… et Ali, crie-t-elle presque dans le couloir de l'immeuble. Tu dois tout me raconter. »

Nous marchons toutes les deux jusqu'à la rue d'Alger. Fatimah est pendue à mes lèvres. Elle connaît Ali et, comme toute Marocaine de moins de quarante ans normalement constituée, elle ne peut que craquer sur celui qui incarne la quintessence du sex-appeal dans ce pays : la réussite, le charisme, le mystère.

Nous nous arrêtons avant de traverser un de ces carrefours dangereux à l'heure où la circulation est la plus dense et périlleuse. Impossible de comprendre comment le mouvement reste fluide, se fait et se défait dans ce rond-point gigantesque où se jettent voitures, camions, mobylettes sans céder un pouce de terrain ni de vitesse.

Perdues dans nos pensées, nous restons un instant immobiles, hypnotisées par ce ballet incessant de couleurs et de bruits métalliques.

La voix de Fatimah couvre le concert de klaxons.

« Regarde ça, Loubna. Les voitures se frôlent, s'effleurent, menacent de s'encastrer, mais esquivent toujours au dernier moment le contact fatidique pour se relancer dans la valse langoureuse de la circulation aux heures de pointe… »

Elle s'arrête, avant d'ajouter :

« Je ne sais pas pourquoi, depuis que tu as rencontré Ali, je vois de l'érotisme partout ! Même dans la façon de conduire des taxis, tu imagines ça ? Dis-moi encore comment il était habillé. Je veux plus de détails… »

En remontant ma rue, nous sommes prises d'un fou rire dont nous ne sommes toujours pas débarrassées dans les escaliers de mon immeuble. Fatimah se calme soudain, et, encore hors d'haleine, me lance :

« Il te plaît, Loubna. Je veux dire, il te plaît vraiment… J'en connais un qui va s'en mordre les doigts… »

Fatimah n'interroge pas, elle affirme. Elle me fixe, guettant ma réaction, quand ma mère, alertée par le chahut, entrouvre la porte et me sauve de mon embarras. Cette question, je sais que je ne dois et ne peux pas me la poser. L'affaire paraît trop mal engagée. Je ne cesse de penser à sa manière de mettre en scène ce qu'il sait. Et s'il se jouait de moi ? J'ai beau avoir hâte de le revoir, je pressens chaque fois que je pense à cette prochaine entrevue une sorte d'angoisse, comme l'ombre d'une main sur ma gorge.

« Nous ne faisons que passer, mamma ! »

Dans mon appartement, Fatimah découvre l'ampleur de la tâche.

« Allez, on va lire ces lettres, ma chérie. J'ai envie de savoir comment il était, le tombeur de ces dames. Tu crois qu'il était charismatique comme Humphrey Bogart dans *Casablanca* ? "Nous aurons toujours Paris[1]" », singe-t-elle, outrageusement solennelle.

Je ris de bon cœur, ravie qu'elle m'accompagne, qu'elle m'offre son détachement, qu'elle désamorce

1. Célèbre réplique du film *Casablanca*.

ma trop grande implication émotionnelle, à la fois dans ces lettres et dans ma très prochaine entrevue avec Ali.

Je repense à ce film que je connais depuis toujours, à cette chanson que mon père m'a fredonnée lors de mes premiers jours. À cette scène mythique où les deux amants se disent adieu. Ingrid Bergman au bord des larmes. Humphrey Bogart en apparence imperturbable, immuablement chic, mais pourtant déchiré par les lois du destin jouant en sa défaveur.

Au bout d'un long silence, Fatimah s'extirpe de sa lecture : « Ce qui me trouble le plus, c'est sans doute le changement d'attitude dont elles parlent toutes. Juste avant l'accident dans lequel il a disparu, il s'était mis à être agressif. Il se défaisait de tous ses liens. Il y a forcément une raison à cela. »

Félix, 1940

La vérité, c'est qu'on sentait l'type qui s'était empêtré dans quelque chose qu'il maîtrisait plus… Il était inquiet, il r'gardait les gars autour de lui et nous dévisageait comme si on était la solution, ou un grand problème qu'il pouvait pas renvoyer à la gaffe[1]… J'ai beau l'avoir bien connu, il était quand même bourré de mystères… Mais sur l'coup, j'me posais pas d'questions, parce que c'tait lui tout craché… Un type pas banal avec une vie pas banale autour.

Fin mai, pendant que j'étais en permission, tous les torpilleurs français ou presque étaient partis dans l'nord. Les Boches arrivaient de partout et il fallait protéger les côtes. Y avait des bâtiments qui s'faisaient couler par leur aviation et leurs contre-torpilleurs. Pendant c'temps, j'comptais fleurette à Lili.

Elle quitte toujours pas mes pensées… C'est à d'venir fou, mais ça a eu ça de bien que j'me suis pas

1. Remettre à plus tard la résolution d'un problème (argot de la marine).

tellement rendu compte de tout ce qui s'est passé, et surtout d'à quel point l'pays a dégringolé vite.

De fin mai jusqu'à début juin, j'suis resté en faction à Toulon avant de revenir à Casablanca.

Et là, quand j'arrive, une ambiance…

J'avoue que j'savais pas trop à quoi m'attendre, mais un tel bordel… Ça, j'aurais jamais dit ! Je m'prends dans la tronche en accéléré tout c'que j'ai manqué pendant que j'étais pris dans la tourmente des Straub et compagnie… D'abord, « l'Histoire s'est mise en marche », comme dit Gaston, le patron du restaurant où on allait pendant nos classes.

Faut bien comprendre tout l'contexte pour imaginer pourquoi cette histoire est partie en eau de boudin, si vous m'passez l'expression. On était sur les dents avec les copains ! Y avait eu dans l'ordre le *Pluton*, la déclaration d'guerre, des manœuvres en veux-tu en voilà, avec de moins en moins de perm' pour prendre l'air… On savait plus où donner d'la tête ! La guerre est toute neuve. On n'a pas connu ça, nous ! Nos pères, pour ceux qui ont eu la chance d'en avoir un, nous ont rabâché c'que ça a été l'grand massacre… Ces vieilles histoires avec les nouvelles qui étaient pas bonnes du tout… À savoir, Hitler qui a mis les Polonais à genoux, les Belges qui ont laissé tomber, les Finlandais qui s'en sont pris plein la gueule avec les Suédois qui ont décidé de rester bien tranquilles en dehors de ça… Les troupes foncent droit sur nous sans qu'rien ni personne arrive à même les ralentir un peu… En bref, ça sent la r'dite, l'réchauffé… Une impression de déjà-vu bien désagréable, en plus cette fois on était dans les choux d'entrée d'jeu…

Attention ! Y avait bien encore quelques ducon la joie pour crier qu'on avait la ligne Maginot, mais chaque jour un peu moins… Fallait les entendre l'mois dernier : « Ils pourront jamais entrer par les Ardennes. Les chars passent pas, y a pas moyen ! Alors on les attend plus haut, comme au coin d'un bois. On les aura, les doryphores. »

Ça, c'est tous les discours d'l'arrière qui t'rassurent pas plus qu'ils t'renseignent… Mais ce que j'ai manqué, c'est Casa, avec les copains qui ont évité de rester sur l'carreau et puis les autres qui nous connaissent parce qu'on s'est retrouvés souvent en rade ici à écumer les bars pour passer l'temps…

J'suis allé rendre visite aux copains blessés à l'hôpital militaire, à Ben M'Sik. Mon vieux ! Un accueil… J'me fais pas prier pour savoir c'qu'il en est. Pendant ma perm', ça a jasé sur Guillaume, et salement. Ils sont tous là comme des chiens avec un torchon entr'les dents et pas moyen d'les faire lâcher…

Moi qui suis arrivé avec l'sourire aux lèvres…

« Alors, comment ça va t'y, les cocus de *La Railleuse* ? »

J'pensais qu'on pouvait en rigoler… Au moins entr'nous… Bon sang ! Il m'a fallu tout entendre… J'me suis fait engueuler d'avoir été le copain du « traître », de l'« espion » et j't'en passe, des noms d'oiseaux…

J'la ferme copieusement sur c'que j'viens d'apprendre à Paname, évidemment... Et j'décide d'la jouer fine.

« Mais enfin les gars ! Moi ? Capable de monter un plan pareil ? C'est moi, Félix ! Vous savez bien qu'la simplicité, si c'était pas gratuit, j'en aurais pas pris autant à la naissance ! »

Ça les déride un peu et on peut causer plus tranquillement.

Ils me racontent que pendant qu'j'étais parti, les jours qui ont suivi l'explosion sur *La Railleuse*, c'est monté comme une mayonnaise... Les histoires sont allées bon train et on m'en a fait le récit par le menu, du procès qu'on a fait au frangin de Lili. En particulier Marcel... Faut dire, y a un contentieux entre eux qui date de longtemps déjà... Une histoire de cage à poules. Marcel s'est r'trouvé avec un œil poché et il s'tenait toujours un peu au large de Guillaume après ça... Alors là, il s'en donne à cœur joie... Il s'vidange d'la colère... Donc, il a bien réfléchi, qu'il m'dit, et il est remonté comme une pendule. Il me r'fait le raisonnement d'un bout à l'autre et quand c'est fini il repart dans l'autre sens...

« Faut bien dire, Félix, qu'il y a tout qui concorde... Son nom de famille déjà. Straub. Il était allemand, forcément. De cœur au moins... », qu'il rajoute, l'index sur le poitrail.

Moi, j'trouve que c'est pas un argument. Mais pour tout l'monde ça a été une preuve tout d'un coup... J'm'en étais bien rendu compte qu'il comprenait l'allemand. C'était une de ces fois où on est arrivés à l'traîner jusqu'à Bousbir, le grand Guillaume. J'me rappelle, ça f'sait des semaines qu'on était en rade à Casa. Y avait rien qui bougeait, pas d'ordres, pas d'vent, pas un pet d'air… C'tait l'été 1938 et y avait rien d'autre à faire que d'regarder le large et s'échapper du rafiot dès qu'possible.

On manquait d'action, et en même temps on r'doutait qu'il y en ait pour d'bon…. C'tait pas encore la guerre mais ça chauffait de partout. Donc pour chasser les idées noires, on est partis ce soir-là à quatre ou cinq. Dans l'quartier réservé, y avait aussi un petit ciné, avec un écran dehors. On regardait ça sans trop faire gaffe, faut bien l'reconnaître, la bière à la main, et plus ça allait moins ça allait. Ils nous passaient *L'Ange bleu*, un film allemand. Il en faut de l'humour, j'peux vous dire… Mais nous, comme d'habitude, on s'assoit sur les rancœurs politiques et on s'concentre sur Marlène Dietrich, et d'temps en temps sur le zigue qui se tient à côté d'la toile pour traduire. J'nous revois, à tendre bien l'oreille pour entendre ce qu'il disait et à vite ramener le regard sur les images pour essayer de raccrocher les wagons. Lui, Guillaume, au bout d'un moment, j'le regarde et j'vois qu'il prête pas la moindre attention au traducteur, et il s'met même à répéter les répliques des personnages, en allemand s'il vous plaît !

J'ai rien dit d'ce que j'ai vu, ni à lui ni à personne… En fait, je savais pas trop quoi en penser. Pas une seconde, même après la déclaration d'guerre, j'ai cru qu'il pouvait s'en servir contr'nous maintenant qu'on était ennemis de l'Allemagne. Quand j'l'ai surpris, je me suis surtout dit une fois de plus qu'il savait tout faire…

Marcel lâche pas l'morceau. Il est là à s'agiter sur son lit qui grince chaque fois qu'il fait un geste.

« Tu l'connaissais bien, toi, tu t'es rendu compte de rien ? C'est sûr, c'est lui, il nous a vendus, il nous a trahis. C'était un espion à la solde des Allemands. »

Là, y a Maurice avec son bras dans le plâtre qui s'en mêle et qui pousse la réflexion jusqu'à dire que Guillaume, c'est le prénom du dernier empereur d'Prusse.

« Tu sais, celui qui s'est fait dézinguer à Sarajevo ? »

Pour eux, la trahison, c'est d'l'idéologie, tous les Schleus se valent, et ça a l'air d'leur suffire à prouver que tout ça c'est d'sa faute.

Alors c'que j'ai compris, c'est que tous les copains se sont mis à imaginer un autre Guillaume. Un type fourbe qui nourrissait une telle haine envers sa patrie qu'il s'est engagé dans nos rangs pour mieux nous piéger, et pour venger ses vrais ancêtres les Teutons de l'affront de la signature du traité de Versailles.

Les deux s'chauffent tout seuls et s'la passent en relais.

« Son patriotisme a dû s'réveiller en lisant les discours d'Hitler, avec sa politique nationaliste…

— J'en suis certain, il a prêté allégeance au Führer pendant sa dernière longue permission, quelques semaines avant l'explosion du *Pluton*… C'est comme ça qu'ça s'est passé. »

Tout le monde y va d'sa petite analyse. C'est un peu foutraque, y a à boire et à manger comme on dit…

Mais j'sens que si j'dis quoi qu'ce soit pour l'défendre, je suis bon pour le peloton. J'écoute et j'essaie le plus possible de garder la tête froide et d'repenser bien en détail à tout ce que j'sais de lui et à ce que je me suis dit pendant les jours et les semaines qui ont précédé. On était là quand l'patrouilleur *Pluton* a pété. C'est à peu près à cette période qu'il a commencé à changer d'attitude, d'ailleurs. Mais on a rien vu, évidemment, parce que ça nous avait tous un peu secoués de s'dire qu'on aurait pu être à leur place, et dans ces cas-là on se laisse facilement distraire par sa trouille au bide.

En allant en perm', j'tais sûr qu'ils allaient repêcher Guillaume et qu'cette histoire trouverait une fin, une explication et *basta*… On passe à autre chose. Rideau…

Y a des détails qui collent pas, qu'ils me disent. Par exemple, la fille… J'suis surpris quand Marcel m'en parle. Lui aussi l'a remarquée et ça f'sait belle lurette, en plus de ça.

« Elle était là pour lui et elle cherchait pas que la bagatelle. Tu comprends, Félix ? Ça m'faisait rigoler. J'me disais qu'elle le reniflait et qu'elle devait être foutrement mordue pour l'suivre comme ça comme une mouche alors qu'elle venait d'passer plusieurs jours avec lui. »

Forcément, c'que j'ai vu, y en a d'autres qui l'ont vu… Marcel, il est sur son lit d'hôpital, et avec les fourmis qu'il a dans les jambes d'pas bouger d'puis des jours, faut bien qu'il s'occupe… Il dégoise. Il pense à des trucs et ça tourne, ça tourne… Il peut pas rester tranquille avec cette histoire et il dit tout haut c'que j'veux pas m'dire tout bas.

« C'était une espionne, la donzelle. Il s'est bien foutu de nous. C'tait une couverture, Félix. »

Il a le sang qui lui monte aux yeux et il s'met presque à crier, et j'sais encore moins quoi lui répondre.

J'me force à éclater de rire pour faire baisser la pression.

« Mais enfin, Marcel, il aurait été le pire espion du monde… S'faire sauter avec le bateau alors que t'es au courant, faut être le dernier des abrutis… »

Mais ça, son cadavre qu'on retrouve pas, ça joue sacrément contre lui… J'ai beau écumer tous les hôpitaux et dispensaires des environs, interroger les témoins, fouiller les bars et hôtels de passe de tout Casablanca… aucune trace de Guillaume. Mort ou vivant… Rien d'rien. On n'a jamais vu un marin de deux mètres à l'hôpital de Ben M'Sik, ni au cimetière… Et ça d'puis des semaines. Il peut être aussi bien en train de danser la gigue au fond avec la poiscaille, mais même s'ils ont de l'appétit, un gros morceau comme ça, ça aurait dû finir par r'monter…

Nous, pendant c'temps, on a beau compter et r'compter, y en a un qui manque à l'appel, des morts et des vivants d'ailleurs, c'est Guillaume. Et la fille qui venait : disparue, comme lui. Rideau ! Il en faut pas plus pour que commence le délire de la légende.

J'me dis qu'il a pu s'en sortir, dev'nir fou et oublier jusqu'à son matricule, et qu'il est peut-être n'importe où dans Casa, en train de perdre la boule. En fait, je préférerais ça que l'espion qui a froidement prévu son coup.

Plus j'écoute Marcel et plus les souvenirs r'montent, moins il a l'air clair le Guillaume… J'préfère la fermer sur c'que je sais : il y a un défaut que j'ai pas, c'est de baver sur les copains. Et puis vaut mieux, parce que plus j'y réfléchis, et plus c'est accablant…

Là, Marcel il r'prend pour m'ach'ver…

« Et tu savais qu'il avait même pas l'âge de s'enrôler dans la marine ? T'en connais beaucoup, toi, des types comme lui qui parlent bien, qu'ont de l'éducation, qui lisent des livres et qui sont pressés d'cirer le parquet d'un rafiot ? »

Lucien, 1940

Quand j'ai signé, j'ai su que j'avais vécu là ma plus grande défaite, puisque mon fils était ensuite parti dans la marine. Son chantage était devenu intenable et il avait remporté la partie. Il est donc allé faire ses classes à Toulon, et il revenait fréquemment en permission. Chaque fois, le malaise entre nous s'épaississait.

Je n'avais pas cherché à en discuter avec lui, trop mortifié, habitué à laisser le temps faire son œuvre, rompu aux coups du sort. Je me disais que, comme tout le reste, ça passerait. Sa soudaine haine dirigée contre moi finirait par s'adoucir, il comprendrait ce que j'étais. Et surtout il me pardonnerait, sans dire un mot à sa mère et à Lili. Mais cela, je ne le redoutais pas trop. Je savais que blesser sa sœur et surtout sa mère lui aurait fait horreur.

C'est ainsi que des mois et des mois de siège à mon encontre ont débuté. Ce que j'avais d'abord pris pour un défi juvénile était devenu une bataille à mort contre ma vie d'évasion. Car je me consolais d'être moi avec ces femmes que je séduisais. Depuis le retour de la guerre, j'étais poursuivi par mes souvenirs du front et j'avais trouvé un peu d'oubli dans le réconfort des femmes. Beaucoup d'entre elles étaient alors prêtes à s'écarter du droit chemin en échange de la promesse de quelques heures de chaleur humaine ou peut-être, qui sait, d'un statut de légitime épouse après des mois passés à fauter. Jamais je n'avais eu l'intention de quitter ma famille. J'y étais plus attaché qu'à moi-même. Mais je pensais mon secret bien gardé. Je me croyais très malin, sans doute, car je redoutais la réaction d'Hélène.

Ce qui m'avait immédiatement plu chez elle était sa force. Elle aurait soulevé des montagnes. Elle a passé les années de guerre seule, survivant sans moi dans les usines de fabrication d'obus, assemblant sans relâche, jour et nuit, les pièces meurtrières. Si je l'ai épousée si vite, c'est parce que la guerre a été déclarée et que je voulais la mettre à l'abri du besoin en cas de malheur. L'idée que mon sacrifice ne soit pas tout à fait inutile me consolait un peu. La réalité des combats m'avait poussé à hâter mon choix et à le porter sur une femme que j'admirerais plus que je ne l'aimerais.

Alors je savais – elle l'avait maintes fois prouvé – que j'avais plus besoin d'elle pour survivre que l'inverse. Elle n'hésiterait pas à me quitter si elle découvrait que je ne m'étais pas montré digne d'elle, de son silence, de la promesse que nous nous étions faite.

Guillaume me suivait en cachette pour découvrir quelles femmes étaient les élues de mes heures d'égarement.

Tout a commencé avec Agathe. J'ai pensé à un amusement dont il allait se lasser et j'ai décidé de n'y prêter que peu d'importance. La belle, poursuivie de ses assiduités des semaines durant, avait cédé. Peut-être avait-elle jugé qu'un jeune homme constituait un meilleur parti qu'un homme marié. Un jour de nos rendez-vous hebdomadaires, elle ne répondit pas à la sonnette. Pourtant, j'entendais des voix dans le jardin, derrière sa maison. Je m'approchai et découvris mon fils batifolant avec elle, ravie de tant d'attentions. Le ton de voix et les éclats de rire d'Agathe étaient les mêmes que le premier jour où nous avions fait l'amour. Je partis sans rien dire. Mais une fois de retour, Guillaume m'avait attiré dans un coin. « Tu nous as surpris tout à l'heure ? » Il jouait avec une pomme, fier de lui, plein d'orgueil, m'adressant à peine un regard. Guillaume cherchait à me pousser dans mes retranchements. « Tu sais, je crois qu'elle préfère la fougue de la jeunesse. D'autant plus qu'elle m'a complimenté pour mon expérience. Mais je ne la veux plus, je te la laisse désormais. Tu lui expliqueras. » Je n'avais rien répondu à son rire qui avait ponctué en point final cet aveu.

Je ne lui en voulais pas. Et même, une part de moi était fière de lui. J'avais croisé tant d'hommes qui se battaient avec leurs doutes et qui souffraient à cause des femmes. Mon fils ne serait pas l'un d'eux, me suis-je dit ce jour-là, persuadé que notre contentieux était définitivement clos.

Mais bien sûr, ce n'était qu'un coup d'essai. Guillaume me préparait une revanche plus éclatante et forcément plus douloureuse.

J'avais connu Clotilde dans un café à Paris, à la sortie d'une pièce de théâtre dont elle interprétait l'héroïne. Mariée à un comte anglais, un riche industriel, elle avait été d'autant plus difficile à séduire qu'elle ne souhaitait pas d'autre homme dans son existence. Le sien l'avait affublée d'un titre et pourvoyait au moindre de ses besoins. Loin de se contenter d'être une femme entretenue, elle poursuivait une brillante carrière d'actrice.

Moi, je me rendais fréquemment à Paris démarcher des clients pour l'usine. J'en profitais pour aller au spectacle, au théâtre et j'ai commencé à fréquenter des gens influents et fortunés qui m'ont introduit dans leur cercle. Je cherchais l'argent où il était et j'ai dû faire semblant d'appartenir à ce monde-là en imitant leur train de vie.

À cette époque, Clotilde faisait régulièrement les gros titres et je n'avais jamais raté la moindre de ses représentations. Flamboyante, époustouflante sur scène, elle s'était révélée incandescente dans nos ébats intimes. J'avais même failli me brûler d'amour à la lumière de sa chevelure rousse et de ses yeux gris tempête. Si jamais une femme a mis en danger la quiétude de mon foyer, c'est bien elle. Et sans que je m'en doute le moins du monde, Guillaume avait découvert cette idylle et avait évidemment entrepris de la mettre à mal.

Un soir que nous venions de nous retrouver, Clotilde et moi, à la sortie d'un de ses spectacles, au Concorde, un petit café proche du théâtre dissimulé dans une ruelle, mon fils est arrivé et, le plus naturellement du monde, s'est assis à notre table. Interdit, je me suis dégagé de l'étreinte de ma maîtresse tandis qu'elle fixait l'intrus, interloquée.

« Jeune homme, ne voyez-vous pas que vous nous dérangez ? »

J'étais sans voix. Sans se démonter, il s'est penché vers elle et a planté ses yeux dans les siens, s'est emparé de sa main qui venait de quitter la mienne avant de la porter à sa bouche.

« Nous n'avons pas eu l'honneur d'être présentés. Je suis l'un de vos plus fervents admirateurs. J'ai été ébloui par votre inénarrable interprétation d'Annette dans *Les Amants terribles* et par l'intelligence avec laquelle vous avez rendu justice à Médée, cette dévoreuse d'enfants. »

Un silence pour ménager ses effets, puis il a repris afin de m'asséner le coup de grâce, pendant que j'assistais à ce spectacle vertigineux de mon fils me dérobant ma belle sous mes yeux, plein des mimiques de son idole Jean Gabin dont il avait pris l'assurance virile et insolente.

« Je prendrais volontiers leur place. »

Il avait enfin lâché sa main. À seize ans, il en paraissait vingt-cinq et sa grande taille plaisait à coup sûr à Clotilde. J'étais bien placé pour le savoir.

Sur cette réplique, Guillaume est parti sans m'adresser le moindre regard, suggérant ainsi l'évidence : j'étais devenu en un clin d'œil quantité négligeable.

Clotilde ne parvint pas à dissimuler son trouble et, pire que tout, elle n'essaya même pas.

Ce soir-là, tout geste aurait été vain pour empêcher ma débâcle.

« Eh bien… je te présente mon fils. »

Elle a roulé de grands yeux, complètement déconcertée, avant d'exploser du rire le plus tonitruant qu'il m'ait été donné d'entendre. Mais entre deux fous rires, elle commenta simplement :

« Eh bien… La relève est assurée. »

Les larmes aux yeux et contusionnée de rire, elle put peu à peu reprendre ses esprits. À la lueur de désir qui ne quittait plus ses yeux, je savais déjà que mon fils et la garce ne m'épargneraient rien.

Loubna, 2005

Les lettres de cette collection impressionnante de femmes témoignent toutes ou presque d'une rupture difficile, douloureuse, et confirment un changement d'état d'esprit chez mon grand-père. Lui, qui se montrait auparavant si énamouré et enclin aux caresses pleines de promesses d'avenir, est devenu subitement un goujat. Provenant toutes de classes sociales et de nationalités différentes, ses maîtresses font état de la même surprise. Je survole ces courriers plus rapidement, à présent. Même si réside sans doute là le nœud de l'affaire, je sens que ce n'est pas ici que je trouverai une piste sérieuse sur ce qui a poussé mon grand-père à trahir son pays – s'il l'a fait. Tout simplement car ces femmes ne seraient pas si surprises s'il s'était confié. Leurs lettres ne m'informent de rien de plus que ce qu'il voulait bien donner à voir, de manière consciente ou non, d'ailleurs. Aucune d'elles non plus ne pourra me renseigner sur la provenance de la somme, démentielle pour l'époque, que ma grand-mère tenait de mon grand-père, ni m'expliquer comment elle s'était retrouvée en possession d'un immeuble entier.

Je repense aux premiers documents que j'ai lus, des déclarations top secret des témoins de l'explosion qu'Anis a jointes au dossier qu'il m'a confié. Ceux-ci racontent qu'une première détonation à la poupe a probablement tué quelques marins ; pas tous puisque certains, les plus rapides, ont réussi à plonger par-dessus bord. Une seconde déflagration, très rapprochée de la première et beaucoup plus violente, est parvenue à désintégrer la partie arrière du bâtiment qui a été littéralement pulvérisée alentour. Les témoins ont vu, impuissants, ces hommes qui tentaient de s'éloigner du bateau à la nage être assommés par des plaques de tôle ou des morceaux d'acier déchiquetés et sombrer dans les profondeurs. Ils n'ont pas survécu au choc.

Fatimah s'amuse à lire la prose sentimentale que j'ai décidé d'abandonner pour l'instant.

« Quel charmeur, celui-là ! J'aurais bien aimé le connaître. Ce n'était pas n'importe qui, visiblement… Il les faisait toutes tomber les unes après les autres ! »

Elle me regarde le plus sérieusement du monde.

« Je t'avoue que je les comprends, quand on le voit dans son uniforme. »

Elle me tend une photo en noir et blanc glissée dans une feuille pliée en huit. On y voit Guillaume Straub entre deux autres marins beaucoup plus petits que lui, les bras tendus au-dessus d'eux. Il les dépasse de deux bonnes têtes. Son sourire me semble étrangement familier.

« Tu trouves que je lui ressemble ? »

Elle me reprend le cliché des mains. Au dos est noté « Casablanca, 1939 » d'une belle écriture penchée. C'était quelques mois avant sa mort. Peut-être mon père avait-il déjà été conçu à ce moment-là. Le sourire qu'il arbore est-il celui d'un homme heureux d'être bientôt père, ou au contraire nage-t-il en pleine inconscience ? Ou bien est-il en train de chercher une solution pour se sortir d'une relation dont il se sent prisonnier ? Fatimah m'arrache à mes réflexions.

« Eh bien, je dirais que oui. La taille, déjà. Tu es la fille la plus grande que je connaisse. Et ce pli des yeux quand tu souris avec le soleil dans la figure. »

Je rejette tout cela du revers de la main.

« Et si je n'étais que le fruit d'une rencontre tarifée entre un marin français et une *subbisa*[1] de Bousbir ? »

Elle soupire. Je crois qu'elle essaie sincèrement de se mettre à ma place. Personnellement, cette éventualité ne la dérangerait pas, mais elle me connaît suffisamment pour imaginer que je la vis assez mal. Toutes mes amies sont très libérées, et Fatimah au premier chef. Elles ne se voilent jamais, dans un pays où c'est pourtant une coutume religieuse ancestrale que de cacher ses charmes.

« Il est écrit dans le Coran que les femmes doivent avoir le regard voilé, ce qui veut dire qu'elles ne doivent pas aguicher d'autres hommes que leur mari… Il y a un monde entre aguicher et se dissimuler ! Il y a un monde dans la déformation de cette traduction.

1. Prostituée clandestine.

Et qu'on ne me dise pas que ça a un rapport avec la fidélité. Cette question n'a rien à voir avec le voile », tempête souvent Fatimah.

J'ai depuis toute petite évolué dans un cercle d'amis très proches, hommes et femmes, qui parlent facilement de cela et affirment leurs positions. Elles sont psychologue, chanteuse, leurs conjoints sont musicien, peintre, et tous fréquentent les salles de sport, déambulent dans Casablanca en skate-board et se pavanent sur les plages de la Corniche en maillot dès qu'ils le peuvent.

Concentrée sur les photos, elle change de sujet.

« Tu reconnais ça ? »

Elle me montre un ponton de pierre en arrière-plan.

« C'est le port commercial maintenant. »

Nous y avons joué tant de fois étant enfants, slalomant entre les tripes de poissons, les étalages de bars, de crabes et de crevettes laissés au soleil, le tout dans une odeur insoutenable. Rien que d'y penser, j'en ai un haut-le-cœur.

Fatimah se met à rire.

« On était moins portés sur l'hygiène que maintenant, avec les copains. On n'avait pas peur de sentir le poisson pourri ! »

Ma grand-mère Zayna aimait m'emmener dans cet endroit. Je crois qu'elle aussi aurait voulu connaître mon secret pour m'enlever ce poids de mystère que je porte depuis l'aube de mes jours.

Fatimah me dévisage un instant, lisant dans mes pensées.

« Et il y a cette expression sur son visage. Tu vois : il sourit. Ses yeux sont plissés et ses pommettes sont hautes au sommet des joues, et pourtant une gravité persiste malgré tout. Si bien qu'on est incapable de savoir s'il est heureux ou profondément malheureux… Tu dégages ça, toi aussi. »

Elle va dans la cuisine préparer un café et quelques pâtisseries que nous sommes allées acheter chez Mme Fhal avant de rentrer chez moi. Nous nous délectons de nos *fkass* aux noix préférés quand, en feuilletant les documents, mon attention est attirée par quelques-uns en particulier. S'il s'agit de lettres d'amour, elles ont été classées à part des autres. Elles sont marquées à grands coups de crayon, par exemple des points d'interrogation dans la marge en face de quelques phrases qui ont visiblement interrogé le lecteur. Je lis ces lignes avec attention afin de comprendre ce qui semblait plus inhabituel que dans les autres correspondances.

Elles sont écrites de la même main et commencent de la même manière, et ce qui frappe tout d'abord dans leur contenu, c'est qu'elles sont empreintes d'un amour visiblement à sens unique. L'auteur semble reprocher à mon grand-père un manque d'attention grandissant, sans pour autant lui témoigner la haine des autres femmes délaissées. Une affection, une tendresse visiblement réciproque demeure entre eux malgré tout. Les dates placées en tête de ces lettres couvrent une période plus étendue. Ils se connaissaient de longue date et leur correspondance ne s'est interrompue que la veille de l'attentat. Plus on s'approche du moment fatidique et plus les pages sont rougies, rageusement raturées. Le bleu a servi à identifier ce qui était compréhensible, récurrent, exact. Et le rouge indique ce qui a intrigué le lecteur.

Le 21 mars 1940, Casablanca

Guillaume, depuis cette dernière nuit passée ensemble, je ne parviens plus à t'oublier. Je voudrais tellement être avec toi et contempler d'autres paysages, dans lesquels nous gravirions et passerions ensemble ce qui ne se voit pas.

La dernière phrase est rageusement mise en évidence. En effet, il y a dans la prose amoureuse un hiatus, un raccourci visiblement connu des amants seuls. Je me rappelle ce que m'a dit Anis. Si les lettres ont été conservées, c'est parce que la marine française a eu un doute sur la loyauté de mon grand-père. Et j'ai lu dans quelques missives précédentes des avertissements d'autres maîtresses moins stratèges, et probablement méfiantes.

Je me tais sur les souvenirs qui m'envahissent parfois la nuit, je mourrais de honte si cela devait être lu par quelqu'un d'autre que toi.

En temps de guerre, les soldats n'avaient pas le droit de révéler les endroits où ils étaient affectés, ni quelles étaient leurs missions. Ils étaient surveillés. J'imagine que les banales romances et déclarations d'amour devaient être épluchées par quelques planqués dont la mission était de garder intacts les secrets militaires.

Je continue ma lecture.

Mon mari se tait depuis si longtemps… Nous allons partir à New York. Il a réussi à se faire muter là-bas.

Je t'aime et je préfère mes amants vivants, que veux-tu… J'ai peur pour ta peau, c'est la seule que j'aie.

Cette fois-ci, c'est en moi que la phrase résonne… Soudain, quelque chose me saute aux yeux. Cette femme a visiblement de l'argent et de l'éducation, comme le trahit sa prose ordinairement ampoulée. Mais, dans chaque lettre, il y a une expression pleine de gouaille ou un mot d'argot inattendu qui sonne faux. La fin de ses missives est d'ailleurs marquée par des images ou un jargon qu'on ne lui aurait pas soupçonné.

C'est cela qui a dû attirer l'attention du lecteur mais, vu les points d'interrogation dans la marge, il n'est pas parvenu à résoudre l'énigme que cela lui a posée.

Une de ces lettres a été carrément tamponnée par l'administration. Une phrase a visiblement poussé le soldat à la montrer à un officier.

Tu sais bien qu'un nageur, pour moi, c'est déjà un noyé.

Quand on connaît le destin des marins à bord de *La Railleuse*, on peut comprendre que cela ait pu poser question… De plus, cette femme avait peur d'être démasquée et elle signait d'un simple C., sans doute l'initiale de son prénom.

Lucien, 1940

Pendant des semaines, mon fils a tout fait pour me voler ma belle Clotilde. Et il y est parvenu. Évidemment. La rencontre avait été si prometteuse. Que pouvais-je, après cela ?

Au début, dans les semaines qui ont suivi cette scène, elle ne m'accordait de rendez-vous que pour l'appâter. Elle avait compris ce qui nous déchirait et avait tacitement signé un funeste contrat. Depuis des mois, Guillaume séduisait les femmes que j'avais moi-même conquises de haute lutte. Mon tableau de chasse se réduisait comme peau de chagrin tandis qu'il grappillait mes conquêtes les unes après les autres, patiemment, inexorablement. Ce combat me mettait à cran, mais lui s'épanouissait jour après jour. Il me rappelait à dessein mon proche déclin.

« Tu vois, papa, la course est finie pour toi », assenait-il mystérieusement. Chaque fois, je savais qu'il avait porté un coup de plus à mon orgueil, la question étant de déterminer laquelle m'avait trahi.

C'est avec Clotilde que j'ai le plus souffert. Pour elle, c'était un jeu et elle aimait voir le père et le fils se battre pour ses beaux yeux.

Je sais qu'elle a aimé mon fils plus que n'importe qui d'autre, en plus de servir sa soif de revanche dans cette compétition stupide.

Elle ne m'a bientôt plus accordé aucune attention. Dans le fond, ce que je redoutais le plus n'était pas de la perdre, mais qu'elle lui avoue le secret qui nous avait liés, elle et moi. Je compris bien vite que je ne pourrais pas l'en empêcher car, sans le savoir, elle nourrissait une rancœur à mon égard… Cette faute, cette peur, cette lâcheté qu'elle ne m'avait jamais pardonnée. J'ai vu se refermer sur moi ce piège implacable. Sans pitié. Elle lui a tout dit.

C'est là que son chantage a commencé. Il ne pouvait plus me voir, ne parvenait plus à soutenir mon regard. Je ne souhaite à aucun père la douleur que j'ai ressentie quand j'ai vu ce que j'étais devenu pour lui, un être veule, un couard. Le jeu auquel il s'était livré jusque-là prouvait que j'existais pour lui, que j'étais suffisamment important pour qu'il me tienne la dragée haute. Avec cela, sa haine devint impitoyable.

Par ce secret honteux, il me tenait. Je ne pouvais risquer de perdre tout ce que j'avais construit. Ma famille, ma vie d'après la guerre.

Tout avait été si douloureux, si long. Les fleurs avaient dû surmonter plusieurs saisons de sécheresse pour repousser sur ces terres ravagées. J'avais commis une indignité, mais j'avais déjà toutes ces années payé le prix du silence.

Mon fils et ma maitresse conjuguaient leur haine sous-jacente contre moi. J'étais perdu. Guillaume ne m'a pas offert d'autre alternative que de signer son autorisation pour s'engager dans la marine. Soit il partait, soit il révélait toute la vérité. Et cette fois, je l'en savais capable… J'avais brisé le destin de cette femme que j'avais adorée et il était bien décidé à me le faire payer.

Quelques années plus tôt, elle était tombée enceinte de moi. Elle désirait cet enfant depuis toujours car son mari et elle n'étaient jamais parvenus à en avoir. Je ne pouvais pas prendre un tel risque. J'ai pris peur et je l'ai suppliée de le faire passer. Elle pleurait, argumentait, négociait… Mais je n'ai pas cédé. J'avais ma famille, elle avait la sienne et la vie était ainsi. Je ne la concevais pas autrement.

C'est précisément cela que Guillaume ne m'a pas pardonné. J'aurais pu avoir une autre famille. Il comprenait que, avec toutes les aventures que j'avais eues, j'avais pris le risque de renier les miens, de construire ailleurs ce qu'il croyait unique avec eux. Or j'avais refusé à Clotilde cet enfant et cette paternité cachée justement parce que je craignais de briser ma famille, qu'Hélène me quitte ou me méprise.

Alors j'ai abdiqué. J'ai signé…

Quand la guerre a éclaté, quelques mois plus tard, j'ai évidemment regretté ma décision. Il aurait mieux valu que je brise ma famille plutôt que je sacrifie mon fils.

Je me rappelle lui avoir écrit ces mots d'espoir, de pardon et d'amour malgré sa haine : « Tu es comme moi, tu t'appelles reviens. »

Félix, 1940

J'ai quitté Maurice et Marcel. J'en pouvais plus d'entendre déblatérer des horreurs sur Guillaume... J'avais b'soin d'marcher pour réfléchir et faire le tri dans toute cette mélasse avec laquelle ils ont essayé de m'bourrer l'mou...

Cette femme en djellaba, qui était là sur l'port à faire l'pied d'grue... Maurice l'avait vue aussi, presque tous les jours qu'il m'a dit. J'y r'pense. Les donzelles, c'est pas ça qui manquait autour d'Guillaume. Mais j'sais des trucs, c'est certain... Faut qu'j'arrive à la r'trouver. Et plus j'me concentre, plus j'ai d'souvenirs qui r'font surface...

Y a eu un soir en particulier... J'sais pas pourquoi, j'ficherais mon billet que c'était elle. Quand y a rien d'louche, ce genre de détails, on s'assoirait dessus sans s'poser d'questions... Mais après une affaire comme celle-là... Tout d'un coup, ça d'vient l'centre du monde, y a plus qu'ça qui compte !

C'était quelques semaines avant l'explosion... P't-être trois, quatre à tout casser. On était dans notr'repère préféré d'Casa, fin saouls... Bref, tout s'engageait à merveille ! Au passage, il était pas non plus l'dernier à faire la fête, le Guillaume. C'tait un homme du monde qui savait rire, même si d'puis un moment fallait sortir les rames pour l'dérider…

Justement, ce soir-là, il était morne comme une plaine de la Somme sous une pluie d'novembre… À vous ficher l'bourdon… Mais c'est pas ça qui m'a fait tiquer. Non, c'qui m'a frappé, c'est cette femme. J'l'avais pas vue tout d'suite. Comme j'disais, la soirée s'engageait plutôt bien et, j'pense qu'vous l'aurez compris, j'suis pas précisément un dingologue… À un moment qu'on s'empoignait en chantant du Fréhel dans l'troquet, je l'ai vu du coin de l'œil se lever et aller vers la polka… Nous, on en profite pour l'vanner un peu et faire comme si les paroles d'la chanson, on les leur adressait.

C'est la java bleue,
La java la plus belle,
Celle qui ensorcelle
Et que l'on danse les yeux dans les yeux,
Au rythme joyeux,
Quand les corps se confondent.
Comme elle au monde
Il n'y en a pas deux,
C'est la java bleue.

Il est au bal musette
Un air rempli de douceur
Qui fait tourner les têtes,
Qui fait chavirer les cœurs.

Tandis qu'on la danse à petits pas,
Serrant celle qu'on aime dans ses bras,
On lui murmure dans un frisson,
En écoutant jouer l'accordéon :
C'est la java bleue.

On chantait à tue-tête, pas vraiment juste, mais c'tait le cadet d'nos soucis, à lui aussi d'ailleurs…

C'est la java bleue,
La java la plus belle,
Celle qui ensorcelle
Et que l'on danse les yeux dans les yeux,
Au rythme joyeux,
Quand les corps se confondent.
Comme elle au monde
Il n'y en a pas deux,
C'est la java bleue.

« Chérie, sous mon étreinte
Je veux te serrer plus fort,
Pour mieux garder l'empreinte
Et la chaleur de ton corps. »
Que de promesses, que de serments,
On se fait dans la folie d'un moment,
Mais ces serments remplis d'amour,
On sait qu'on ne les tiendra pas toujours.

Et vas-y qu'on leur balance des clins d'œil salaces pour y mettre des sous-entendus grav'leux.

C'est la java bleue,
La java la plus belle,
Celle qui ensorcelle
Et que l'on danse les yeux dans les yeux,
Au rythme joyeux,
Quand les corps se confondent.
Comme elle au monde
Il n'y en a pas deux,
C'est la java bleue.

Mais au lieu d'se marrer, il fait pas attention à nous, et même il d'vient livide, et j'me rappelle que ça m'a fait rire. J'ai pensé : « Tiens, c'est le premier à aller dégobiller ce soir ! » Mais l'refrain terminé, j'tourne la tête et j'finis par voir qu'il est à une table derrière nous, en face d'une femme.

Elle est restée avec son voile sur la figure et elle le fixait. Bon Dieu ! J'pourrais pas dire c'qu'il y avait derrière cette intensité-là, mais alors, c'est comme si ses yeux avaient été en flammes… J'me rappelle qu'ils étaient bien clairs, bleus ou verts j'saurais plus dire, mais glaçants…

J'crois qu'il y a pas grand monde qui a percuté à part moi c'qu'il fichait parce qu'on était plus très nombreux à t'nir debout ! Il a cherché à prendre sa main. J'me rappelle que j'étais étonné d'voir cette femme dans cet endroit, s'conduire d'cette façon.

Y avait un truc qui collait pas… Les filles de mauvaise vie qu'on côtoie, elles sont pas du genre à s'habiller comme ça… Et d'un autr'côté, les Marocaines qui s'attifent comme ça, elles sont pas du genre à racoler un p'tit marin dans un bouiboui à saoulards…

D'un coup, elle s'est mise en colère. Elle a crié : « Tu dois l'faire, Guillaume. » Y a même Marco qui l'a entendue… Il essaie de s'retourner pour voir, mais il a l'pied qui tangue et l'reste qui suit. Il s'étale de tout son long sur la table derrière nous.

Pendant qu'on s'bidonne, Guillaume, il est pas à l'aise. Il baisse les yeux. Il regarde ses pieds. Sans faire attention à qui que ce soit d'autre, elle s'rassoit et prend sa main pour la poser sur sa joue.

Mais qu'est-ce qu'elle fichait là ? Là où ça s'complique, en temps d'guerre, c'est qu'on avait pas à se forcer pour la fantasmer en Mata-Hari, celle-là. En plus, on savait bien qu'il y avait du recrut'ment et qu'ça s'passait dans les bars, la nuit… Quand j'y r'pense, j'dois bien avouer qu'la version des chefs comme quoi il aurait été un espion et un traître, c'est la seule qui paraît logique…

J'avais aucun moyen de leur dire tout ça, à la famille et à Lili.

Il revenait de sa permission dans l'Nord. J'm'en rappelle bien, il avait dit qu'il avait profité des fromages, des bons alcools et qu'il avait qu'une hâte, y retourner… Foutaises !

Sa mère, elle m'a dit qu'ils ne l'avaient pas vu depuis plus d'un an… J'ai réussi à la fermer d'justesse… J'ai gigoté dans mon fauteuil. Parce que j'avais pas vraiment envie d'me mettre à douter de mon copain. C'est surtout ça… Parce qu'ça voulait dire que moi, son ami l'plus proche, j'm'étais fait avoir comme un bleu… Et puis en temps d'guerre, l'manque de confiance, c'est c'qui y a d'pire… Si tu peux pas te fier à tes collègues… Tôt ou tard, t'es baisé.

J'ai la nouvelle adresse de Lili à Clermont-Ferrand et j'lui promets d'venir la voir l'plus vite possible. Pour l'reste, j'peux pas l'écrire. Déjà, j'veux pas risquer le p'loton pour pas avoir tenu ma langue. Mais aussi, j'préfère être prudent sur les idées que j'vais leur mettre dans la tête à tous, parce qu'ils ont pas l'air encore prêts pour une deuxième grande secousse… Surtout sa mère…

Dans sa dernière lettre, Lili m'raconte qu'elle a passé la s'maine à chialer… Ah, ça m'fend l'cœur… Comme si son frère était mort une deuxième fois. Elle a r'çu une lettre de Ginette qui lui explique qu'elle a joué la fille de l'air avec Étienne et que ce salaud d'Guillaume a beau être crevé, elle veut plus en entendre parler… Elle a dû l'dire à ses parents, que l'espoir fallait s'asseoir d'ssus… Comment ça s'est passé, elle me l'dit pas. Y a pas d'mots assez forts pour m'raconter ça… Le silence, ça aide mieux l'imagination…

Elle m'assure qu'elle m'attend plus qu'jamais, qu'elle rêve de m'voir débouler dans la cour comme l'autre fois et qu'elle m'sautera au cou…

« Mais je t'en supplie, sans ton uniforme, ma mère n'y survivra pas une deuxième fois ! »

Hélène, 1940

C'est vrai que cette lettre m'a ébranlée, mais elle m'a surtout permis de comprendre que je n'avais jamais véritablement cru à la mort de mon fils. Plus j'y pense et plus j'en suis certaine : il n'est pas mort. J'aurais senti le souffle me manquer si la vie lui avait été ôtée. Mes entrailles se seraient déchirées. Je relis toutes les lettres de Guillaume à la recherche des noms de ses amis dans la marine, mais aussi de ceux à qui il rendait visite quand il était en courte permission à Marseille, Toulon, Bizerte, Dakar… ou Casablanca, bien sûr. Je suis fermement décidée à retrouver sa trace. Un indice – quelque chose, un petit détail – doit subsister dans ses lettres. Il avait appris à écrire à l'envers de façon que le texte ne soit compréhensible que dans un miroir, mais cette astuce est bien connue de l'armée. En revanche, il a toujours eu du goût pour les mystères, les codes. Il en a forcément établi un. S'il a déserté, il nous l'a fait comprendre d'une manière ou d'une autre.

Je n'ai qu'une hâte, qu'il y ait une trêve, même au beau milieu de la guerre, pour que nous puissions retourner dans notre maison. S'il est en vie, il nous aura forcément laissé un signe. Un courrier a dû arriver, une feuille aura été placée à notre intention sur la table de la cuisine, un livre aura été mis en évidence pour nous pousser à y jeter un coup d'œil. Un message existe forcément.

Pendant ce temps, la vie passe et Lili s'épanouit. Elle pense à son frère, certes, mais elle embellit de jour en jour. Sa rencontre avec Félix a bouleversé son existence, je ne le vois que trop bien. J'envie son insouciance et son histoire qui n'est encore que promesse. Félix lui écrit très souvent, aussi souvent que ses courts quartiers libres et la distribution du courrier le permettent. Il a du nouveau, lui annonce-t-il. Bientôt ils se verront et il nous racontera tout. Il mène son enquête, comme il dit, mais il nous expliquera ça de vive voix. C'est plus correct, souligne-t-il.

Nous comprenons tous que ce mot ne reflète pas tout à fait la réalité de la situation. Il ne cherche pas tant à mettre les formes avec nous qu'à éviter de cristalliser tout soupçon sur lui. Suivant ce qu'il a découvert, il peut craindre qu'on le juge complice de traîtrise. Nous l'attendons donc tous, et ce pour diverses raisons, avec impatience.

Je tente de tuer le temps en faisant ce que j'ai toujours su faire, la couture. Peu à peu, je me suis constitué une petite clientèle. Dans les environs, on s'est passé le mot sur ma rapidité et sur les beaux tissus que je parviens à dégoter. En ces temps de rationnement, je maintiens vivaces quelques souvenirs d'une époque meilleure, où les femmes s'autorisaient à penser à leur allure. Même si les coupes fonctionnelles sont de rigueur, puisque toutes les femmes que j'habille doivent travailler dans leur robe ou tablier et y être à leur aise, j'ajoute toujours le grain de fantaisie qui distrait de la morosité ambiante : un décolleté délicat pour souligner la féminité du corps, une taille légèrement cintrée pour réveiller une silhouette courbée par le découragement. Mais surtout, je suis rapide. Depuis le début de la guerre, j'ai perdu le sommeil, et coudre m'empêche de devenir folle. J'ai installé mon atelier dans un coin de ce grenier que nous occupons depuis quelques semaines déjà. Dès 4 heures, j'assiste aux premières lueurs du jour et j'en profite pour me jeter à corps perdu dans la couture d'un ourlet ou l'assemblage de deux pièces. Je ne me sers de la machine à coudre que quand Lucien et Lili se lèvent, vers 7 heures. J'ai alors, après un rapide petit déjeuner, le grenier pour moi seule toute la journée. Je m'y enferme. Au début, ma fille ou mon mari me rendaient visite de temps en temps, quand leurs occupations le leur permettaient, mais ils ont cessé bien vite. À force de silences et de marmonnements agacés, je les ai fait battre en retraite. Je ne supporte plus la présence de personne et faire la conversation est désormais au-dessus de mes forces.

Je veux me pelotonner dans mes souvenirs, faire revenir Guillaume plus vite, imaginer encore et encore le moment de nos retrouvailles. Je chuchote ou lui parle à voix haute quand je sais la maison vide. Dans les plis des pans de tissu que je découpe, ajuste, couds, se dessinent les traits de son visage. J'invente des scénarios dans lesquels la guerre donne raison à mon fils d'avoir déserté, puisqu'il l'a fait pour poursuivre de plus nobles desseins que seul le temps fera éclater au grand jour, ou encore je le retrouve à la fin du conflit, sain et sauf en de lointaines contrées comme dans *Le Récif de corail*, une ribambelle d'enfants accrochés à ses jambes.

La réalité, avec son lot de nouvelles toujours plus alarmantes, m'est devenue intolérable et je ne survis que dans ce monde de fantasmes. Je prends garde de n'en rien confier à personne. Pour rien au monde je ne voudrais partager avec qui que ce soit d'autre mon Guillaume.

Liliane, 1940

Les jours passent dans une relative monotonie. Depuis le coup de massue de la lettre pleine de hargne de Ginette, nous nous occupons chacun de son mieux, en nous parlant le moins possible. Le travail est pour moi une véritable délivrance. Nous partageons nos vies et nos repas avec l'oncle François et la tante Édith, qui n'ont jamais eu d'enfants. Ces moments ont la pâleur de mornes et interminables journées de pluie.

Le bruit des couverts s'entrechoquant dans les assiettes creuses m'horripile à un point tel que je me retiens de hurler pour briser ce silence assourdissant.

Ma vie est rythmée par les courriers de Félix que j'attends le cœur battant et auxquels je m'empresse de répondre. Ces mots occupent mon esprit sans cesse et me tiennent éloignée de la morosité de mes parents et de l'horrible réalité avec laquelle je dois désormais vivre : mon frère est vraiment mort…

À mesure que l'été s'installe, mon père paraît plus inquiet, plus grave. Il attend quelque chose, et ce n'est plus la fin de la guerre.

Je l'ai surpris en train de rédiger de longues lettres. Il me demande parfois d'en poster certaines pour lui, tandis qu'il en glisse d'autres dans sa veste.

« Je me chargerai de celle-là, ça me changera les idées d'aller jusqu'au village. »

En relevant les adresses, j'ai constaté qu'il avait écrit à la Chambre des députés, aux parents des amis de Guillaume qui se trouvaient eux aussi parfois dans la rade de Casablanca et auraient pu assister à l'accident, ou encore au commandant de *La Railleuse*, au ministère de la Marine, et au maire de Villers-Carbonnel.

Mon père a besoin d'avoir des nouvelles de Guillaume, de son usine, de notre ancienne vie pour garder tous ses esprits. Depuis leurs disputes qui m'ont chassée de la maison quelques mois plus tôt, je n'ai pas vu mes parents se parler de nouveau. Ma mère s'est installée dans un mutisme effroyable que rien ne semble pouvoir rompre. Elle coud, lit et relit les lettres de Guillaume.

La dernière fois que je lui ai parlé, c'était pour lui dire que Félix avait du nouveau à nous apprendre. J'aurais peut-être dû me taire car l'espoir et l'incertitude sont sans doute plus intolérables que le deuil lui-même, dans cette grisaille des cœurs…

J'ai tellement hâte de le revoir et de commencer ma vie avec lui… Je ne lui pose plus de questions sur Guillaume : je sais qu'il ne pourrait pas répondre, et la frustration de ne pas savoir a été chassée par le plaisir simple de lire ses mots d'amour dans lesquels il rejoue infiniment notre premier et unique baiser.

Aujourd'hui, il m'envoie une coupure de journal qui relate les obsèques des victimes de l'explosion de *La Railleuse*. Elles ont eu lieu à Casablanca, au cimetière de Ben M'Sik. Des photos montrent une bande de gradés figés en rang d'oignons sur des marches d'escalier. Parmi eux, le général Noguès.

Je montre cet article à mon père. Je le trouve dans l'étable. Je réalise que je n'ai pas eu de réelle discussion avec mes parents depuis une éternité, et cela fait naître une certaine angoisse. Comme si le silence était devenu irréversible.

Mon père parcourt le texte, examine longuement les photos puis me regarde comme jamais auparavant. Je ne suis plus une petite fille.

« Je vais te dire, Lili, j'ai écrit tout un tas de lettres. Je ne voulais pas t'en parler, mais je crois que tu es en âge de savoir… J'ai fait ce que n'importe qui d'autre aurait fait, j'ai demandé que soit rapatriée la dépouille de ton frère. D'une part parce que s'il s'avère qu'il n'est pas mort, cela constituera une preuve que nous n'étions pas au courant de ses agissements. D'autre part, s'il est bien mort, j'en veux la preuve, je veux voir son cadavre… pour être sûr. »

Je crois que cette obsession est commune à tous les proches de disparus : faire injure à la vérité, la faire mentir, l'obliger à se rétracter.

Il sort quelques lettres abîmées et écornées de sa veste. Il les garde sans doute depuis des semaines dans sa poche et profite de ses quelques moments de solitude pour les relire, y déchiffrer une réponse.

« Il y a pas mal de charabia. Ce sont des militaires, hein, il ne faut pas trop leur en demander, plaisante-t-il. Mais en y regardant bien, ils me baladent dans un dédale de demandes administratives qui me paraissent servir à gagner du temps. »

Je m'assois dans le foin et reprends chacun des courriers, un à un, dans l'ordre chronologique afin de comprendre quelle a été sa démarche. Il se tient à côté de moi et attend que je finisse ma lecture. Son regard se perd dans un dessin qu'il fait et défait dans la poussière avec le bout d'un bâton.

Il a tenté de contacter tous les organismes susceptibles d'établir la preuve formelle de la mort de mon frère et, par conséquent, a fait la demande d'un certificat de décès et a réclamé le rapatriement de la dépouille « en vue d'organiser des obsèques qui faciliteraient le travail de deuil de toute une famille éplorée ».

La première réponse émane du commandant de *La Railleuse*.

Monsieur,

Je réponds immédiatement à votre lettre, reçue à l'instant. Je comprends d'autant mieux votre chagrin qu'il est aussi le mien. À peine est-il besoin de vous dire que nous venons de vivre des heures atroces. C'est pourquoi je n'ai pas encore fini d'écrire à chacune des familles de mes pauvres disparus.

Votre fils a certainement été tué sur le coup, au cours d'une terrible explosion qui a détruit une partie du bâtiment. Il n'a probablement pas eu le temps de souffrir, ni même celui de se rendre compte de ce qui se passait, vous pouvez en être certain. Hélas, son corps n'a pas été retrouvé et manque toujours à l'appel. Nous avons toutefois établi une sépulture pour lui au cimetière de Ben M'Sik le 30 mars à Casablanca. Il repose ainsi parmi d'autres victimes de l'accident, et sa tombe est surmontée d'une croix de pierre marquée à son nom. Elle sera semée, visitée et entretenue soigneusement, et je ne manquerai pas, à chacun de mes passages ici, d'aller le voir.

Ensuite, le commandant indique les démarches à suivre pour faire valoir nos droits matériels en tant que parents du disparu.

Guillaume Straub est mort pour la France, c'est de son sacrifice que la victoire sera faite, et il faut que ceci soit une raison de douloureuse fierté pour sa famille.

La lettre suivante vient d'un député qui, comme je le découvre avec surprise, s'adresse à mon père en l'appelant « cher ami ».

« Dans une autre vie, j'ai rencontré du beau monde », lâche-t-il, énigmatique.

Des banalités amicales. De toute évidence, ils se sont bien connus et ont noué une amitié certaine.

Je suis heureux d'avoir de tes nouvelles et de savoir que ta fille est revenue auprès de vous, saine et sauve.

Je découvre tout un pan de la vie de mon père dont je fais partie sans le savoir. Il m'apparaît sous un jour nouveau et je considère avec tendresse celui qui a parlé de moi à ces inconnus.

Je n'ai plus guère de nouvelles de notre région depuis que j'ai quitté le Comité des réfugiés de la Somme que j'y avais constitué. Le gouvernement s'occupe activement de l'installation d'un service de recherche des familles, et surtout du retour général. J'ai donc pu retrouver la trace du père de Lejeune, un camarade de ton fils sur La Railleuse*, qui a survécu, originaire de la Somme lui aussi comme tu le sais peut-être. Je te joins sa lettre. Fais-moi savoir si je peux faire plus pour toi, en souvenir du bon vieux temps.*

La missive du père de Lejeune est glissée dans celle du député. L'écriture en est moins assurée, le style plus concis, et les nouvelles sont moins bonnes.

Monsieur Straub,

Mon fils Pierre est à Casablanca depuis environ deux mois. Dans sa dernière lettre, il me disait que le bateau de votre pauvre fils était encore là. Des scaphandriers travaillent à la démolition des ferrailles. Pierre se fera un devoir d'aller sur sa tombe dès son premier jour de sortie. J'attends le récit de cette visite dans son prochain courrier. Je crois savoir que le corps de votre fils n'a pas été retrouvé, mais des camarades qui étaient témoins de l'explosion se demandent comment il aurait pu sortir de là. Lorsque je saurai quelques détails, je vous les ferai savoir.

Je repose la feuille sur mes genoux. La même question, accompagnée du même doute, revient en permanence. Le mot est passé. Personne n'affirme qu'il est mort. On conclut simplement qu'il n'aurait pas pu survivre à la violence de l'explosion.

Mon père sort une dernière lettre de sa poche.

« Et puis il y a celle-ci. »

Elle provient de la préfecture de Casablanca au royaume du Maroc, signée du gouverneur de Casablanca.

À Monsieur Lucien Straub,

J'ai l'honneur de vous informer que nous n'avons retrouvé aucune trace du décès de M. Guillaume Straub. Des recherches sont encore en cours, menées par le ministère de la Marine. Nous ne manquerons pas de vous tenir informé des avancées de celles-ci.

Je suis livide.

« Mais qu'est-ce que ça veut dire ?

— Tu as devant toi la démonstration du plus parfait bordel administratif. Les versions se contredisent, parce qu'en fait ils n'en savent rien. Certains ne savent même pas ce qu'ils sont en droit de dire. »

Il reprend les lettres et les replie soigneusement avant de les placer dans la poche intérieure de sa veste, contre son cœur.

« Cela dit, ils n'ont pas l'air plus au courant que nous. »

Cette dernière missive m'a rassérénée.

« Mais enfin, papa ! Tu ne comprends pas ? Il est vivant. J'en suis certaine. À Casablanca, ils sont furax parce qu'il leur a échappé et qu'il a été plus malin que tout le monde. C'est un fait, ils sont en colère ! »

Mon père me sourit tristement. Je refuse de ne pas profiter de cette bonne nouvelle. Une preuve de plus qu'il n'a pas péri dans l'explosion. S'il n'y a pas de dépouille, il n'y a pas de mort.

Lucien, 1940

J'aide François dans les champs. C'est déjà le temps des moissons. Lili aide à la cueillette des pommes. C'est difficile pour elle qui n'a jamais eu à travailler. Nous l'avons toujours élevée dans un relatif confort, et l'entreprise que j'ai montée m'a permis de nourrir toute ma famille et de leur assurer un avenir prometteur. C'est tout ce qui m'a préoccupé depuis mon retour de la guerre. Je me rappelle m'être souvent dit, quand la boue giclait dans les tranchées à cause des obus qui tombaient trop près : « Lucien, si t'en réchappes, tu vas travailler dur, pour épargner à ta famille un maximum de toute la merde que la vie a en réserve. Tu les mettras bien à l'abri du besoin, et ça sera déjà quelque chose de vivre tranquillement, sans crever la dalle et sans avoir froid. » Je me l'étais répété tant de fois que ça avait fini par me sauver la vie, je crois. J'en étais arrivé à ne plus penser à la mort, je me disais que j'allais m'en sortir pour trimer dur, me tuer à la tâche pour les miens, que c'était bien plus utile que de finir en chair à saucisse dans une flaque à Verdun.

Et en rentrant, c'est ce que j'avais fait. Hélène avait déjà accouché de Guillaume et ça me tuait de savoir qu'elle avait passé la guerre à assembler des pièces d'armement plus de dix heures par jour dans une usine où elle avait crevé de froid l'hiver et de chaud l'été sous la tôle chauffée à blanc. Alors je m'y étais mis d'arrache-pied et avec ma solde de militaire, au bout d'une année à mettre de l'argent de côté en pointant dans une usine textile à trente kilomètres de chez moi (j'y allais tous les matins et j'en revenais tous les soirs à vélo), j'ai acheté le petit terrain derrière notre maison et j'ai bâti la première usine textile de la Somme en 1920. Lili naissait un an plus tard, et Hélène n'avait pas eu à travailler pendant cette grossesse-là.

Je repensais à tous les ouvriers qui avaient dû partir, eux aussi, et à mon usine, la plus florissante à des lieues à la ronde. Elle avait connu une merveilleuse expansion et la guerre venait gâcher nos efforts, notamment les avancées techniques de ces dernières années. Ce jour mémorable où, avec mon contremaître, nous avions fait l'acquisition d'un premier métier à tisser automatique, à l'aube des années 1930, je m'en souviens comme si c'était hier. Cela simplifiait la vie des travailleurs, rendait leur tâche bien moins pénible, et nous avions tous le sentiment d'être les acteurs du progrès. Nous avions investi dans une vingtaine de ces machines, investissement rapidement amorti. Ce fut une décennie mémorable, formidable, rien ne semblait nous menacer. Guillaume et Lili avaient leur place tout assurée dans ce monde bien huilé que j'avais imaginé pendant la Grande Guerre.

Et, en une fraction de seconde, nous n'avions plus rien.

Mais ce n'étaient que des considérations matérielles. Je m'inquiétais bien plus pour Guillaume. Je ne savais que trop bien le sort que l'armée réservait aux déserteurs, or, j'en étais certain, il avait déserté. En 1914 déjà, sur le front de l'Est, les généraux avaient installé des lignes de tireurs à l'arrière des lignes d'attaque, pour ceux qui auraient eu la mauvaise idée de ne pas vouloir mourir tout de suite. On avait le choix entre une balle dans le buffet ou une balle dans le cul.

François et sa femme se taisent face à Hélène, qui de toute façon ne prononce plus un mot depuis notre arrivée en Auvergne. Elle s'est enfermée dans une forme de contemplation qui parfois m'effraie. Elle ressemble de plus en plus à une nonne touchée par la béatitude, mais je sais que les deuils revêtent parfois de longs et douloureux aspects, en particulier lorsqu'on ne sait pas s'il y a deuil légitime ou non.

Je croyais que François regardait tout cela d'un œil assez détaché, jusqu'à aujourd'hui où il explose.

« Bon Dieu, Lucien, ce n'est pas possible tout ce malheur qui s'abat sur vous. Ça me fout dans une rage noire. Y a tout un tas de choses que tu sais faire, t'es instruit, t'es pas feignant. T'avais tout pour réussir avec ta belle petite famille et puis ça part à vau-l'eau. »

Je tente de faire bonne figure, arguant que je retrouverai mon usine, mes ouvriers et ma famille après la guerre.

Le regard qu'il me jette, je ne l'oublierai jamais. Il pose la main sur mon épaule et c'est clair qu'à ses yeux je suis très loin d'avoir mesuré la situation.

« Putain, Lucien, tu vas me forcer à dire des choses dures mais… Ton fiston, il est mort. Et la guerre, elle va peut-être finir, mais si elle finit maintenant, clairement ça sera pas à notre avantage, et en haut de ton usine y aura marqué Schleu & Co ! »

Pour mon fils, nous n'avons rien dit sur nos soupçons de désertion ou de traîtrise, mais sa réflexion me foudroie. Ce n'est pas parce qu'on n'a pas retrouvé sa dépouille qu'il n'est pas mort, et je ne l'ai plus envisagé depuis des semaines. Or je l'ai souvent vu sur les champs de bataille, on ne prend pas toujours la peine de recoller les morceaux. J'ai envoyé pas mal de lettres et j'ai reçu en retour des nouvelles des uns et des autres, et ses effets personnels, mais tout cela ne prouve rien.

Pour ce qui est de l'usine, il n'a que trop raison. Je dois envisager le pire. Après tout, nous n'avons rien vu venir.

Alors que je m'apprête à lui répondre, il m'assène un nouvel uppercut.

« Je ne sais pas comment te le dire, ni même si c'est grave. Après tout, nous n'avons jamais connu ce que vous connaissez aujourd'hui, cette… euh… débâcle… Mais je crois que tu dois le savoir. Hélène, elle… elle passe ses journées à parler toute seule.

Je crois qu'elle devrait se distraire un peu, sortir de là-haut, tu comprends ?

— Mais elle lit, elle coud, je crois. Elle s'occupe l'esprit et les mains comme elle peut… C'est vrai qu'elle ne veut pas sortir du grenier. C'est le choc, je sais que ça lui passera, elle est solide. »

J'ai cessé de chercher à comprendre ce qu'elle faisait pour tuer le temps et les idées noires. Je l'ai vue lire et relire les lettres de Guillaume. Dans les premiers mois, en 1936, alors qu'il commençait à peine sa formation et que la guerre semblait encore inimaginable, il avait appris à nous écrire des pages entières à l'envers, qui n'étaient lisibles que dans le reflet d'un miroir. Nous nous étions amusés à nous entraîner nous aussi à ce petit jeu. Eh bien, la dernière fois, j'ai surpris Hélène, penchée sur les lettres une loupe à la main, soulignant des mots et marmonnant des paroles inaudibles. Je la sais préoccupée par quelque chose dont je ne pourrai pas l'extraire. Il lui faut aller au-devant de sa hantise. Je crois qu'elle cherche à déceler quand l'angoisse de la mort a pointé dans la tête de son cher petit, s'il a souffert durant les derniers mois, s'il nous a menti et s'est trahi… Je suppose qu'elle est en quête d'un indice prouvant le changement d'attitude dont Félix nous a parlé, mais elle ne m'en dit rien. Je la laisse décider du bon moment pour s'en ouvrir à moi.

François baisse la tête et renifle discrètement, puis se reprend. Il doit aller jusqu'au bout de ce qu'il a à me confier.

« Elle a donné des tas de robes à Édith pour qu'elle les livre à ses clientes. »

Il s'arrête de nouveau. Je deviens impatient. Je n'ai pas l'habitude de parler de mes affaires privées et je ne comprends pas où il veut en venir.

« Bon, très bien, et alors ?

— Eh bien, il n'y a jamais eu aucune cliente, Lucien ! Enfin ! Qui peut se payer de nouveaux vêtements aujourd'hui ? »

Liliane, 1940

Je ne laisse pas le temps à mon père de réagir. Je me lève d'un bond et je pars en criant :

« Je vais montrer ça à maman ! Elle ne refusera pas de croire monsieur le gouverneur de Casablanca en personne. »

Déjà, je suis en train d'avaler deux par deux les marches du grenier où nous habitons.

« Maman, c'est formidable, viens lire ça. »

L'obscurité qui règne m'empêche quelques instants de distinguer sa silhouette recroquevillée dans le fond de la pièce. Elle est assise derrière un drap qu'elle a tendu. Elle n'a pas eu à nous demander de laisser intacte l'intimité de ce petit coin qu'elle s'est aménagé. D'un accord tacite, aucun de nous deux n'a tenté, ni même projeté de franchir cette limite imposée par un vieux tissu grisonnant.

Mais la nouvelle est trop belle. Il faut qu'elle sache. J'espère d'ailleurs secrètement que cette lettre lui redonnera de l'énergie et qu'elle acceptera d'affronter de nouveau la lumière du jour.

J'écarte doucement le tissu.

« Regarde, maman, il faut que tu lises… »

Je m'interromps, médusée par le spectacle effarant d'une œuvre qu'elle a dû bâtir des semaines durant. Les murs du fond ont été entièrement recouverts des lettres de mon frère. Il y en a du sol au plafond, toutes minutieusement soulignées de rouge. Je regarde ma mère qui n'a toujours pas daigné lever la tête. Elle est assise à la table, une feuille sous les yeux qu'elle lit avec une loupe, un crayon à la main.

« Pose-moi ça là, s'il te plaît, dit-elle en montrant le coin du bureau. C'est encore une lettre de ton frère, je suppose ? Je suis justement en train de corriger les autres. Je lui donne sa leçon tout à l'heure. Regarde-moi cette dictée ! Bourrée de fautes ! Il va m'entendre, je te prie de me croire. »

IV

LES VRAIES AMOURS DURENT TOUJOURS

Clotilde, 1940

La femme de Lucien, Hélène, a toujours su qu'il la trompait. Cela faisait des années que notre relation durait quand je l'ai rencontrée. Je me souviens, c'était en 1935. Je ne connaissais pas encore Guillaume.

J'étais sur le parvis du théâtre des Ambassadeurs où nous allions jouer *Y avait un prisonnier*. Nous sortions tout juste de la répétition générale, avant la première le soir même. Hélène se tenait sous la pluie, droite et digne. Elle attendait visiblement depuis longtemps et aurait attendu bien plus encore s'il avait fallu. Lucien m'avait montré son portrait et, apparemment, elle aussi connaissait mon visage. Je n'ai pas joué la comédie de la surprise, je lui devais bien ça.

Nous sommes allées dans le café le plus proche, le même où nous nous retrouvions avec Lucien, celui où j'allais rencontrer Guillaume quelques mois plus tard.

J'eus à peine le temps de commander deux Clacquesin-champagne que déjà elle entamait les hostilités.

« Il y a des femmes qui sont des amusements et d'autres qui sont plus dangereuses… Madame, je vous en conjure, j'ai survécu à la guerre pour construire une famille avec lui. Et je peux dire, d'ailleurs vous le connaissez bien, que pour lui elle ne finira jamais. J'accepte qu'il vous voie, mais, de grâce, ne le laissez pas trahir sa famille… Je crois que pour son bien, le vôtre et celui de mes enfants, le mieux est de ne pas, disons… multiplier les risques d'attirer l'attention. »

J'étais de ces élus qui ne savent pas ce qu'est souffrir. La vie m'avait tout donné sur le plan intellectuel et sentimental et mon mari me comblait sur le plan matériel. Il était richissime et m'offrait des robes, des joyaux, des voyages. La seule chose qu'il n'avait pu m'offrir, c'était un enfant. C'est là que j'avais commencé à souffrir… jusqu'à Lucien. J'éprouvais le manque cruel de sens d'une existence jusque-là sans nuages, désormais sans soleil.

Je me souviens d'Hélène comme d'une femme très digne. Malgré la crise qui s'abattait sur la France, je portais de beaux bijoux et de belles tenues, néanmoins je me suis sentie décalée, envieuse de ce qu'elle avait. Mais surtout, je crois, de ce qu'elle n'avait pas.

Je n'ai jamais su comment ou par qui elle avait été mise au courant de ma grossesse, ou si son instinct avait été plus perçant que celui d'un animal blessé qui renifle le danger à des lieues à la ronde. Mais elle savait.

Quand nous nous sommes retrouvées toutes les deux dans le plus grand secret, elle a posé ses yeux sur mon ventre. Je parvenais encore à dissimuler mon état sous mes manteaux amples, en accrochant à mon cou de longs et volumineux sautoirs qui détournaient l'attention.

« Alors, qu'allez-vous faire ? » m'avait-elle demandé.

Pas une once de haine dans sa voix. Pas la moindre rancune. Juste une crainte profonde qu'elle parvenait à contenir tout en restant incroyablement grave. C'est à ce moment-là que j'ai décidé. Ce n'est pas lié au refus de Lucien. Le voir si peureux, reculant devant ses responsabilités, m'avait presque convaincue de garder l'enfant envers et contre lui. Mais elle, c'était autre chose. Je ne parvenais pas à comprendre ce qui l'avait poussée toutes ces années à accepter les frasques de son mari.

« Je me suis engagée auprès de lui et je ne pourrai jamais aimer un autre homme que lui. Je sais que vous en avez une version, disons inconséquente. Je sais à quel point il peut se montrer convaincant quand il s'emploie à séduire. Mais vous ne le connaissez pas comme je le connais. Tenez, je parierais qu'avec vous il ne partage pas ses cauchemars ? Je suis certaine qu'il ne vous montre pas ses noirceurs. Je me trompe ?

— Non, en effet. »

Avec moi, il n'était que charisme, virile désinvolture.

« Vous êtes et représentez le monde auquel il aspire secrètement, mais il ne vous appartiendra jamais tout à fait, car il sait qu'il ne peut vous montrer sa part d'ombre. »

Elle m'avait dévisagée de la tête aux pieds. Pas tant par envie que par curiosité.

« Telle que je vous vois devant moi aujourd'hui, je sens que vous n'êtes pas femme à supporter un homme, au sens de le soutenir, d'être son pilier inébranlable. Lucien vient chercher auprès de moi la force qui le rend si désirable. Sans sa famille, sans moi, il s'écroulerait comme un château de cartes. Et si j'accepte tout cela, pour répondre à la question que vous vous posez certainement, c'est parce qu'il a été et reste à mes yeux le meilleur des hommes. Il nous aime, moi et ses enfants, d'un amour qui a résisté à tout. »

Elle a bientôt asséné le coup de grâce.

« Et cette situation vous lasserait. Je crois qu'il le sait. »

Secrètement, je l'avais toujours su.

Le jour suivant, j'ai avorté chez une faiseuse d'anges de la rue de la Tannerie dans Belleville, loin des quartiers que j'avais l'habitude de fréquenter. Dans ce genre d'endroits et de situations, toutes les femmes se retrouvent à égalité. Qu'elles soient fortunées ou pauvres, elles finissent toutes par souffrir le martyre sur une table de cuisine dans un appartement confiné et surchauffé par la gazinière qui exhale une odeur persistante et douceâtre de potage aux légumes, la longue aiguille se plantant dans leur chair, priant pour en réchapper.

Les jours suivants, les douleurs devinrent atroces et allèrent en s'amplifiant. Quelque chose clochait. Mon utérus avait été perforé et j'appris que j'avais fait passer le seul enfant que j'aurais pu avoir. J'étais devenue stérile sur une nappe à carreaux qui sentait l'oignon, moi qui jusque-là m'étais contentée de déambuler en négligé de soie dans mon appartement donnant sur la tour Eiffel et portais sur scène des robes de satin.

Loubna, 2005

Mettez une jolie robe.

Mon rendez-vous avec Ali approche. Il vient me chercher dans quelques heures et je n'ai toujours rien à me mettre. J'appelle Liz au secours et elle me répond de rappliquer. Elle a des robes à me prêter et elle est ravie de savoir que nous allons nous revoir avec Ali. Je la soupçonne de vouloir me cuisiner sur l'issue de notre visite nocturne de la maison.

Elle m'assure que ses tenues m'iront. Nous faisons quasiment la même taille. Je suis sans doute un peu plus menue qu'elle, mais elle est légèrement plus grande. J'emporte donc une paire d'escarpins noirs et une paire de sandales à talons hauts, en cuir marron. En fonction de la tenue, l'une ou l'autre devrait convenir.

Je trouve un taxi quasiment tout de suite. Le chauffeur a envie de faire la conversation, il est de bonne humeur car il va être grand-père et il passe le trajet à embrasser sa main et à la tendre vers le ciel pour remercier Dieu du cadeau qu'il lui fait.

Je n'arrive pas à fixer mon attention sur ce qu'il me dit et je me contente d'acquiescer et de sourire poliment. Mon esprit dévie irrésistiblement sur ces phrases entourées en rouge. Celles qui me sont si familières. Elles sont comme un mot qui me resterait désespérément sur le bout de la langue. Je parviens par instants à en saisir les contours et je crois réussir à comprendre, mais c'est toujours à ce moment-là que ma mémoire se dérobe. Soudain, je tape du poing de frustration sur ma cuisse après une énième tentative avortée d'y voir plus clair, et le chauffeur tourne la tête vers moi. Nous sommes arrivés. Il me dépose devant le Rick's Café.

En sortant de la voiture, je le paie et le félicite pour son petit-fils.

« Que Dieu le protège ! »

Cet après-midi, le restaurant n'est pas ouvert et il y règne une atmosphère d'agitation maîtrisée. Le personnel s'active, mais c'est une valse connue sur le bout des doigts. Chacun sait ce qu'il doit faire derrière ces murs qui ne laissent pas filtrer la lumière extérieure.

« C'est plus romantique ou plus tentateur de ne pas savoir si dehors il fait jour… Comme dans les endroits où on joue au poker… Le jour t'incite à garder la raison, la nuit tu t'autorises à la perdre… », m'avait confié Liz.

Je la rejoins dans son appartement, au-dessus du café. Elle est enchantée de me voir. Sa curiosité est à son paroxysme, comme je l'avais prédit. Elle me harcèle de questions avant même de me sortir les tenues dont elle m'a parlé.

« Liz, je n'ai rien de croustillant à te raconter… Je ne sais même pas s'il a décidé d'investir dans mon projet. Il ne m'a rien dit, la dernière fois. Nous nous sommes quittés très vite. »

J'essaie une première robe. Noire, courte, simple, décolletée dans le dos, moulante, des détails de dentelles sur les épaules. Mes escarpins iraient parfaitement avec. Je lui montre le résultat et, sans lui laisser placer le moindre commentaire, je lui rapporte la dernière réflexion d'Ali et les quarante-huit heures qui ont suivi.

Elle me tend une seconde robe, époustouflante. Un bustier orné de perles, de sequins, avec des rubans de broderies en surpiqûres. La coupe souligne la taille avant de s'évaser en haut des cuisses en s'évaporant dans un nuage de tulle.

« Tu ne croyais tout de même pas que j'allais te laisser aller au restaurant avec l'un des hommes les plus fortunés du Maroc dans une tenue juste… bien. Elie Saab. Une des raisons qui me font regretter de ne pas m'être installée à Beyrouth. »

Je l'essaie. Elle est parfaite. Évidemment.

Liz commente :

« Voilà de quoi lui faire regretter un peu sa muflerie. »

J'enfile à présent les escarpins. Je me regarde dans le miroir. Je suis belle. La robe me va bien et elle ira bien avec sa Maserati.

Malgré tout, je suis inquiète pour ce rendez-vous. Cet homme me met mal à l'aise, et les recherches de ces dernières heures m'ont déstabilisée plus que je ne le pensais. Me tenir là en face de Liz me fait réaliser que ces lettres de femmes ont ravivé en moi une rancœur. Contre mon père, d'être parti si tôt sans rien me laisser d'autre que quelques souvenirs. Contre mon grand-père, que j'avais idéalisé jusqu'à aujourd'hui en héros de guerre. Je suis restée cloîtrée dans le fantasme de l'homme providentiel, engagé dans une noble cause et mort pour ses idées comme l'ont été mon père et mon grand-père avant lui. Pour moi, aucun homme ne pouvait égaler ces modèles. Je n'avais pas eu le loisir de les décortiquer pour m'en affranchir.

Après tout, je n'ai été élevée que par des femmes seules, ma mère et ma grand-mère, en marge d'hommes dont l'absence a pesé durement. Fortes et indépendantes, elles ont fait pousser une orchidée dans une jungle urbaine avec une poigne de fer. Elles m'ont appris le respect de mon corps et l'amour de moi-même.

Les femmes savent faire face à tout, Loubna.

De cela, je suis intrinsèquement persuadée. Et j'ai été bercée par l'idée que les femmes tirent leur force de leur indépendance et qu'il n'y a que des hommes « au-dessus du lot » qui méritent de les accompagner.

Quand ma grand-mère a mis mon père au monde, elle l'a nommé Tarek, « Lumière du matin », et elle a décidé que pour elle les matins ne brilleraient plus. Quand il est mort à son tour, ma mère a juré qu'elle n'habiterait plus avec aucun homme, « sauf s'il est à la hauteur de ton père ».

J'ai peu posé de questions sur ma famille, parce que le vide a nourri une mythologie intime dans laquelle j'ai tôt choisi de me lover. La vérité qui s'impose ne peut être qu'une violence faite à l'univers que je me suis construit.

Et mes interrogations reviennent à la charge. Peut-être que mon grand-père ne s'est pas comporté comme un salaud avec ces femmes par hasard ? Son changement d'humeur, passant brusquement de badine à odieuse avec toutes celles qui lui voulaient du bien, cachait peut-être quelque chose de plus sérieux ?

Liz nous sert deux cognacs XO dans ces grands verres que l'on empoigne pour faire tourner le liquide doré afin qu'il dégage le meilleur de son arôme. Elle se met à rire. Elle a ôté ses chaussures et fait passer ses jambes sur un accoudoir, le dos reposant contre l'autre pour me faire face. Elle déclare, avec son accent new-yorkais très prononcé que je la soupçonne d'accentuer dès lors qu'il s'agit de sexe ou de politique américaine :

« *Honey*, ne sois pas si coincée ! Et laisse-moi te dire que tu n'as pas la bonne attitude pour aller dîner avec Ali. Tu vois les choses en noir et blanc. Avec toi, c'est tout l'un ou tout l'autre. La vie, ce sont des opportunités qu'on choisit de saisir après négociations. Tu devrais apprendre le sens de ce mot… »

Je m'enfonce dans les profondeurs de mon fauteuil en cuir et hume les effluves de mon verre. Je le sirote lentement comme pour célébrer le dernier jour de mon ancienne existence. Délaisser le noir et blanc pour toutes les autres nuances…

Clotilde, 1940

Jusqu'à cet avortement, j'avais toujours étroitement tenu les rênes de ma vie. Tout s'était très logiquement mis à se détraquer… Une ironie cruelle faisait que j'allais pouvoir piocher dans ce désespoir nouveau l'inspiration de mon plus grand rôle loin des planches : amante éplorée d'un jeune marin.

Guillaume avait beau être un gamin, j'en étais tombée éperdument amoureuse sans m'en apercevoir. Au début, je le voyais dans le dos de son père, puis très vite je ne m'en suis plus cachée. Je m'étais prise au jeu, lui aussi, mais il était parti à la fin de l'année 1936. Cet engagement dans la marine qui devait le tenir éloigné de moi, je n'avais pas pu le supporter. Je pensais que ça passerait, que je l'oublierais. Mais nous avons continué à nous écrire et je savais que lorsqu'il aurait fini ses classes à Toulon il serait basé à Casablanca. Il jonglait entre Ginette et moi. Au début parfaitement détachée, j'ai rapidement été mordue de jalousie pour une gamine qui avait le privilège de ne pas savoir qu'elle le partageait avec d'autres.

Nous avions une union très libre avec mon mari, et il était au courant de mon attachement pour Guillaume. Il savait aussi qu'il ne servait à rien d'essayer de me le faire payer. Selon lui, une relation avec un homme si jeune ne pouvait pas représenter un réel danger. Il me répétait que Guillaume allait me quitter du jour au lendemain.

« Les hommes sont inconséquents, et encore plus à vingt ans, ma chérie. Il n'y a que l'âge et la peur de se retrouver seuls qui les rendent plus attentifs à la chance qu'ils ont d'avoir une femme à leurs côtés… »

J'étais inconsolable et restais sourde au grondement de la guerre qui enflait en Europe. Je refusais même le rôle de Valentine dans *Le Voyageur sans bagage*.

Mon mari a sans doute pensé que cela passerait avec le temps, mais il se trompait. La frustration ne rendait cette relation que plus désirable. Il a donc consenti à quitter Paris et ses affaires pour proposer ses services au directeur de Shell à Casablanca, afin d'y occuper le poste de second.

Dans un sens, c'était une bonne occasion pour lui : il souhaitait de toute façon vendre son entreprise parisienne afin d'éviter ce qu'il redoutait depuis longtemps, et il parlait depuis quelque temps de revenir vivre à Londres – mais je m'y opposais. L'agitation politique rendait les négociations ardues. Si bien que, pour éviter une crise financière et une crise de couple, nous sommes partis nous installer à Casablanca dès la fin de l'année 1937.

La traversée a été joyeuse. Les retrouvailles avec mon amant encore plus. Guillaume avait mûri et je le trouvais plus beau que jamais. Dans les premiers temps, j'ai cru qu'il ne serait qu'à moi. Je le sentais, il avait eu des amourettes : son attitude n'était plus la même, ni sa maladresse. Mais nous partagions tellement plus que cela. Notamment la littérature et le cinéma. Nous en parlions des heures entières.

Au cours de l'année 1938, il a beaucoup voyagé à travers la Méditerranée, mais il revenait souvent et pour de longues périodes à Casablanca, si bien que ses absences ne faisaient qu'entretenir la passion. Durant ses périodes de permission, je l'ai fait passer pour un cousin éloigné de mon mari et je l'ai emmené partout, dans les restaurants, les cafés, les casinos, sur les yachts et dans les hôtels particuliers. Je lui ai présenté le Tout-Casablanca, l'ai introduit dans les réseaux diplomatiques les plus en vue, auprès des politiciens et des riches industriels. L'année 1938 a été formidable, arrosée de champagne et ensoleillée comme je n'aurais osé l'imaginer. Quand j'y pense, je ne sais pas si nous avons fait autre chose que siroter des guignolets en terrasse de café dans la fraîcheur du soir, nos délicieuses conversations seulement entrecoupées des morceaux de musique tzigane exécutés par quelques groupes dans les rues chauffées à blanc des abords du port, ou encore danser le tango au bal musette d'Aïn Diab, jouer au poker au casino sur la Corniche, un cigare à la bouche et une coupe de champagne à la main. Je ne sais pas comment il faisait pour y retourner, sur *La Railleuse*. Le choc devait être tel entre les plaisirs de la nuit et les exigences du jour... Mais il ne s'en plaignait pas.

En réalité, Guillaume prenait goût à ce que je lui faisais entrevoir, et je soupçonnais qu'il m'aurait quittée plus tôt si je ne lui avais pas fait partager tout cela. Si la marine avait été un rêve de gamin et qu'il avait fait l'erreur de l'idéaliser, il réalisait qu'elle représentait néanmoins une période de sa vie nécessaire à la découverte d'un autre monde. Il comptait à présent les jours qui le séparaient de la fin de son engagement et du début d'une nouvelle vie qu'il préparait dans mon dos. Mais cela, je l'apprendrais plus tard. À cette époque, je sentais déjà que l'affection que je lui portais n'était plus réciproque, mais nous nous étions installés dans nos habitudes et je ne voyais pas comment cette vie pourrait un jour prendre fin. Pourtant, il était lassé autant que j'étais éprise, et je ne parvenais pas à entendre raison.

Mon mari m'a fait la première scène de jalousie de toute sa vie le soir du premier de l'an 1939. Et c'est d'ailleurs à ce moment précis que tout a basculé. Mon mari plein de colère, mon amant empreint du détachement le plus cruel, et moi dans le tourbillon de l'angoisse.

Mon mari avait accueilli avec peu de bonheur les réflexions moqueuses de quelques associés qui, le monde des colonies étant bien restreint et celui des colons encore plus, étaient aussi nos partenaires de jeu dans les casinos, nos voisins de table à l'Excelsior, ou fréquentaient comme nous la grande piscine située au bord de l'Atlantique. En bref, la rumeur enflait à propos de mon affection démesurée pour un simple cousin.

« On a beau être affectueux en France, on ne traite pas les membres de sa famille de la sorte. Les gens ne sont pas si bêtes. Ils vous voient, vous observent. Tu sais, ceux qui ont de l'argent n'ont que ça à faire, de décortiquer les petites habitudes, les petits gestes déplacés. Ils te flattent en face, mais par-derrière ils n'ont qu'une hâte, t'enfoncer, se moquer de toi… Tu fais jaser, Clotilde, et moi je passe pour un con. »

Guillaume avait pris de plus en plus de place dans ma vie et c'était entièrement ma faute. Je n'avais même plus eu peur d'être vue en sa compagnie. Le monde des expatriés français végétant dans les colonies me paraissait impalpable, fait de convenances et de simulacres de cérémonies patriotiques. Rien de tout cela n'était pour moi important ni même réel. Je considérais que ces gens étaient comme moi, en transit dans un décor de carton-pâte qu'ils quitteraient une fois qu'ils auraient amassé une belle fortune. En somme, je n'avais que faire de leur opinion.

Une seule chose m'intéressait et m'obsédait, c'était le spectacle désolant de l'amour de Guillaume pour moi qui s'étiolait à mesure que son intérêt pour le beau monde grandissait. Et par beau monde il fallait entendre le poker et Salma, la fille d'un bourgeois marocain qui avait fait l'acquisition d'un immeuble sur le boulevard de France, à deux pas du Rialto et à trois pas de chez moi.

Félix, 1940

J'ai m'né ma p'tite enquête d'puis ma visite à l'hôpital. Quand j'y suis retourné pour gentiment prendre des nouvelles, je m'étais préparé parc'que j'avais des interrogations précises…

Dès qu'ils me disaient : « Ben dis donc, pourquoi tu veux savoir tout ça, toi ? », j'avais la parade toute faite. « C'était un copain quand même ! Oublie pas qu'sans lui, mon Marcel, tu t'serais fait béqueter par les r'quins ! »

Avec Marcel et Guillaume, on a passé en même temps la « ligne », c'est-à-dire le tropique du Cancer. Y a une tradition dans la marine, c'est d'baptiser ceux qui la franchissent pour la première fois. C'était notre cas. Et quand j'parle de baptême, c'est un grand mot pour dire qu'il fallait qu'on prenne le bouillon ! On devait s'mettre des déguisements plus ou moins burlesques sur le dos, faire des discours marrants devant toute l'assemblée, et après les plus vieux d'vaient nous faire boire la tasse ! À ce stade, on était déjà tellement morts saouls qu'on partait tous gaiement en direction d'la grande bleue, avec

Marcel bien décidé à passer en premier ! Une fois n'est pas coutume… Guillaume l'a arrêté *in extremis* parce qu'à cet endroit-là ça pullulait d'requins crève-la-dalle… Heureus'ment pour lui ! On s'est rabattus sur une piscine d'une baraque pas loin.

« Faut avoir la r'connaissance du ventre, Marcel… Il t'a quand même sauvé la vie ce jour-là !

— La r'connaissance du ventre, j'l'ai pour les Marocains qui nous ont aidés… Ils nous ont sortis d'la flotte, nourris, soignés… Ceux qui étaient pas trop amochés, ils les emportaient chez eux, histoire d'soulager l'hosto… »

Là, y a Marcel qui s'met à avoir les larmes aux yeux, et moi j'comprends qu'le comptage a pas été si précis qu'on veut bien l'dire… Du coup, j'en reviens à cette autre idée que si ça s'trouve, Guillaume est quelque part dans Casablanca, inconscient, à plus savoir comment il s'appelle ni c'qu'il fich'sur terre ! Ça s'est vu déjà dans d'autres guerres. On m'l'avait raconté pour un cousin éloigné d'mon père pendant la dernière. Ils ont mis plus de dix ans à le retrouver, et encore, c'tait l'hasard…

Mais l'plus intéressant, c'est Marco qui me l'a lâché. Il paraît qu'les semaines qui ont suivi l'explosion, y avait une belle dame, tout c'qu'il y a de plus chic, qui rôdait et d'mandait après Guillaume… J'ai immédiatement pensé à celle qui se pointait tous les soirs sur le port en bas de *La Railleuse*, emmitouflée dans sa djellaba…

« Tu sais comment la contacter ? Je crois que la famille de Guillaume la cherche et réciproquement… Si je peux aider, moi… »

Même avec un bandage sur tous les membres et des balafres qui lui font un mal de chien, il a encore des idées salaces et il m'fait un petit clin d'œil plein de sous-entendus, et ajoute que j'ai un bien grand cœur, surtout pour les jolies dames…

« Elle est là presque tous les jours. Si tu lui laisses un mot, j'pense qu'elle viendra te voir. Elle a vraiment l'air pressée en plus… »

J'ai donc écrit un petit message, en lui disant d'aller sur l'port de Casablanca et d'm'attendre, moi, Félix, parce qu'on aurait des intérêts communs. Il y a pas tant de femmes qui traînent par là-bas, j'la r'pérerai vite.

Et ça loupe pas, l'jour suivant, elle est là.

Pour ça, elle est belle, chic, élégante. Rien à dire. Je suis un peu timide, mais on a des choses importantes à causer, et ça m'fait vite oublier ses beaux yeux.

On va dans un café pas très loin. Il y a une chouette terrasse, mais elle préfère qu'on se mett' à l'intérieur. Elle veut pas être repérée avec moi : apparemment elle connaît pas mal d'monde dans les Français qui vivent à Casablanca. Parmi ceux qui ont l'temps de s'baguenauder dans les bistros en plein après-midi, je veux dire… Des gens importants, quoi !

J'suis de plus en plus curieux. J'me demande bien ce qu'elle avait comme rapport avec Guillaume.

On s'installe à l'intérieur du café d'l'Empire sur l'boulevard d'la Gare. C'est beau, Art déco comme on dit. On commande des guignolets et le serveur est mieux habillé que moi… Mais tout ça, maintenant que la guerre a commencé, j'm'en fiche pas mal.

J'attaque tout d'suite avec les questions, parce qu'à force j'en sais trop sur Guillaume ou just'pas assez… Et j'décide d'prendre des raccourcis !

« C'tait vous qui l'attendiez sur l'port en djellaba ? »

Elle m'a planté son r'gard venimeux dans les yeux.

« Oui, c'était moi. »

Elle s'redresse sur sa chaise et croise une jambe sur l'autre. Un pan d'sa robe s'ouvre sur le haut de sa cuisse et j'fais tout pour rester concentré sur ce qu'elle m'dit parce que faudra qu'j'le répète à un moment donné.

« J'ai été sa maîtresse… Ça fait des années que je le connais. Nous nous sommes aimés très fort… Mais surtout moi, je crois. »

Un regret met de l'ironie dans sa voix.

« Cette femme que vous avez vue sous la djellaba, c'était moi. Je voulais qu'il me rejoigne. Il m'avait promis qu'il ne finirait pas en macchabée. Il répétait cela souvent et je voulais l'aider à tenir cette promesse. »

J'la dévisage. J'repense à tous ces moments, les dernières semaines avant l'explosion. Guillaume s'penchait sur le bastingage et j'les voyais échanger des regards. J'avais surpris ses œillades noires. J'me rappelais d'elle aussi dans c'rade, un soir. Elle avait crié : « Tu dois l'faire. »

Elle a un sanglot qui manque d'l'étrangler et elle ajoute :

« Ne serait-ce que pour elle, il m'avait dit qu'il le ferait.

— Mais qui c'est, elle ?

— Il ne vous en a pas parlé ? Eh bien… Il devait en être particulièrement amoureux, pour garder ça secret. Une Marocaine, votre âge à peu près. Salma, c'est son nom. En fait, je la cherche. On m'a dit qu'après l'explosion elle avait erré comme une âme en peine autour de l'hôpital Ben M'Sik. Mais je vois bien comment ça fonctionne ici : ce qui se raconte sur Guillaume, ce qu'on essaie de dissimuler et ce qui arrangerait tout le monde si c'était révélé. »

Moi aussi, j'avais entendu de tout.

« Donc, vous ne savez pas où il est parti ? S'il est parti ? S'il est vivant ?

— Non, je n'en ai aucune idée. Nous nous sommes échangé des courriers. Codés, je vous rassure. Et je ne sais pas ce qu'il est devenu. Mais je sais aussi qu'on ne l'a pas retrouvé.

— Est-ce que vous étiez au courant qu'il devait être en permission ce soir-là et qu'il a échangé avec moi au dernier moment ?

— Non, je l'ignorais. En fait, ce jour-là, nous avions convenu qu'il me rejoindrait. C'est pour cela que j'attendais sur le port à côté de ma voiture. Nous aurions dû filer. Cela faisait des mois, depuis Salma en fait, qu'il n'était plus mon amant. J'étais jalouse, mais ce n'est pas pour autant que je le préférais mort. »

Elle d'vient rêveuse et s'enfonce dans ses souv'nirs comme dans des sables mouvants…

« J'ai rencontré cette femme à l'hôpital militaire. Moi aussi, j'y cherchais Guillaume. En la voyant, j'ai compris qu'ils avaient prévu de se revoir, qu'à elle il avait fait toutes les promesses. Elle était enceinte. Elle me disait que ce qui l'intéressait, c'était de retrouver Guillaume, qu'elle allait bientôt accoucher et qu'ils devaient fuir dans le désert tous les deux. Je voulais l'emmener avec moi car elle était pâle. Elle avait dû beaucoup marcher pour arriver jusqu'à l'hôpital militaire, et dans son état, par cette chaleur… Sa santé en avait sûrement pâti. Elle m'a promis de revenir le lendemain, le temps de s'organiser. Je lui ai donné beaucoup d'argent. J'avais une fortune sur moi, ce jour-là : je devais fuir avec Guillaume, alors j'étais prête. »

Elle a à nouveau son p'tit rire amer et ses yeux qui s'perdent…

« Elle a finalement pris l'argent et elle n'est jamais revenue. Je ne sais pas ce qu'elle est devenue. Je la cherche en même temps que lui. Peut-être sont-ils tous les deux dans le désert à cette heure-ci, à attendre que la folie cesse ? C'est ce que j'aurais fait à leur place en tout cas. »

Les larmes lui montent aux yeux. J'ai à peine le temps d'le remarquer que déjà elle s'lève. D'un seul coup, elle veut plus raconter. C'est rideau… Mais moi, j'ai encore des doutes…

« La dernière chose qu'il m'ait dite, c'est "j'ai des choses à régler, je peux pas partir comme ça". »

De grosses larmes coulent sur ses joues et elle me tend simplement une bafouille.

« Moi aussi, je possède ses derniers mots. L'ultime lettre qu'il m'a écrite. Elle revient à sa famille. Je reste sans nouvelles de lui depuis. C'était le matin de l'explosion. Je n'arrive pas à croire qu'il soit mort… »

En disant ça, elle pose une main sur mon épaule, m'adresse un regard plein de douceur et s'éloigne. Elle a laissé un gros billet sur la table et n'attend pas l'rendu. Elle s'retourne pour ajouter comme un coup de vent :

« Vous allez au cinéma ? J'espère que vous savez qui est l'acteur préféré de Guillaume… Sinon vous n'y comprendrez rien. »

Évidemment que j'sais. J'la regarde partir et ça m'brise le cœur parce qu'c'est un d'ces moments qu'il aurait aimés sur une toile. Une nana bien roulée qui pleure sur lui et qui s'éloigne dans l'soleil… Même plus là, il arrive quand même à avoir de la gueule.

Ses films préférés, c'étaient *La Grande Illusion*, *Le jour se lève*, *Le Récif de corail*, *Le Quai des brumes*. Il en a passé, des heures, à m'bassiner avec les tirades qui lui avaient collé des frissons… J'suis là avec mon guignolet, tout seul à r'penser à lui et à toutes ces scènes en noir et blanc… Y a larg'ment assez avec le billet pour qu'j'en commande un autre et c'est c'que j'vais faire, juste un petit dernier…

Le Quai des brumes, c'était particulier… Guillaume s'était identifié plus que d'habitude au personnage parce qu'il était marin et qu'il tentait d'échapper à sa condition, mais du coup il était obligé de déserter… Et il y avait quelque chose là-dedans qui nous avait tous bouleversés, faut bien l'avouer… Quand ça colle trop à la peau ou que c'est trop ressemblant, c'est à d'venir fou.

Quand il en parlait, y avait c'truc qui revenait et qui m'dérangeait un peu chaque fois. Qu'ce soit dans *La Bête humaine*, *Le jour se lève* ou *Pépé le Moko*, le personnage que joue Jean Gabin est toujours coincé dans une situation impossible et il peut s'en sortir qu'les pieds en avant. Il a l'chic pour laisser espérer jusqu'au bout, et puis non. Tout ça pour finir d'la pire des façons ! Guillaume, lui, il voyait d'la beauté là-dedans. Il r'prenait des phrases comme si elles l'avaient hypnotisé et moi tout ça m'fichait plutôt la trouille. « C'est quand c'est triste que c'est beau, Félix. Tu ne vois pas ? Il affronte son destin parce qu'il veut s'affranchir. Regarde dans *Pépé le Moko* ou dans *Le Quai des brumes*, il déserte parce que la marine est devenue une prison, une entrave à ce qu'il veut vivre… Là, c'est la marine, mais ça pourrait être un contrat, un amour malheureux, un destin de misère… Tout ce que ça dit, c'est que la liberté, ça se mérite, qu'elle a un prix et que ça vaut le coup de tenter sa chance ! » Immanquablement, j'me sentais comme l'roi des cons, parce que tout c'que j'voulais c'tait éviter d'avoir à r'ssentir les barreaux d'une prison, quelle qu'elle soit d'ailleurs, puisqu'apparemment y en avait une infinité… Moi, faut croire qu'j'suis pas d'la même trempe, parce que j'ai rien contre qu'ça soit plus simple et qu'il y ait rien à payer…

« Un autre guignolet, j'vous prie ! Pour que mes souvenirs prennent pas froid… »

Loubna, 2005

Liz a parfaitement raison. La vie ne peut être que compromis, avec soi-même et avec les autres. J'adopte donc cette nouvelle disposition d'esprit pour revoir celui qui investira peut-être dans mon projet… reste à savoir en échange de quoi.

De retour chez moi, alors que je finissais de me préparer pour mon rendez-vous avec Ali, Anis est venu me rendre visite. Je lui parlais depuis la salle de bains, derrière la porte fermée. J'étais en train de me maquiller et j'avais ôté ma robe tant il faisait chaud dans cette pièce inondée de lumière.

« Je n'arrête pas de penser à ces dernières lettres, celles signées d'un C. Il y a des phrases entières qui sonnent comme un code, mais le plus fou, c'est qu'elles me parlent à moi. Je veux dire… Je les ai déjà entendues. »

Je suis si exaltée que je n'ai même pas laissé Anis me dire la raison de sa venue.

« Pour le reste, c'était un homme comme les autres… Un homme facile, quoi ! Pas beaucoup de sentiments. Et ma grand-mère, ça devait pas être mieux… Au pire, une prostituée qui avait trouvé avec lui son meilleur coup, et au mieux une… »

Je suis en train de me mettre du mascara quand les éclats de voix d'Anis m'interrompent :

« Tu es tellement coincée, Loubna ! »

Il n'y a pas le moindre sourire dans sa voix. Il a parlé pour me blesser. J'enfile ma robe en toute hâte quand il reprend :

« Tu vois, je crois que c'est le plus grand problème du monde, ça : ne pas parvenir à parler des orgasmes des femmes. Nier même que cela puisse exister. Ne pas comprendre que ce qu'elles veulent, c'est la même chose que nous, les hommes : avoir le droit de jouir et de vivre comme elles l'entendent. Notre plus grand malheur est sans doute que nous trouvons ça déplacé, même, que les femmes jouissent comme les hommes, qu'elles aient les mêmes envies. Ta grand-mère était amoureuse d'un marin qui la faisait grimper aux rideaux toutes les nuits ? Et peut-être même qu'elle ne l'a pas aimé lui, mais seulement ce qu'il lui faisait ? Et alors, Loubna ? Tant mieux pour elle. Elle aura au moins connu ça ! »

Son ton est progressivement monté. J'ai entendu ce qu'il avait à dire. Dans le fond, il n'a pas tort. J'ai érigé autour de moi une forteresse de moralité. Certes, je ne ferais de mal à personne, mais pas de bien non plus. Il continue sans attendre ma réponse. D'ailleurs, il n'en a que faire. Je l'ai excédé.

« Je hais ces temps de moralité. Il faut qu'il y ait la guerre et avoir peur de mourir pour oser vivre un peu ? »

Je sors prudemment de la salle de bains, dans ma belle robe Elie Saab. En me voyant, Anis se fige. Sa voix grave laisse place à un lourd silence.

Je ne l'ai jamais vu ainsi. Entre la haine et la douleur, ses yeux suintent de rage.

« Tu vas revoir Ali ? Tu y vas, vraiment ? Après ce qu'il s'est permis de dire sur ta famille ? Sur toi, en somme ?

— Oui, mais… Pourquoi ça te met dans un tel état ?

— C'est un sale type. Tu ne le vois pas ? Tout le monde le sait. La façon dont il traite les femmes surtout… »

Il regarde ma tenue, mes cheveux, mon maquillage. Je le lis dans son regard, il ne me reconnaît pas.

« Vous, les femmes, vous êtes parfois pires que les hommes. Toujours à vous tirer dans les pattes les unes des autres, à accepter les faveurs des hommes sans idéaux et sans valeurs. Les véritables valeurs ? Quelle hypocrisie ! Vous les rejetez ! Vous cherchez l'argent, la beauté et vous refusez qu'on vous perçoive comme ça ? Refléchis, Loubna. Qu'est-ce que tu reproches à ta grand-mère ? D'avoir été une prostituée ? Avec un marin sans argent ? Mais réfléchis donc ! Qui de vous deux se vend aujourd'hui ? Regarde-toi ! En tout cas, vous avez en commun de vous raconter votre vie comme un film et de la laisser filer sans vous soucier des autres ! »

Il se penche pour sortir une liste de son sac. L'identité des femmes qui ont accouché entre le 30 mars et le 5 avril à l'hôpital militaire de Casablanca. Il y en a très peu. Trois. Pour cause, cet hôpital avait vocation à soigner ceux qui se battaient, et l'armée comptait alors très peu de femmes.

Il part sans rien ajouter. Trois noms. Édith Lejeune. Clarisse Emerson. Salma Akhbr. Trois noms qu'elles ont pu inventer au dernier moment, mais l'une des trois est donc ma grand-mère.

Cette liste me brûle les doigts, et la voix d'Anis résonne dans ma tête. Je dois m'attendre à ce qu'il ne s'agisse pas d'une histoire d'amour, entre Guillaume Straub et ma grand-mère. Pourquoi n'ai-je jamais envisagé que mon grand-père puisse être autre chose qu'un héros qui épouserait à la perfection ma définition de l'homme idéal ?

Jamais Anis ne m'a parlé sur ce ton. Je suis bouleversée. Il m'a laissée seule avec ces trois noms si importants pour moi.

Le premier ne me dit rien. Un des amis de Guillaume se nommait Lejeune, j'ai lu quelques lettres de lui. Rien n'indique qu'il y a un rapport, et cela doit être un patronyme particulièrement courant. Je passe au second. C'est celui qui attire le plus mon attention puisque les lettres les plus intéressantes étaient celles signées d'un C. Elle y mentionne son mari britannique, un industriel. Il faudrait vérifier. En tout cas, C. pour Clarisse, accolé à Emerson, cela correspondrait. Le dernier nom, je ne le connais pas.

Quand Ali arrive, il m'ouvre la portière et je remarque son regard sur moi. Il ne s'attendait pas à une robe comme celle-ci, et je ne peux m'empêcher de penser à Anis et à ce qu'il m'a dit. Je ne sais toujours pas si je dois lui en vouloir ou le supplier de me pardonner. Je reste muette tandis qu'Ali nous conduit dans la ville.

Nous nous rendons au restaurant du Hyatt, non loin de la place des Nations-Unies. Nous parlons de cinéma et il ne remet pas mes origines « pas très fréquentables » sur le tapis. Impatiente de savoir ce qu'il a décidé durant ces dernières heures, je tente de me détendre et le vin m'y aide.

Je suis agréablement surprise par la conversation, si agréable, si simple. S'il ne devait pas être mon patron, je me dirais que cette entrevue est le premier rendez-vous parfait… terni par la réprobation d'Anis. Je me rappelle Liz et ses conseils sur la négociation et les compromis. Jusqu'à quel point suis-je prête à teinter le blanc de noir ? Pour l'heure, je décide de ne pas y penser, un premier compromis avec moi-même.

Le repas est succulent et Ali a été charmant, soucieux de me mettre à l'aise en parlant de ce qui me passionne, le cinéma. Tout est idéal, à son image. Comme la dernière fois, lorsque nous nous sommes rendus dans cette vieille bâtisse à 3 heures du matin. Je ne peux rien déduire de cette ambiance lisse. Je n'en sais pas suffisamment pour savoir quel sera son prochain coup, ni même si nous sommes en train de jouer. Le dîner s'achève et il m'invite à boire un dernier verre dans un bar sur la Corniche. J'imagine qu'il en profitera pour parler affaires. Je sens que je ne dois pas aborder le sujet. Ce n'est pas à moi de lui forcer la main, mais ce non-dit, à mesure qu'il s'installe, me met mal à l'aise. Lui paraît s'amuser de la situation. Il a créé une atmosphère chaleureuse, une relation de confiance qui pourrait se déchirer au moindre faux pas. Je me sens en équilibre précaire.

Sur le trajet jusqu'au boulevard de la Corniche, il reste silencieux et ne me prête aucune attention, comme l'autre nuit. Quand nous entrons dans le bar, il choisit la table la plus isolée, juste au bord de la rambarde. Il l'avait réservée. Il ne m'a toujours pas adressé un regard, mais il commande deux coupes de champagne.

« Parlons affaires maintenant, Loubna… Tu vois, je regrette l'époque où on pouvait tout risquer au poker, faire table rase… Tout gagner ou tout perdre… »

Je ne comprends pas. Je note simplement qu'il se met à me tutoyer. Il sort de sa poche un vieux papier jauni avant de poursuivre :

« Comme l'immeuble où tu vis, par exemple… »

Je déplie le papier qui me semble étrangement familier. Décidément, Ali aura toujours une longueur d'avance sur mes recherches.

« Il semblerait que nos familles sont liées par l'immobilier. »

Je baisse les yeux sur les quelques lignes de cet acte notarié où figurent deux écritures qui me sont totalement inconnues, celle d'un certain Jean Fanchon – « mon grand-père », précise Ali – et celle de Guillaume Straub. Je suis émue de voir sa signature. C'est la preuve tangible qu'il a existé et qu'il n'a pas seulement été un beau mirage dans le regard de toutes ces jeunes femmes.

« Ton grand-père voulait cet immeuble pour y installer ta grand-mère. Elle était enceinte, à l'époque, et sa famille l'avait rejetée à cause de cette relation. Il l'a ainsi mise à l'abri du besoin, mais elle a brusquement disparu. Mon grand-père s'est pas mal renseigné à l'époque. Il nous a livré cette histoire car c'est son pire souvenir. Il a définitivement arrêté de jouer au poker après cela. »

Il se tait. Même si ce n'était pas son intention, Ali vient de restaurer l'image que la lecture des lettres a mise à mal des jours durant. Il était homme à prendre ses responsabilités. Il n'a pas abandonné ma grand-mère pour une vie de frivolité. S'il a déserté, c'est sans doute pour elle, et les choses ont mal tourné. S'il a été un traître, c'était uniquement pour se sortir de là, pour elle avant tout.

La voix d'Ali me coupe dans mes pensées.

« Et toi ? Qu'es-tu prête à risquer pour l'avoir, ton cinéma ? »

Si son regard laisse peu de doutes sur ce qu'il attend de moi, le ridicule de la situation me saute aux yeux. Tout Ali qu'il est, millionnaire et entrepreneur de génie, la mémoire des échecs des siens le fait encore souffrir et le contraint à tenter de réparer un affront ancestral. Obéissant à une loi du talion qui ne nous concerne plus, ses yeux se chargent de haine.

Je suis soudain soulagée du poids qu'il faisait porter sur mes épaules. Ce secret qu'il détenait m'entravait.

« Je n'ai rien à te donner car je n'ai rien à réparer. Il n'y a pas de loi du talion qui tienne ! Regarde ce papier, cet immeuble a été gagné à la loyale. Si ta famille et toi êtes mauvais perdants, ça ne me concerne pas. » Il est hébété, furieux que l'histoire puisse se répéter.

Ali vient de me libérer de tout carcan. Les digues de l'incompréhension cèdent enfin dans un fracas terrible.

Clotilde, 1940

Guillaume ne s'est pas épris de la première venue. Salma était la fille d'un bourgeois marocain qui s'était établi dans un hôtel particulier du boulevard de France. Un samedi soir, alors que nous étions en train de danser au Lido dans Aïn Diab, il s'est arrêté. Il l'avait vue, elle. Salma Akhbr.

« Présente-la-moi. Tu la connais, je le sais. Je t'ai vue discuter avec son père quand nous sommes allés au théâtre la semaine dernière. »

Résolue à ne pas le faire, j'ai pourtant obtempéré. Interdite devant le destin qui se mettait en marche pour m'écraser, j'ai assisté à la scène, impuissante, comme Lucien avait jadis vu s'effondrer notre amour à la manière d'un château de cartes.

Leur attachement mutuel ne faisait aucun doute. Leur amour était simple, pur. L'évidence même. Il n'y avait absolument rien à faire contre cela. Même lorsque son père a menacé de la déshériter si elle persistait à s'amouracher d'un « petit marin », clamant qu'il n'avait pas hissé sa famille dans les plus hautes sphères casablancaises pour laisser les roturiers, les sous-fifres et les sans-grade y batifoler. « Vous devez abandonner ma fille, ça serait comme donner de la confiture aux cochons », l'ai-je entendu lancer un soir à Guillaume, quelques mois avant l'explosion. Entre les deux, le ton montait, mais Guillaume ne voulait rien savoir et ne lâcherait pas d'un pouce devant la promesse que lui avait faite son destin.

Le père était furieux. Ses supplications, ses menaces et ses invectives n'avaient servi à rien, ni d'un côté ni de l'autre. Le mal était fait. Salma attendait un enfant de Guillaume.

M. Akhbr a alors déshérité sa fille. Guillaume était pris par ses soucis et je le voyais de moins en moins. Chaque fois, nous parlions de longues heures des solutions qui lui restaient. Son regard devint sombre, ses sourcils froncés durcissaient ses yeux d'un noir profond. Il avait réfléchi à un plan désespéré qu'il mit immédiatement en place.

Je l'avais introduit dans les milieux qui fréquentaient les casinos parce qu'il s'était avéré qu'il se débrouillait très bien au poker. Avec moi comme chaperon, il retrouvait les diplomates qui cherchaient à chasser l'ennui, les industriels que leurs affaires désespérément florissantes privaient de frisson et les « haut gradés » de la pègre locale à l'étage de La Réserve, sur la corniche de Casablanca.

Ce restaurant avait été construit sur pilotis et surplombait l'océan. Guillaume y allait de plus en plus fréquemment. Ses permissions, ses soirées et ses nuits se résumaient à jouer au poker. Au début, il était la coqueluche des lieux, ce petit moko du Nord.

Il remportait quelques belles mises, il était assidu, acharné. Surtout, il divertissait les habitués. Et puis, il a commencé à gagner gros, très gros, et ils ont peu à peu perdu leur sens de l'humour, en particulier Jean Fanchon. Toujours le cigare à la bouche, c'était un homme taciturne au passé suffisamment trouble pour lui avoir fait quitter précipitamment la France, où il n'avait plus remis les pieds depuis 1935. Passionné d'architecture et ami proche de Lyautey le jour, négociant sans scrupules et escroc immobilier la nuit, il connaissait tout le gratin casablancais, jusque dans l'intimité. C'est ainsi qu'il avait réussi à se hisser dans les plus hautes sphères et à se créer un joli pécule de plusieurs hôtels particuliers qu'il faisait fructifier. D'ordinaire très silencieux, il ponctuait immanquablement ses victoires de larges sourires et d'un : « Voilà que mes immeubles vont faire des petits ! »

Ce soir-là s'étaient allumés dans les yeux de Guillaume des reflets de fureur. Il m'avait emprunté de l'argent, une somme démesurée au regard de sa paie, me promettant de tout me rembourser. Je l'avais suivi à son insu. Dans la salle de jeu, l'ambiance avait changé. L'arrogante assurance de Guillaume électrisait l'air, et jusqu'à l'océan lui-même qui fouettait de rafales redoublées les contreforts de l'édifice. La partie dura des heures et la tempête enflait. Aucun des joueurs ne semblait y prêter la moindre attention. Mon cœur battait la chamade. La catastrophe en train de se jouer sous mes yeux m'horrifiait. Même les serveurs étaient hypnotisés.

Les plus frileux, comme Étienne Delalande, directeur de la très florissante Compagnie marocaine de transports maritimes affiliée à la Shell, et Michel Charon, directeur du siège social de la Compagnie industrielle des pétroles au Maroc, quittèrent la table en bons perdants. Le cousin de Lyautey risqua quelques centaines de francs supplémentaires, plus par curiosité que par entêtement, et se retira du jeu vers 3 heures du matin.

Une lutte à mort s'engagea entre Fanchon et Guillaume. Ce dernier – j'avais une vue imprenable sur ses cartes – bouleversait sa tactique en permanence. Dès que son adversaire s'y était accommodé, il en changeait radicalement, le laissant pris de court devant la main gagnante. Les minutes passaient, les heures s'égrenaient, et la lumière du soleil perça le lourd rideau de nuages ténébreux qui avaient obscurci la plus noire de mes nuits. La tempête creva en même temps que l'aurore, puis les bourrasques de vent s'essoufflèrent. D'un seul coup, c'était le silence. Dehors plus rien ne bougeait. L'océan se fit d'huile. Seul un rai de lumière fusa dans l'œil de Fanchon. Le ciel dégouttait dans l'eau vert-de-gris en émettant des lueurs diaphanes quand la voix de Guillaume nous fit sursauter :

« Tapis contre votre hôtel particulier rue d'Alger. »

Loubna, 2005

Je rentre chez moi, seule et étrangement vide. Comme si tout le monde avait une longueur d'avance sur moi et que je n'étais qu'une marionnette. Je me retrouve debout dans mon salon à 3 heures du matin, fatiguée, reniée par mon meilleur ami et baladée par l'homme qui représentait la seule chance de réaliser mon rêve. Pourtant, je n'ai plus qu'une seule obsession : comprendre la logique qui orchestre les réponses dans ces lettres.

Les missives de cette C. ont toutes été épluchées avec le plus grand soin. Et plus je les lis, plus les expressions soulignées me semblent familières. Non seulement elles sonnent faux sous sa main, mais, j'en suis certaine, je les ai déjà entendues.

Mon cerveau est en ébullition. Bon sang ! Où ai-je bien pu lire ces phrases ? Elles me parlent et renvoient à un univers connu. Mais comme un mot qui reste désespérément sur le bout de la langue, elles me résistent.

Fais-moi plaisir, Guillaume, reprends-toi ! L'autre fois dans ce bar, t'avais tellement l'air faux jeton que ça en devenait de la franchise. Tous tes camarades nous regardaient. Je te le répète. Fais-le !

Je tourne en rond dans mon appartement, enrageant de ne pas détenir l'ultime clé qui me ferait accéder à la vérité. J'ai la certitude que si je réussis à retrouver l'origine de ces propos, je découvrirai qui a réellement été mon grand-père. Et je parviendrai à tisser le trait d'union entre une femme d'industriel britannique et une sordide histoire de poker.

Soudain, mon téléphone se met à sonner. M'extirpant des tréfonds de mes pensées, la réalité me rappelle à l'ordre.

J'ai la tête qui tourne et je dois m'asseoir. J'ai ces lettres en horreur, avec leurs phrases dont je ne parviens pas à percer le secret.

Je ne peux m'empêcher de relire celle-ci encore et encore. « Ça en devenait de la franchise »…

Rien de bon ne se cache là-dedans, au mieux un « traître », au pire un « espion nazi », mais il s'agit bien d'un code secret entre mon grand-père et cette femme.

Clotilde, 1940

Après la crise de jalousie de mon mari, j'ai pris l'habitude de me couvrir d'une djellaba lorsque je retrouvais Guillaume afin de ne pas être reconnue, en particulier quand je m'aventurais dans le port. Si l'on ne pouvait plus m'identifier, ma présence risquait en revanche d'intriguer de plus en plus.

Un soir, une idée a germé devant *Pépé le Moko*, que nous étions allés voir au Vox. C'est l'histoire d'un déserteur, un marin toulonnais comme le souligne le surnom de « Moko », qui s'est enfermé dans la casbah d'Alger pour échapper à la police. Un beau jour, il tombe amoureux d'une femme du monde, une Parisienne, et décide alors de s'arracher à sa prison. Plus le film avançait et plus je regardais Guillaume – trop beau, trop grand pour finir ainsi, pour risquer de mourir si jeune… Il fallait qu'il déserte. Quand le film s'est achevé, nous sommes montés dans ma Traction avant noire rutilante, et j'ai foncé jusqu'au phare.

En contrebas, la masse noire du ciel étoilé se réverbérait sur la surface tempétueuse de l'océan. Une légère brise soufflait. Sur la route, je n'avais fait que concevoir et parachever un plan que je ne l'imaginais pas refuser. La mer s'ouvrait devant nous comme un possible. Je le voyais désormais, notre amour avait une issue.

« Guillaume. Écoute-moi jusqu'au bout. J'ai bien réfléchi et je sais exactement ce que nous allons faire. Tu vas déserter. Je te trouverai de nouveaux papiers et tu travailleras pour moi. Mon mari ne saura rien. Comme tu le sais, nous partons dans quelques jours pour New York. Tu pourrais être mon garçon de compagnie. Je te paierai bien. Laisse cette folie à d'autres que toi. Je t'attendrai sur le port demain soir avec une voiture, et je viendrai tous les jours de la semaine prochaine à la même heure. À un moment propice, tu pourras prétexter une sortie sur le quai et je t'emmènerai. Je sais que déserter est une grave décision mais, je t'en conjure, abandonne tes scrupules. La vie est trop courte pour s'embarrasser de promesses. Encore plus à l'armée. Ce n'est pas elle qui te rendra ton sacrifice. Regarde ton père. Il ne s'en est jamais véritablement remis. C'est de cet avenir que tu veux ? Je sais que depuis toujours tu souhaites courir le monde, c'est pour cela que je suis partie à ta poursuite, que j'ai fait pression sur mon mari pour qu'il demande sa mutation à Casablanca. Rassure-toi, il n'a posé aucune question. Et il ne le fera jamais. Guillaume, la semaine prochaine, je serai là, en bas de ton bateau, à attendre que tu en descendes en sifflotant, les mains dans les poches et le sourire aux lèvres. Tu n'auras rien d'autre à dire. Après, il sera trop tard. Je t'en supplie. Je t'aime, et comme tu le sais je préfère mes amants vivants. »

Il a souri. Non pas pour mon idée, mais pour cette dernière phrase. C'était une référence à *Pépé le Moko*. Nous avons eu alors l'idée d'un code simple dans les lettres que nous échangions. Y figureraient les répliques des films que nous avions vus ensemble. Ceux avec Jean Gabin que nous affectionnions tous les deux.

Il s'est tu et m'a enlacée. Nous avons fait l'amour sous la douce lueur des étoiles. J'ai pris cela pour un acquiescement. Mais c'était la dernière fois que nous nous aimions. J'ai vécu là un instant de bonheur absolu, le dernier, au cours duquel j'ai pensé qu'il allait fuir avec moi, alors que lui me disait au revoir, adieu même.

Nous nous sommes envoyé une série de lettres dans lesquelles une seule et même question déguisée revenait en substance. *Partiras-tu avec moi ? Je t'en conjure, pars avec moi !*

Le code était simple. Nous nous sommes surtout servis de *Pépé le Moko,* du *Quai des brumes,* du *Jour se lève* ou encore du *Récif de corail* pour dialoguer. Dans chacun de ces films, le personnage principal, traqué, cherche à fuir pour vivre son amour. Les connaissant par cœur, nous savions exactement à quels passages nous faisions référence. « Les grandes décisions doivent être prises devant des petits flacons », lui avais-je écrit pour que nous nous donnions rendez-vous dans un de ces cafés bourrés à craquer de marins en quête de frissons et d'oubli bon marché. Il savait donc de quoi je voulais lui parler, nous n'avions pas à évoquer le sujet. Ce soir-là, je me souviens d'ailleurs de m'être énervée parce que je savais que j'avais perdu la partie. Il ne lâchait pas un pouce de terrain.

Les dernières semaines, alors que le temps pressait, nous n'avons plus glissé dans nos lettres des allusions qu'à deux films : *Pépé le Moko* ou *Le jour se lève*. Dans le premier, le héros tente de s'échapper : « J'ai peur pour ta peau, qu'est-ce que tu veux, c'est la seule que j'aie », entend-on lorsque Pépé décide de sortir de la casbah. Dans le second, il reste, attendant que le jour se lève, incapable de fuir, impuissant à changer son destin mais surtout résigné. Ainsi, une allusion au premier film signifierait que Guillaume me suivait, au deuxième qu'il restait. J'attendais ainsi désespérément une réponse à mes lettres. Par exemple, cette citation : « T'as tort de penser à des trucs. T'as pas l'habitude. C'est ça qui te fait mal à la tête », tirée de *Pépé le Moko*, me dirait qu'il voulait tenter de s'échapper. En revanche, s'il citait *Le jour se lève*, par exemple « avec toi, j'ai respiré un peu », « c'est beau d'être aimé » ou « quand tu voudras, tu n'auras qu'à me faire signe », cela indiquerait un refus sans appel. Il aurait décidé de rester sur le bateau, dans la marine, de se sacrifier pour Salma et de me laisser partir sans lui…

Il avait rencontré depuis quelques semaines cette jeune fille dont il était tombé amoureux. Salma Akhbr…

« Je veux être l'homme d'une seule femme, Clotilde. Je l'aime et elle m'aimera aussi. C'est écrit. » Lors de notre dernière nuit, dans la voiture sur la

Corniche au-dessus de l'océan, je rêvais à son amour et il me répondait dans sa dernière étreinte qu'il était définitivement acquis à une autre…

Et en effet, c'était écrit ainsi. Salma s'est mise à l'aimer, bien entendu. Il répondait toujours aux lettres que je lui envoyais, mais je sentais bien qu'il n'était plus question pour lui de déserter, pas sans elle… Tout semblait vouloir s'engager le plus mal possible, pour moi comme pour Guillaume. Le vent tournait, la guerre venait d'être déclarée et il s'était créé récemment des inimitiés irréversibles : Fanchon, le grand perdant de la partie de poker, Akhbr, le père de Salma, et Basri, le véritable propriétaire de l'immeuble qui, ami proche des deux premiers, confiait de temps en temps ses biens à Fanchon pour les faire fructifier en accéléré…

Loubna, 2005

Je repense soudain à la dernière réflexion qu'Anis m'a lancée avant de claquer la porte, sur le fait que j'étais incapable de vivre ma vie autrement que comme un film…

Fais-moi plaisir, Guillaume, reprends-toi ! L'autre fois dans ce bar, t'avais tellement l'air faux jeton que ça en devenait de la franchise. Tous tes camarades nous regardaient. Je te le répète. Fais-le !

Tout s'éclaire. Je comprends enfin ce que ces phrases m'évoquent : des répliques de films en noir et blanc. Des hommes pas très recommandables, des marins, des malfrats, des déserteurs… Les souvenirs de tous les films français des années 1930 avec Jean Gabin que j'ai regardés déferlent en cascade dans ma tête.

Je me précipite sur mes vieux DVD… Et je visionne en accéléré la filmographie complète de Jean Gabin avant 1940. Je me repasse *La Grande Illusion*, *La Bandera, Pépé le Moko, Le jour se lève* et *Le Récif de corail.*

Sans que je m'en aperçoive, la nuit a filé et le soleil se lève. Je n'ai pas dormi, pour la troisième fois cette semaine. Mais tout cela en vaut la peine car cette nuit blanche n'a été que victoires, remportées les unes après les autres. J'accumule les scènes évoquées dans les lettres. « T'avais tellement l'air faux jeton que ça en devenait de la franchise » provient de *Pépé le Moko*. « Un nageur pour moi, c'est déjà un noyé » : *Le Quai des brumes*. « Une frontière, ce qui ne se voit pas » : *La Grande Illusion*. « Avec toi, j'ai respiré un peu » : *Le jour se lève*.

Toutes les phrases mystérieuses des lettres de C. sont des répliques issues des films dans lesquels Jean Gabin a joué dans les années 1930, avant la mort de mon grand-père. Cette femme, cette C., lui parlait d'ailleurs de son avenir possible dans le cinéma quand la guerre serait terminée, de son charisme d'acteur. Il s'agissait donc bien d'un code. Les deux amants avaient visionné les mêmes œuvres, et en avaient extrait certaines phrases pour se dire ce qu'ils ne pouvaient écrire clairement sans que leur sécurité soit menacée.

Découvrir ceci me donne la sensation de pénétrer l'intimité du couple qu'ils avaient formé. La nature du code m'intrigue, cependant. Pourquoi ces films précisément, qui ont tous en commun le même acteur ? Je reprends ces lettres dans l'ordre chronologique. Toutes de C. adressées à Guillaume. Les réponses de Guillaume, C. a dû les garder. Les derniers messages trahissent un sentiment d'urgence, ils sont plus concis et leur contenu est plus noir également. D'ailleurs, ils ne font plus référence qu'à *Pépé le Moko* et *Le jour se lève*. Je ne sais pas ce que mon grand-père a répondu à ces questions pressantes, qui visiblement lui enjoignaient d'agir comme l'un des personnages joués par Gabin dans ces films : déserter pour la suivre, ou rester et attendre…

La plus monumentale découverte, pour moi, est sans doute que j'ai maintenant la certitude qu'il n'a pas été un espion, encore moins un traître. Il était préoccupé par autre chose. Ce n'était même pas son bonheur qui le tracassait, mais celui de son enfant à naître et de la femme qui le portait. Une autre femme que l'auteur des lettres, d'ailleurs. C. fait allusion à cette rivale dans les dernières semaines.

L'immeuble remporté au poker, ce n'était pas par vanité, par amour du jeu ou parce qu'il frayait avec la pègre locale, mais pour mettre ma grand-mère et son enfant à l'abri du besoin. Je sens là un acte démesuré guidé par le désespoir de voir l'étau se refermer sur lui. Sa chance insolente lui a coûté cher…

Il voulait partir avec ma grand-mère, loin de la fureur du conflit. J'imagine que ses projets ont été déjoués par cette maudite explosion.

Cela confirme ce que j'avais cru comprendre sur mon grand-père. Il a toujours été passionné de cinéma. Tout comme moi… Comment est-il possible, alors que je n'avais aucun moyen de le savoir, que nous ayons éprouvé la même passion ?

Des larmes me montent aux yeux. Si je n'avais pas aimé autant le cinéma, je n'aurais sans doute jamais compris la nature de leur code. Et au moment où je croyais qu'il était un espion doublé d'un traître, qu'il collectionnait les femmes dont ma grand-mère, qui n'avait dû être qu'une conquête de plus sur son tableau de chasse, je découvre que nous avons été animés par le même souffle, et qu'il a tout tenté pour offrir un immeuble à ma grand-mère, la femme qui était enceinte de mon père.

Je regarde ma montre, il est 5 heures et le ciel s'époussette de ses dernières poussières d'étoile. J'en profite pour sortir et déambuler dans cette ville qui m'appartient autant qu'à mes fantômes bien-aimés. Je remonte le boulevard Hassan-II, autrefois boulevard de la Gare, jusqu'à l'ancienne place de France et je passe devant le Rialto, l'Empire et le café de l'Empire, l'immeuble construit à la place du Vox. Je n'ai qu'à fermer les yeux pour me figurer l'ambiance de cette époque. Casablanca garde encore la trace des Années folles et les stigmates de la guerre. Je longe le port. C'est là que c'est arrivé. C'était un autre temps, de guerre et de fureur. Ici, la mer est dissimulée derrière des murs, comme si on voulait l'ignorer. Mais elle réapparaît, elle est présente, dans l'air et dans la lumière.

Ensuite, je suis allée là où était situé Bousbir, pour continuer de marcher dans les pas de mon grand-père, et je me suis dirigée jusqu'à l'emplacement du cimetière de Ben M'Sik où se tient une modeste pierre tombale, probablement sans sa dépouille. Elle est identique à tant d'autres, d'une pauvreté nue, blanche et propre, muette depuis des décennies. Jusqu'à aujourd'hui. Alors que mon passé se dessinait en ombres tragiques, la vérité s'impose finalement. Un rayon de soleil darde des rayons plus assurés, semble se débarrasser une bonne fois pour toutes des obscurités. Comme un hommage à l'heure de la naissance de mon père et au moment où mes grands-parents se sont rencontrés, c'est à nouveau à la faveur de la première lueur du matin que les mystères se dénouent.

Félix, 1940

On s'prépare à appareiller au petit matin pour l'Atlantique. Sans attendre qu'le soleil s'lève, on va laisser Casa derrière nous… Y a du grabug' quelqu'part, mais j'ai quand même eu l'temps de poster une lettre pour Lili. J'lui ai raconté c'que j'avais appris sur son frère. Qu'il était nulle part dans Casablanca, en tout cas, pas r'censé par l'armée ni les hôpitaux… Qu'il était certainement pas avec Ginette en France, vu que le jour de l'explosion il était bien dans la rade de Casa. Mais désolé pour la d'moiselle, elle était pas vraiment la seule sur l'coup… Il en portait une autre dans son cœur plus sûrement qu'les précédentes… Pas facile à entendre, mais au moins, c'tait toujours une piste qui s'confirmait… J'en ai profité pour lui rappeler que j'pensais bien fort à elle, à un point que j'avais du mal à enquiller les heures sans que ça passe pour d'la torture…

J'ai pas pu joindre la lettre que Clotilde m'a donnée parce qu'elles allaient être étudiées avec grand soin et qu'on allait m'demander c'que j'faisais avec ces bafouilles, moi ! J'préfère pas être mêlé à tout ça, l'peloton je voudrais bien l'éviter si ça dérange personne…

En fin d'compte, j'suis pas longtemps resté en rade après avoir vu Clotilde, comme si toute cette histoire s'terminait là, et qu'la mienne d'vait s'écrire ailleurs… Après mes quelques guignolets, on m'a envoyé en urgence à Toulon pour m'caser sur *Le Fougueux*, un torpilleur d'escadre d'la classe L'Adroit. Puis aller direct à Cherbourg où ça pétait dans tous les sens. C'est là-bas qu'j'étais quand on a appris pour l'armistice, le 22 juin dernier. Un peu plus d'une semaine après, on arrive toujours pas à y croire, et dans nos rangs c'est la débandade… J'suis revenu à Casablanca hier et j'attends… J'espère qu'la mer va s'calmer parce qu'alors… Vingt dieux ! Hier, il a fait un temps de chien. Une fois de plus, j'ai cru y passer… La flotte embarquait à bord par vagues…

J'aurais pas dû avoir trop l'temps de penser à toute cette histoire, mais la vérité c'est que ça m'traîne encore et toujours dans le ciboulot. Je r'pense souvent à cette phrase qu'elle m'a dite, Clotilde : « Guillaume m'appartient tout de même un peu, puisqu'il est dans mon cœur. » Je trouve ça drôlement épatant d'pouvoir aimer tellement qu'on attend plus rien… Juste qu'la personne continue d'respirer… J'me mets à regarder l'horizon comme il f'sait, le grand Guillaume, et j'crois même qu'par moments j'comprends ce qu'il cherchait à voir tout au fond…

J'ai toujours pas eu le courage d'la lire sa dernière lettre… Par peur de pas l'mériter. Puis par respect aussi… C'taient ses affaires à lui. Ça fait bien deux s'maines que j'résiste… Puis la mer, l'jour qui se lève sur l'horizon, ça m'rend mélancolique… et curieux surtout ! Après tout, merde, je f'rai comme si je l'avais pas lue… Ça, je me promets que j'vais bien la fermer là-dessus… Quand j'la donnerai à Lili, j'ferai le grand prince et j'lui dirai que j'l'ai pas ouverte, qu'c'est pas mes histoires… Et elle s'dira que j'suis bien digne d'elle et des manières d'son frère. Elle s'pâmera devant autant de classe, c'est certain !

J'm'en frotte d'jà les mains. Comme quoi j'ai appris des trucs, avec Guillaume… Rien qu'à l'regarder vivre. Ça m'a p't-être pas donné des galons dans la marine mais, dans l'existence, j'en ai pris quelques-uns !

Moi, c'que je crois profondément, c'est qu'il voulait déserter, mais pas sans Salma et qu'c'était pas le moment. Il a jamais rien dit, il f'sait confiance à personne, pourtant ça se sentait, y avait quelque chose qui l'tracassait. Et un militaire en pleine guerre, il a pas grand-chose d'autre à faire qu'd'être tracassé par la mort et par comment faire d'son mieux pour y échapper. Puis comme elle me l'a dit, Clotilde, il s'était pas fait qu'des copains dans l'beau monde… Et c'est pas bon de multiplier les ennemis dans tous les camps… Ça multiplie aussi les façons d'mourir…

Cette histoire d'espion, de traître, moi j'y ai jamais vraiment cru, tout d'abord parce qu'il était trop grand, trop droit… Ensuite et surtout, j'l'imagine pas organiser une grande remise en question de toute sa vie… Parce qu'après, c'est bien joli, mais y a toute la vie qui t'attend avec tout c'bazar qui pèse derrière.

Déjà fallait être capable de s'regarder en face, et fallait surtout pouvoir sortir dans la rue sans être reconnu, sans quoi c'était le p'loton ou la cord'raide. Surtout qu'Guillaume, son rêve – le vrai, le grand –, c'était d'tenter sa chance au cinéma… Et j'crois qu'il aurait pas voulu gâcher sa chance et passer sa vie à l'ombre des regards des généraux.

J'avais pas tout à fait le fin mot d'l'histoire, mais pour moi il s'est pas tiré et il a pas survécu. Il m'a laissé sa place ce soir-là, j'sais pas pour quelle raison, peut-être qu'il le dit dans la lettre, mais il voulait pas partir avec Clotilde. Sa vie comptait moins pour lui qu'celle de Salma, et ça je l'comprends qu'maintenant.

J'ai plus qu'à attendre sagement qu'la guerre se termine pour retrouver Lili et faire ma vie avec elle. La prochaine fois que j'la verrai, j'aurai suffisamment d'choses à leur dire et d'éléments à leur donner pour t'nir leur imagination en laisse. Parce qu'face au chagrin, c'est bien ça le pire : la tête qui s'met à renifler le malheur dans les moindres recoins de la mémoire… Des p'tits souvenirs qui te tirent des larmes, comme si la mort elle-même suffisait pas…

J'avais vu ça avec mes copains qu'avaient sauté sur *La Railleuse*, ceux dont on avait pu recompter les cervicales du moins… Pour Léon, fallait pas qu'j'me rappelle que j'lui devais une revanche au poker qu'on avait joué la veille : « J'suis dans une sacrée déveine, heureusement qu'on est pas en mission, sinon j'donne pas cher de ma peau… » Pour Gabriel, fallait qu'j'évite de passer devant le café du Hammam, parce qu'il se lassait pas de « trinquer à la mort ! Elle peut toujours aller se rhabiller et se serrer la cravate bien haut sur la carotide ».

Pour Guillaume, c'tait pas évitable… J'l'revois sans cesse, penché en avant sur l'pont du bateau, m'balancer avec la clope au bec et un clin d'œil : « Je suis pas de ceux qui font les macchabées, Félix ! Tu sais pourquoi ? Parce que je m'appelle reviens ! »

Ils ont tous été si braves et fiers qu'la mort est venue leur dire « chiche ».

Casablanca, c'est d'venu pour moi un désert, un cim'tière, tout vide malgré le bruit et l'agitation permanente… C'est plus qu'un gouffre immense dans lequel mes copains tombent les uns après les autres… J'sais que j'suis juste au bord et qu'il en faudra pas beaucoup pour qu'j'y glisse moi aussi… Mais j'ai une chance, c'est d'être dans la marine et d'avoir une veine de cocu ! Ça s'invente pas d'réchapper à la mort comme ça… Comme on dit, j'aurais voulu l'faire exprès…

Alors j'vais faire de mon mieux pour esquiver les merdes sur mon chemin, rester au bon endroit au bon moment…

Pour l'heure, j'fais mes adieux parce qu'on est en rade mais plus pour longtemps. On attend les ordres pour partir pour l'Atlantique. Le jour s'lève, il fait grand beau et j'ai une nostalgie qui m'prend à la gorge à un point qu'j'arrive presque plus à avaler… J'essaie d'me reprendre parce que j'ai pas l'choix. Je l'ai juré à Lili. J'lui ai dit : « Promis, tu vas pas perdre deux hommes que t'aimes ! Faut quand même être sérieux… » Ce serment que j'lui ai fait, c'est comme une main tendue au-d'ssus du tombeau. Des fois, elle m'sort d'mes angoisses et j'me dis : « Vas-y Félix, un pas d'vant l'autre, un jour après l'autre, tout ça finira bien par passer. Même la guerre a une fin. Forcément… »

Mais faut bien avoir un peu peur pour rester en vie. Ça rend sage la peur… Parce qu'si Guillaume y est passé avec sa baraka, j'donne pas cher de ma peau et d'tous ceux qui traînent autour d'moi…

J'retourne m'allonger en attendant les ordres et j'regarde l'enveloppe pendant un bon moment. Les derniers mots d'Guillaume… C'est un peu comme essayer de faire remonter le passé à la surface. J'arrête pas d'me dire qu'il faut pas que j'la lise, qu'ça va m'filer le cafard comme jamais, mais j'peux plus m'en empêcher, évidemment.

Clotilde,

Tu sais à quel point tu as compté pour moi, mais je dois te laisser partir et tu devras faire de même. Salue New York et profite pour moi de la grande vie que je voulais. On s'est aimés, mais j'ai croisé au petit matin d'autres routes que la mienne. D'ailleurs, aujourd'hui comme à l'heure de mes plus grands succès, le jour se lève !

Guillaume

J'repense à la jeune Salma, dont Clotilde m'a parlé. Visiblement, il avait décidé de s'occuper d'elle. Où est-ce qu'il avait pu la rencontrer ? Ça, j'en sais fichtre rien. Mais il m'amenait pas dans ses promenades d'loup solitaire…

Pour les mots qu'il emploie, c'est joliment dit. C'est du Guillaume tout craché… D'l'énigmatique, du profond, des mots qu't'as pas l'habitude de dire… Par contre, j'voyais pas bien le rapport avec le cinéma. Mais après tout, c'était pas la première fois que j'me r'trouvais largué par les grandes phrases de Guillaume…

J'ai l'temps de m'assoupir quelques minutes. Il fait d'jà une chaleur à s'liquéfier sur place… Et ça t'ensuque, ça te fait dégouliner… Surtout quand tu sais que t'as rien à faire d'autre dans les heures à venir qu'd'attendre. Mais on m'a pas laissé tranquille en fin d'compte… J'suis appelé par l'commandant avec trois autres mat'lots. Faut qu'on change de bateau fissa, le cuirassé *Le Bretagne* a b'soin de renforts et il part en mission dans l'heure. On file plus dans l'Atlantique mais à Mers el-Kébir, en Algérie. Sur l'pont, ça s'agite, les collègues parlent d'un débarqu'ment, qu'ça va être un gros truc, qu'on va pouvoir éviter de devenir des Boches et r'lancer la guerre contre eux.

On court faire nos paqu'tages. On doit être prêts dans la demi-heure suivante. Quand j'croise Pierrot dans la chambre, j'suis en train d'siffloter. Il s'allonge et il me regarde faire pendant quelques instants. Il en r'vient pas. C'est vrai que j'ai un p'tit sourire qui m'quitte plus. Il m'demande : « Mais qu'est-ce que t'as toi, à t'marrer comme un cave ? T'es content d'partir en mission ? Tu t'ennuyais d'faire trop la sieste ? »

J'peux pas m'empêcher d'être un peu satisfait d'la tournure des événements… C'est bien simple, mon changement d'affectation, ça m'rappelle un tour que la vie m'a joué y a pas longtemps… La guerre, y a pas mieux pour vous rendre un homme superstitieux ! Et vu c'qui s'est passé lors de l'échange de perm' avec Guillaume, j'me dis que c'est ma bonne vieille étoile qui m'tire encore du pétrin quelques secondes avant que j'm'y foute.

Je regarde Pierrot, et j'sais que j'devrais la fermer, mais j'l'ai déjà dit : je suis grande gueule et j'sais pas me taire quand il faut… Du coup, j'peux pas me retenir d'lui balancer à la tronche, en j'tant mon sac sur l'épaule : « J'ai la baraka mon vieux, la dernière fois qu'il y a eu changement de programme, ça m'a plutôt réussi. »

Loubna, 2005

Avec Anis, nous avons franchi les portes du désert comme j'ai retranché les heures de la mémoire. Nous nous tenons là tous les deux, l'un à côté de l'autre, au milieu de ces dunes dans lesquelles nous n'étions jamais entrés.

À quelques détails près, j'ai compris qui était mon grand-père, et j'ai pu enfin mettre un terme à mes rêves de petite fille.

C'était un homme amoureux d'une jeune femme bien plus fortunée que lui, probablement répudiée par sa famille, raison pour laquelle il a joué un immeuble au poker. Cet immeuble où tous ses descendants vivent depuis.

Le jour où j'ai reconstitué le puzzle, j'ai rendu visite à Anis pour qu'il m'écoute, pour qu'il me pardonne. Lui aussi avait découvert des choses et nos informations se sont complétées. Je lui ai raconté l'histoire de la partie de poker. Il a commenté :

« Le fait qu'il ait perdu face à ton grand-père ne fait pas de Fanchon un honnête diplomate plumé par un petit voyou… En revanche, ils se sont ligués à plusieurs contre ton grand-père. Fanchon était ami avec Akhbr, ils ont fait surveiller sa fille et Guillaume. Il n'aurait pas pu bouger le petit doigt sans se faire arrêter, et il devait le savoir. Visiblement, vu comment se comporte Ali aujourd'hui, cette famille a la rancune tenace… Je crois que lorsqu'il a su qui tu étais, Ali n'avait plus du tout l'intention de financer ton cinéma, il a simplement voulu réparer ce qu'il pensait être une offense indélébile… En tout cas, ton grand-père avait le don d'attirer la malchance. Il s'est mis à dos trois des hommes les plus influents de la pègre casablancaise de l'époque : Akhbr, Basri et Fanchon… le grand-père d'Ali. Va savoir si l'attentat n'a pas eu lieu pour en finir avec lui ? Cela, je crois qu'on ne le saura jamais… La guerre a servi à merveille leurs intérêts, d'abord en favorisant les trafics et alliances en tout genre, et ensuite parce que les règlements de comptes passaient pour des faits de guerre… »

Je dois apprendre à vivre avec les creux et les déliés. Ces mots obscurs, qui sont des promesses d'amoureux, des confessions après la passion, charrient encore des secrets qui ne se trahiront jamais.

Anis me serre plus fort contre lui. Nous nous sommes levés très tôt pour assister au spectacle du désert. Orgueilleux d'être si majestueux, celui-ci se mérite. Il faut se réveiller en plein cœur de la nuit pour voir le soleil irradier les dunes de sable et grignoter la terre d'une langue de flammes.

Face à cet océan orangé devant moi, je suis prise de vertige. La mémoire lui ressemble. Incandescente, pleine de mystères et de promesses de lendemains.

La guerre commençait à peine et la famille de Guillaume était déjà anéantie. Ils avaient tout perdu ou presque. Il restait si peu d'âmes en vie.

Guillaume disparu, il avait fallu supporter son absence. Ils avaient enduré le souvenir d'un garçon qui ne deviendrait jamais un homme. Une promesse jamais tenue. La guerre, de jour en jour, leur a sans doute arraché un peu plus de souffle, et mon père et moi avons grandi dans l'ombre de ces malheureux malentendus.

À sa dernière heure, Guillaume venait de décider qu'il ne déserterait pas. Il se devait de rester à Casablanca pour ma grand-mère Salma et mon père Tarek, « Lumière du matin », enfant encore à naître, ventre gorgé du vœu d'une vie flamboyante.

Avant de rencontrer Salma, Guillaume était un gamin coureur de jupons, l'amant de femmes de tous horizons, collectionneur de charmes, un peu menteur, voleur de cœurs. Il aspirait à être une étoile, une star de cinéma.

Anis glisse sa main dans la mienne et m'adresse un sourire que je ne lui avais jamais vu. Et pourtant, depuis toujours, cette lueur était dans ses yeux…

Adolescent, avant de s'engager dans la marine, Guillaume avait sans doute souhaité de tout son être voir et parcourir le monde, pressé de contempler ce que l'horizon dissimulait, heureux et impatient de découvrir par lui-même ce que l'on disait des splendeurs exotiques.

Anis me caresse doucement la joue, à l'endroit exact où le soleil me brûle de ses premiers rayons.

Ma peau reconnaît la sienne. Notre amour a grandi dans les secrets.

Plus tout à fait enfant et pas encore jeune homme, Guillaume avait fait la promesse à une jeune fille de revenir pour elle, et avait finalement rendu cette poussière au vent. Il n'avait pas pu prévoir alors que sa vie était ailleurs.

Anis pose un baiser sur mes lèvres et je perds le fil du temps qui s'échappe à rebours.

Hélène, 1940

Il n'y avait rien qui amusait plus Guillaume quand il était enfant que de chiper des cerises dans le clafoutis de sa sœur, une rasade d'eau-de-vie dans la réserve de son père à la cave, ou la première part de tarte aux quetsches. En revanche, jamais il n'aurait touché à quoi que ce soit qui m'appartenait, alors je sais que ce n'est pas lui qui a décroché ses lettres du plafond et des murs du grenier. Lili, peut-être ? La jalousie l'aura sans doute poussée à le faire pour me montrer que je me désintéresse d'elle au profit de son frère. Ou alors c'est Lucien ? Pour les mêmes raisons… Mais désormais, tout va rentrer dans l'ordre.

Guillaume était un enfant merveilleux. Je le revois encore apprendre à marcher, à écrire, et je le surprends en train de chérir l'horizon. Nous étions en vacances au Tréport. C'est là qu'il a appris à nager : sans peur, au bout de quelques jours à peine, il s'est jeté dans la Manche froide et grise ; il était heureux comme tout. Il a toujours tout réglé de cette manière. C'est comme ça qu'il avançait dans l'existence. Sans peur et la tête la première. De la même façon, il a conduit pour la première fois, manquant de tous nous tuer un dimanche de mai. C'est aussi comme cela qu'il a invité Ginette à danser, alors qu'il était incapable d'aligner deux pas de danse une semaine auparavant. Il l'a vue et savait qu'il allait la revoir la semaine suivante : « Maman, apprends-moi ! » C'était devenu une idée fixe, il fallait qu'il sache mieux danser que n'importe quel autre prétendant. Les sourcils froncés tant qu'il ne parvenait pas à enchaîner les pas avec grâce, il s'est entraîné encore et encore. Et d'après Étienne, Lili et leurs amis, il avait plutôt été à la hauteur.

Aujourd'hui je le regarde, revenu de cette maudite guerre, assis dans son costume de marin dans la cuisine, et je brûle de l'inviter à danser encore, mon tout-petit…

Depuis quelques jours, Lili et Lucien pestent contre cette Ginette qui serait partie avec Étienne, faire un enfant avec lui. Lili répète que « toutes leurs espérances s'effondrent comme un château de cartes ». C'est fou ce qu'elle a comme grandes phrases, Lili… Guillaume s'en remettra bien vite, de cette petite déception. Elle ne le méritait pas, voilà tout… Je le vois bien qu'il n'est pas si malheureux que cela. À son âge, il retombera vite amoureux.

Moi, je me retiens de crier de joie de le voir ici, car pour quelque temps encore je l'aurai pour moi seule, quand ils auront fini de lui tourner autour. Qu'ils me font honte ! Lucien, Lili… Ils sont là, dans une sorte de veillée mortuaire… Ils le regardent, mon tout-petit, comme s'il était un étranger, comme s'il n'était pas à sa place, ou comme s'il était venu annoncer qu'il repartait pour de bon. Mais il est bien vivant ! La preuve, puisqu'il est là devant moi… Et c'est ça l'essentiel… Tout à l'heure, quand je serai seule avec lui, je pourrai lui dire à quel point je l'aime. J'ai toujours su qu'il avait survécu.

Je me concentre sur mon travail de couture : je suis en retard et il nous reste la vie devant nous pour nous retrouver, maintenant qu'il est revenu… Vivant, bien vivant, plus amaigri peut-être, ses joues ont perdu de leur rebondi, il semble plus petit mais c'est parce qu'il n'a pas mangé à sa faim et parce qu'il a eu si peur… Ses yeux sont plus clairs mais on le reconnaît bien. Il est moins affectueux qu'il ne l'a été, aussi. Il ne me laisse pas le prendre dans mes bras et Lucien m'en empêche. Lili pleure et me dévisage comme si je gâchais sa noce, mais je sais que tout ça passera. Ils ne sont plus habitués au bonheur, voilà tout…

Lili crie qu'il ne reviendra pas de Mers el-Kébir et gémit qu'il a été une étoile filante dans son cœur, de celles qui font le plus mal puisqu'elles n'ont pas le temps de décevoir, même un petit peu…

Je la laisse se calmer car elle ne veut pas de mon affection ni de mes paroles rassurantes. Elle croit que je ne comprends rien, pourtant je sais, je sais qu'il sera un jour de retour. Le monde est vaste et la guerre met les hommes en cage, mais elle ne durera pas éternellement…

Guillaume aussi se tient là, dans son costume de marin, la mine désolée devant le chagrin de Lili. Il y a quelque temps, il l'aurait serrée dans ses bras, sa petite sœur, mais la violence de la peur lui a fait perdre la simplicité des gestes d'amour. Mais cela passera aussi. La tendresse leur échappe, à ces hommes qui font la guerre, et leur corps revient en premier, avant leur âme. Celle de Guillaume est sans doute encore à Casablanca, mais bientôt elle sera là. Je le sais… Elle s'appelle *reviens*.

REMERCIEMENTS

Je n'en reviens toujours pas de la chance que j'ai eue de croiser Audrey Petit, mon éditrice, qui m'a fait confiance, si simplement. Sans elle, *Le Marin de Casablanca* n'aurait sans doute jamais existé et serait encore un rêve que j'ai si souvent fait…

Je remercie tous ceux qui m'ont accompagnée dans ce voyage jusqu'à Casablanca sur les traces de mes personnages : merci Ibrahim pour la visite guidée, tu m'as permis de découvrir et de voir Casa à travers tes yeux et tu l'aimes tant ta ville ! Merci Dimitri, tu as si patiemment cherché les vieilles salles de cinéma casablancaises au détour de rues tortueuses.

Merci à ma famille que j'adore, Gaëlle, Maurice, Anne-Marie, Sandrine, Jérôme et Claire ! Évidemment, merci papa, pour nos discussions, nos débats et tous tes conseils prodigués tout au long de ces centaines de kilomètres que nous avons parcourus à pied ensemble. Par-dessus tout, merci d'être un exemple pour moi, de m'avoir montré que ce sont les livres qui tiennent les charpentes d'une maison et non l'inverse !

Jeanno, frérot, tu es là, toujours là, encore et toujours, envers et contre tout ! Merci !

Eugénie, si je peux compter sur un soutien inébranlable, c'est bien sur le tien ! Je te dois tellement !

Merci aussi à tous mes amis que j'ai rencontrés lors de mes voyages et dont j'emmène un petit bout avec moi partout où je suis, Christine et Simon en Tasmanie, Claire en Espagne et Claire à Toulouse, Mélanie à Brive, Élisabeth au Vanuatu, Myriam, Joanne et Samuel en Bulgarie, et Jean, merci pour ton aide précieuse et rare… Tu es un ovni et je suis tellement ravie et reconnaissante d'avoir croisé ta route !

De la même auteure :

Étrangères,
Éditions Lucien Souny, 2018.

Le Chant du perroquet,
Éditions Préludes, 2020.

UN AMOUR CONTRARIÉ
PAR L'HISTOIRE

UNE HISTOIRE IMPOSSIBLE

GUY LAGACHE

N° 35858

Chine, mai 1940. Lors d'une réception, Paul de Promont, jeune et ambitieux vice-consul de France, rencontre une Anglaise inconnue. Margot a les yeux émeraude, une repartie pleine d'esprit, un français impeccable... Et elle est libre. Libre comme on l'est à vingt ans, libre comme Paul rêve de le devenir. C'est le début d'une liaison secrète. Cependant la guerre impose sa loi. Traversé par un dilemme politique insoutenable, Paul est aussi déchiré entre Margot et sa famille. Mais lorsqu'il quitte tout pour rejoindre la Résistance naissante, le doute s'installe. Qui est vraiment Margot ? Comment se pardonner l'abandon d'une épouse et d'un enfant ? De Tientsin à La Nouvelle-Orléans en passant par Hong-Kong, Londres et Paris, les tumultes d'une passion que les soubresauts de l'Histoire font naître tout en la rendant à jamais impossible. Un roman dans lequel vibrent les voix de deux héros portés par leur destin, brisés par leurs contradictions.

LES PARFUMS DU MAROC

LES VOIX DE MARRAKECH

ELIAS CANETTI

N° 3073

D'un séjour à Marrakech en 1953, Elias Canetti enregistre d'abord des voix, des bruits, des gestes et des images. Et, imperceptiblement, par le jeu d'une simple et grave précision dans la relation des faits, ce récit de voyage devient aussi, au sens le plus strict et le plus concret du terme, un récit philosophique...

Le Livre de Poche s'engage pour l'environnement en réduisant l'empreinte carbone de ses livres. Celle de cet exemplaire est de :
300g éq. CO_2
Rendez-vous sur www.livredepoche-durable.fr

PAPIER À BASE DE FIBRES CERTIFIÉES

Composition réalisée par Belle Page

Achevé d'imprimer en mars 2022 en Espagne par
CPI Black Print
Dépôt légal 1re publication : janvier 2021
Édition GRATUIT – ÉTÉ 2022
LIBRAIRIE GÉNÉRALE FRANÇAISE
21, rue de Montparnasse – 75298 Paris Cedex 06

39/1628/2